Tödliche Touren

LEPORELLO
KRIMI

Richard-Wagner-Straße 15, D-47799 Krefeld
leporellobuch@aol.com
www.leporellobuch.de

Gestaltung: WerbeAtelier Coelen, Krefeld
Druck und Bindearbeiten: Elsnerdruck GmbH, Berlin,
ISBN 3-936783-06-3

Ina Coelen · Ingrid Schmitz (Hg.)

Tödliche Touren

Krimineller Reiseführer vom Niederrhein

Kurz-Krimis von
Oliver Buslau, Angelika Hensgen,
H. P. Karr, Gabriele Keiser,
Hartwig Liedtke, Niklaus Schmid,
Barbara Wendelken u. a.

Leporello Verlag · Krefeld

Sehenswertes am kriminellen Niederrhein

Inhalt

Übrigens, Sie wissen ja: Alle diese Geschichten, wenn auch nicht ihre Schauplätze, sind der Fantasie der AutorInnen entsprungen, und jede Ähnlichkeit mit lebenden oder toten Personen wäre rein zufällig.

Krimi-Reise am Niederrhein

Mitte der achtziger Jahre wurde aus der „Heimat" die Region und aus den „Heimatgeschichten" der Regionalkrimi. Für die vorliegende Sammlung mit regionalen Kurzkrimis haben sich 21 Autorinnen und Autoren zusammengefunden, die zum Teil am Niederrhein geboren oder hier aufgewachsen sind oder diese Region gerne bereisen.

Denn der Niederrhein hat einiges zu bieten: Hier gibt es nicht nur (in Neuss) die größte „Indoor-Skipiste" Deutschlands oder das mit über 2.000 Kilometern längste ausgeschilderte Radroutennetz Deutschlands oder in Krefeld-Linn das größte Textilmuseum der Welt mit über 25.000 Exponaten, sondern noch unzählige Sehenswürdigkeiten, historische Schätze und Besonderheiten, von denen wir unseren Lesern hier einige vorstellen möchten.

Das Besondere am Niederrhein beginnt schon damit, dass man sich nicht einig darüber ist, wo er anfängt oder aufhört. Üblicherweise bezeichnet man als Niederrhein das Gebiet zwischen Rhein und Maas. Nördlich liegen Düffelwarth, Schenkenschanz und Emmerich an der Grenze zu den Niederlanden. Über die südliche Grenze ist man aber uneins. Der Niederrheiner favorisiert den „Alt-Kölsch-Äquator" (nach den beiden obergärigen Biersorten) nördlich der A 40 Aachen/Köln.

Die Menschen am Niederrhein mussten sich über Jahrhunderte hinweg ständig wechselnden kulturellen und politischen Verhältnissen anpassen. Der keltisch und germanisch besiedelte Landstrich wurde von den Römern erobert, von den Franken in Besitz genommen, zeitweise war diese Region lothringisch, kölnisch, gelderisch, jülich, klevisch, pfälzisch, burgundisch, spanisch, österreichisch, französisch und preußisch. Noch im letzten Jahrhundert war der Niederrhein britisch, belgisch und amerikanisch besetzt.

Die Niederrheiner wurde von Rom, Brüssel, Madrid und Wien aus regiert und natürlich von Bonn und Berlin.

So ist es verständlich, dass es kulturgeschichtlich und sprachlich keine einheitliche Entwicklung gegeben hat. Ein einheitliches Lebensgefühl oder ein Gruppengefühl hat sich ebensowenig bilden können wie ein sprachliches Zugehörigkeitsbewusstsein. Es gibt kein niederrheinisches Platt, denn in fast jedem Ort wird anders gesprochen. So haben Linguisten 314 Mundarten nachgewiesen.Was der Niederrheiner für seinen Dialekt hält, ist eine Sprache, die von Kleve bis Köln ähnlich klingt. Diese rheinische Umgangssprache ist nahe am Hochdeutschen.

Erst 1830 setzte die preußische Regierung am Niederrhein die hochdeutsche Sprache durch. Die Sprachverwandtschaft zu den Niederlanden erkennt man heute noch in Ortsnamen wie Kevelaer, Straelen oder Vluyn.

Die Menschen am Niederrhein werden als friedlich und freundlich beschrieben. Ihr Motto ist „Leben und leben lassen". Dem Niederrheiner wird auch nachgesagt, er lege sich nicht fest und er balle die Faust in der Tasche. Tatsächlich hat es hier nie einen Aufstand oder eine Revolution gegeben. Die Menschen waren überwiegend arm und viel zu sehr damit beschäftigt, mit den Widrigkeiten des Alltags fertig zu werden, als dass sie sich Windmühlenkämpfe mit der Obrigkeit hätten leisten können. Eine gewisse Bauernschläue wird ihnen zugeschrieben; sie machen, was sie wollen, ohne sich aufzulehnen.

Am Niederrhein gibt es keine Extreme, weder Berge noch Täler, keine Höhen und Tiefen. Im Winter wird es nicht furchtbar kalt und im Sommer gibt es keine wirklich extreme Hitze, von allem nur ein Mittelmaß.

Einer der bekanntesten Niederrheiner, Hans Dieter Hüsch, stellte fest: „Niederrhein ist überall". In diesem Sinne schicken wir den interessierten Leser auf eine abwechslungsreiche kriminelle Entdeckungsreise durch unsere Heimatregion.

Mörderisch gute Unterhaltung wünschen
Ina Coelen und Ingrid Schmitz

Rendezvous an der Mühle

Seit Stunden kämpfte ich mit einem Absatz in der Mitte einer Geschichte. Als das Telefon klingelte, empfand ich es wie eine Erlösung. Normalerweise ignoriere ich jede Störung, wenn ich schreibe, aber diesmal ging ich dran. Vielleicht war es ja jemand, der wusste, wie mein Problem zu lösen war.

„Hier ist Henning", kam es aus dem Hörer.

Mist. Henning konnte ich unmöglich mit schriftstellerischen Problemen kommen. Der hatte so viel Fantasie wie ein Stempelkissen. Ansonsten war er aber ein ganz netter Kerl.

„Hallo Henning. Wie geht's, wie steht's?"

„Du, ich habe ein Riesenproblem. Können wir uns heute Mittag treffen?" Seine Stimme zitterte.

„Meine Güte, was ist denn los?"

„Später. Sagen wir, um eins?"

„Das ist in zehn Minuten!"

„Dann mache ich Mittagspause. Kennst du das *‚Marathon'* am Markt?"

„Klar."

Plötzlich wirkte er nachdenklich. „Ich denke, da kann ich hingehen", sagte er wie zu sich selbst.

„Was meinst du damit? Natürlich kannst du da hingehen. Oder ist das neuerdings verboten?"

Er ging nicht darauf ein. „Also, bis gleich", sagte er und legte auf.

Komisch – so nervös hatte ich Henning nicht mehr erlebt, seit wir zusammen Abitur gemacht haben. Was konnte nur passiert sein?

Ich sicherte den Text mit den sieben Zeilen, die ich seit acht Uhr morgens geschrieben hatte. Dann holte ich meine Ente aus der Garage und fuhr in die Stadt.

Während ich über den Markt ging, dachte ich über Henning nach. Seine Eltern waren schon früh gestorben. Dann hatte er sich das BWL-Studium in Hamburg mit vielen Jobs nebenher zusammengespart, und als er dann endlich kurz vor dem Examen stand, lernte er Monika kennen. Ausgerechnet Monika.

Sie war gerade bei einer entfernten Verwandten zu Besuch gewesen, und die hatte sie auf die Party einer Freundin mitgeschleppt. Monika war dick, ungepflegt, nicht gerade die Hellste kurz: nicht gerade der Typ Frau, auf den Henning sonst abfuhr. Aber sie sind wohl ins Gespräch gekommen, als sich herausstellte, dass sie beide aus Geldern stammten. Monika hängte sich daraufhin ziemlich deutlich an Henning, und ihm war das überhaupt nicht recht. Das änderte sich jedoch, als er kapierte, dass sie die Tochter von Wilhelm Luyten war - *dem* Wilhelm Luyten. Seines Zeichens Besitzer einer Großdrukkerei. Ein paar Monate später war Henning mit Monika verheiratet. Henning, der den Namen seiner Frau angenommen hatte, arbeitete als rechte Hand seines Schwiegervaters im Familienbetrieb. Sie wohnten in einem Einfamilienhaus im Amselweg, und Monika war fortan nur noch damit beschäftigt, im geblümten Hauskittel alles sauber zu halten und zu kochen. Man hatte den Eindruck, ihr Leben habe nur einen Sinn gehabt: einen männlichen Nachfolger für ihren Vater in die Familie zu bringen. Das hatte sie getan, und fertig. Henning klagte mir oft sein Leid über seine langweilige Ehe.

Das *„Marathon"* ist ein griechisches Restaurant im Herzen von Geldern. Der düstere Eingang sieht ein bisschen abweisend aus, aber hat man erst mal die Treppe in den ersten Stock hinter sich gebracht, wird man belohnt: Man hat beim Essen eine nette Aussicht auf den Markt.

Als ich mir Hennings Geschichte durch den Kopf gehen ließ und in den dunklen Eingang abbog, dämmerte mir bereits, in welchen Schwierigkeiten mein alter Freund stecken könnte.

Henning saß schon da und nippte an einem Wasser.

Vor ihm auf dem Tisch lag sein Schlüsselbund. Daran hing ein roter, herzförmiger Schlüsselanhänger aus Gummi. Henning hatte so einen, und Monika auch. Die Dinger waren ein Geschenk von Monikas Vater gewesen. Zur Hochzeit. Mit den Hausschlüsseln dran. Es sollte ein Symbol sein. Das eigentliche Geschenk war natürlich das Haus. Wenn man zu den beiden kam, hingen immer diese beiden Herzen am Schlüsselbrett im Flur.

„Ah, da bist du ja", sagte Henning fahrig. „Setz dich doch. Ich bin ja so froh, dass du gekommen bist . . ."

„Ganz ruhig", sagte ich. „Entspann dich. Jetzt bestellen wir erst mal was Leckeres, und dann erzählst du mir, was du auf dem Herzen hast."

„Ich habe keinen Hunger", erklärte er. „Such dir was aus, ich lade dich ein."

Das ließ ich mir nicht zweimal sagen. Ich orderte ein Bier und – nach einem Blick auf die Karte – die Schweinemedaillons. Erst als das Getränk da war, beendete ich Hennings Ungeduld.

„Prost", sagte ich und trank. „Und jetzt leg los."

„Kennst du Nadine?", fragte er unvermittelt, und ich wusste, dass ich mit meinem Gedanken richtig gelegen hatte. Es musste ja was mit einer anderen Frau zu tun haben.

„Nadine?"

„Die aus der Schule."

Ich dachte nach und hatte plötzlich das Bild eines unverschämt gut aussehenden Teenagers vor Augen. Lange rote Haare, Sommersprossen, schlank, ziemlich gut entwickelt für ihre sechzehn Jahre damals . . . Ach ja, wir wurden alle nicht jünger.

„Was ist mit Nadine?", fragte ich.

„Sie hat mir einen Brief geschrieben. Das heißt, nicht nur einen. Mehrere."

„Na und?"

„Du weißt doch, dass ich mit ihr zusammen war. Damals in der Schule."

„Die tollste Freundin, die du je hattest. Und gleich die

erste. Da konnte ja nur noch der Abstieg kommen", lästerte ich. Dabei hatte Henning noch jede Menge anderer Freundinnen gehabt, auch ziemlich nette. Im Grunde wunderte ich mich, dass er nicht hin und wieder aus der Langeweile mit Monika ausbrach. 15 Jahre dauerte diese sterile Ehe schon.

Auf Hennings Stirn standen Schweißperlen. Verdammt, es ging ihm tatsächlich nicht gut.

„Lass deine Witze", sagte er. „Wir waren damals zusammen, bis ich mein Studium angefangen habe. In so einer Situation geht so eine Freundschaft dann eben auseinander. Da kann man nichts machen."

Mein Essen kam, und Henning beäugte kopfschüttelnd das Fleisch auf meinem Teller. „Lass dich nicht stören", sagte ich. „Erzähl weiter."

„Wir haben uns damals immer an der Steprather Mühle getroffen", sagte er unvermittelt.

„Ach!" Ich griff zum Besteck.

„Ja, das war unser Stammplatz für unsere Rendezvous. Nadine hat ja da in der Nähe gewohnt. Sie wohnt jetzt wieder da." Er nahm einen Schluck aus seinem Glas. „Und da haben wir uns auch das letzte Mal gesehen. Ich hatte mich entschieden, nach Hamburg zu gehen, und sie war nicht mehr bereit, weiterhin mit mir zusammen zu sein."

„So", sagte ich kauend. „Aber warum erzählst du mir das? Ach, ich kann's mir denken. Sie hat sich jetzt, nach fast zwanzig Jahren, bei dir gemeldet und will wieder mit dir zusammensein."

Henning riss die Augen auf. „Wie kommst du denn darauf?"

„Schriftsteller sind Hellseher", behauptete ich und erkannte an seinem Gesichtsausdruck, dass ich Recht hatte. Manche Geschichten sind uralt, doch wer sie erlebt, für den sind sie brandneu. Das wusste schon Heinrich Heine.

„Ein Glück, dass ich dich zu diesem Treffen gebeten habe", sagte er und klang erleichtert. „Auf dich kann man sich wirklich verlassen."

Irgendwo in mir begann eine Alarmglocke zu klingeln. Henning hatte mich sicher nicht herbestellt, um mir die Geschichte des Wiedersehens mit Nadine zu erzählen. Er wollte was von mir.

Er beugte sich zur Seite und kramte in seiner Aktentasche, die neben ihm auf dem Boden stand. „Hier – diese Briefe hat sie mir geschrieben", sagte er und legte die Blätter auf den Tisch. Ich erkannte lila Briefpapier und große Handschrift. „Es sind Liebesbriefe. Richtig tolle. So was habe ich noch nie bekommen."

„Glaube ich dir. Pack sie wieder weg. Ich habe keine Lust, sie zu lesen. Sie gehen mich ja auch nichts an. Erzähl weiter."

Henning sah sich unsicher um, als habe er Angst, Monika oder ihr Vater könnten jeden Moment hereinkommen. Wir waren fast allein im Lokal. An einem weiter entfernten Tisch saß eine ältere Frau und stocherte in ihrem Essen. Als ich zu ihr hinüberblickte, warf sie mir einen abschätzenden Blick zu. Auf der anderen Seite aßen zwei Männer, die wie Geschäftspartner aussahen. Sie unterhielten sich gedämpft.

„Sie hat mir die Briefe einfach in die Firma geschickt. Sie hat ‚*Privat*' unter die Adresse geschrieben. Und mein Schwiegervater weiß bestimmt, dass ich diese Post bekommen habe."

„Waren die Umschläge verschlossen, als sie ankamen?"

„Klar. Aber das heißt ja nichts. Immerhin steht deutlich sichtbar der Absender drauf. Nadine Staelmann, Kevelaer Straße." Wieder sah er sich unsicher um.

„Sehr unvorsichtig", sagte ich tadelnd. „Kannst du deiner Geliebten nicht mal beibringen, wie man sich vernünftig verhält?"

„Aber das ist es ja gerade", fuhr Henning auf und dämpfte gleich wieder seine Stimme, als er merkte, wie die alte Dame aufmerksam wurde. „Sie ist nicht meine Geliebte. Wir haben uns noch nicht mal gesehen. Immer nur geschrieben."

„Es war ja nur ein Witz", wandte ich ein. „Aber glaubst

du, Monika oder ihr Vater untersuchen deine Post?"

„Ja. Das glaube ich."

„Was? Wie kommst du denn darauf?"

„Ich kann es nicht sagen. Es ist so ein Gefühl."

Ich bohrte nicht weiter. Gefühle kann man nicht wegdiskutieren. „Warum hast du Nadine überhaupt geantwortet?"

„Ja, mein Gott, das hat eben ganz harmlos angefangen. Im ersten Brief ging's einfach nur darum, dass sie wieder in Geldern sei und dass sie zufällig meine Adresse rausgekriegt hätte. Sie arbeitet im Einwohnermeldeamt, weißt du."

„Aha."

„Ich habe ihr dann geantwortet. Auch ganz harmlos. Und dann wurde es immer schlimmer. Sie ist auf unsere Freundschaft von damals eingegangen. Sie hat mir geschrieben, dass sie sehr viel Pech in ihrer Ehe gehabt habe, dass sie jetzt aber wieder zu sich selbst gefunden habe. Sie habe erkannt, dass ich der Mann ihres Lebens sei. Sie würde mich gerne wieder als Freund gewinnen und so weiter und so weiter."

„Die hat aber ein komisches Bild von dir."

Er verzog das Gesicht. Henning hatte für Witze heute keinen Sinn. Ich nahm mir fest vor, keine mehr zu machen. „Hast du ihr nicht mal mitgeteilt, dass du verheiratet bist?"

„Wie hätte das denn geklungen? Als ich ob ich was von ihr wollte . . ."

„Willst du doch auch, oder?"

Er warf mir einen Blick zu, der wohl ausdrücken sollte, dass ich gar nichts verstand. „Sie hat mir in dem letzten Brief ein Treffen vorgeschlagen. Wieder an der Steprather Mühle. Wie damals in den alten Zeiten"

„Das war ja zu erwarten." Ich nahm einen Schluck Bier. „Geh doch hin. Viel Spaß."

„Wie denn? Mein Schwiegervater merkt doch sofort, wenn ich einfach die Firma verlasse."

„Meinst du, er hat von der Sache was rausgekriegt?"

„Vielleicht. Und wenn nicht – versteh doch. Wir leben in einer Kleinstadt. Überall kann mich jemand sehen. Und wie soll ich rechtfertigen, dass ich da rausgefahren bin?"

„Und Monika? Könnte sie davon wissen?"

Er seufzte. „Keine Ahnung. Wir sprechen ja kaum miteinander. Jeden Tag derselbe Trott. Ich gehe zur Arbeit, ich komme nach Hause. Abendessen, dann sieht Monika fern. Ich setze mich noch mit ein paar Akten ins Arbeitszimmer. Samstags fährt Monika einkaufen, Sonntag Nachmittag kommt ihr Vater zum Kaffee. Um Punkt halb vier. Du kannst die Uhr danach stellen. Und sie reden so wenig. Manchmal sehen sie einen an und rühren in ihren Tassen . . . Es ist schrecklich."

„Und es gibt keine Möglichkeit, mal eine Stunde zu finden, in der man abhauen könnte?"

Er schüttelte den Kopf.

„Ruf Nadine doch einfach an."

„Das geht auch nicht. Die Nummern erscheinen auf der Telefonrechnung."

„Und die wird kontrolliert?"

„In der Firma auf jeden Fall. Zu Hause vielleicht auch"

Wir schwiegen eine Weile. Armer Henning.

„Und nun?", fragte ich dann.

Er druckste kurz herum. „Ich dachte . . ."

„Ja?"

„Du gehst für mich hin."

„Was?"

Er nahm den Schlüsselbund vom Tisch und drückte ihn ganz fest in der Faust. Das Plastikherz musste einen Erstickungsanfall bekommen. Henning schien nichts davon zu merken. „Sag ihr, dass ich nicht kommen kann. Sag ihr alles. Dass ich verheiratet bin, dass ich Angst habe. Dass ich ein Schwächling bin – was weiß ich! Freunde du dich mit ihr an. Vielleicht wird ja was draus." Er klang bitter.

„Also hör mal . . ."

„Ich weiß, dass das blöd klingt, aber ich kann es nicht."

„Mein Gott, stehst du denn so unter der Fuchtel?"

„Eigentlich nicht. Aber das ist ja gerade das Schlimme. Monika putzt und kocht, hält den Garten in Ordnung, alles ist wunderbar. Und hinter all der Sauberkeit . . .“

Er suchte nach Worten, fand sie nicht, und so beendete ich den Satz: „ . . . steht die Drohung: Mach nur einen falschen Schritt, und du bist das alles los.“

Er nickte. Sein Blick war niederschmetternd. „Was soll ich machen?“

„Du bist ein armes Schwein“, brachte ich die Sache auf den Punkt. „Also gut. Ich gehe hin und rede mit ihr. Wann soll ich da sein?“

„Um drei“. Seine Stimme klang heiser.

„Heute?“

„Allerdings.“

Er legte die Hand auf den Tisch; sie war noch immer zur Faust geballt. Endlich öffnete er sie. Das rote Herz war völlig zerquetscht. Ich stellte mir vor, wie die Schlüssel von nun an am Brett hängen würden – der eine Anhänger ramponiert, der andere nach wie vor rot und rund.

Obwohl ich noch nicht fertig mit Essen war, stand Henning auf, bedankte sich umständlich und erklärte, dass er in die Firma zurückmüsse. Er zahlte die Zeche beim Kellner, und als ich die Medaillons verdrückt hatte, setzte ich noch auf eigene Kosten Eis als Nachtisch obendrauf. Am Ende bekam ich den obligatorischen Uso ausgegeben. Ich streifte ein bisschen in der Stadt herum; die frühlingshaften Temperaturen luden dazu ein. Um halb drei setzte ich mich ins Auto und startete in Richtung Walbeck.

Die Steprather Windmühle ist seit Jahren eine Attraktion. Vor zehn Jahren oder so hatten sie das Ding mit viel Aufwand renoviert, und jetzt drehte der niederrheinische Wind wieder die breiten Flügel, im Mahlwerk wurde wie in alten Zeiten Mehl gewonnen und im angrenzenden Backhaus zu Brot verarbeitet, das man auch gleich an Ort und Stelle erstehen konnte. Natürlich war die Mühle zu besichtigen. Familien, Schulklassen, Wanderer – kurz: Ausflügler aller Art zog es dorthin.

Als Henning und Nadine sich früher dort getroffen hatten, hatte sich kein Mensch um den weißen Turm mit dem schwarzen Dach gekümmert. Die Gegend war auch etwas einsamer gewesen. Jetzt grenzten die Wohnsiedlungen gleich an den Parkplatz, auf dem ich neben einem Reisebus ein Lücke fand. Die Gäste hatten sich gerade auf den Weg zu der kleinen Anhöhe gemacht, wo sich majestätisch in großen Schwüngen das Mühlrad drehte. Ein fremdartiges Sausen war in der Luft. Die Touristen blieben staunend stehen. Manche sagten etwas; ich unterschied ein paar holländische Wörter. Interessant, dass ausgerechnet die Niederländer nach Deutschland kamen, um sich eine Windmühle anzusehen. Das war so ähnlich, als wenn Amerikaner einen Ausflug in den Krefelder MacDonald's machten ...

Ich mischte mich unter das Volk und wanderte langsam um das Areal herum. Es war ein bisschen schwierig, zwischen all den Menschen jemanden zu finden, den man so lange nicht gesehen hatte. Trotzdem war ich sicher: Nadine war nicht da.

Auch nicht um viertel nach drei, und um zwanzig nach auch nicht.

Ich legte noch mal zehn Minuten drauf; dann nahm ich mein Handy, das ich wegen der Kosten sehr ungern benutze, und rief Henning in der Firma an. „Bist du sicher, dass das Treffen heute war?"

„Natürlich", sagte er.

„Und sie hat nicht vielleicht einen weiteren Brief geschrieben und abgesagt?"

„Nein."

„Und angerufen hat sie auch nicht?"

„Wir haben kein einziges Mal miteinander geredet, das weißt du doch!"

„Du hast erzählt, ihr hättet euch nicht getroffen. Von Telefonieren hast du nichts gesagt."

„Ich weiß nicht, was los ist. Am besten, du gehst jetzt zu ihr nach Hause. Vielleicht ist sie ja krank, oder so was."
Ich seufzte. „Also weißt du, ich finde, das kannst du aber jetzt wirklich selbst machen."

„Wie denn? Wenn ich zu ihr nach Hause gehe, und es kommt raus, dann ist das ja noch schlimmer."

Verdammt! Alcatraz war ja nichts gegen das Gefängnis, in dem Henning lebte. „Also gut."

„Danke. Weißt du, die Sache muss ein für allemal geklärt werden. Also, die Adresse ist . . ."

„Ich weiß. Kevelaer Straße. Alles klar."

Einerseits verstand ich Henning ja. Dass er sich auf den ganzen Mist nur wegen dem Geld seiner Schwiegereltern eingelassen hatte, leuchtete mir noch irgendwie ein. Aber was fand Monika eigentlich an Henning? Andererseits – auch das war ganz einfach. Vielleicht hatte sie einfach keinen anderen abgekriegt.

Sollte ich das alles Nadine erzählen? Würde sie das einsehen? Wahrscheinlich würde sie erst recht dazu angespornt werden, Henning aus dem Schlamassel zu ziehen. So ging es nicht. Ich würde lügen müssen. Ich würde irgend was von einer perfekten und glücklichen Ehe erfinden, die man nicht kaputtmachen durfte. Ich musste so tun, als sei ich ein einfühlsamer Freund, der sich um diese Ehe Sorgen machte. Dabei hätte ich Henning ein Techtelmechtel mit Nadine durchaus gegönnt.

Und wie würde Nadine reagieren? Sie würde mir klarmachen, dass mich das Ganze überhaupt nichts anging. Und damit hatte sie Recht. Worauf hatte ich mich nur eingelassen?

Ich sah auf die Uhr. Fast zwanzig vor vier. Immer noch keine Spur von Nadine. Fluchend schmiss ich den Motor an. Dann besann ich mich anders und stieg wieder aus. Zur Kevelaer Straße konnte man leicht zu Fuß gehen. Die Bewegung tat mir gut. Als ich vor dem Haus angekommen war, wo Nadine wohnte, wusste ich zwar immer noch nicht, was ich sagen sollte, aber mein Ärger war verflogen.

Im Vergleich zu Henning war ich ja ein Glückspilz. Es baut einen doch immer wieder auf, wenn man jemanden um sich hat, dem es noch schlechter geht.

Ob Henning das genauso sah? Immerhin hatte ich kein

Haus, noch nicht mal regelmäßiges Einkommen. Ich wusste oft nicht, wie ich die Miete bezahlen sollte und hätte mir noch nicht mal das Mittagessen im *‚Marathon'* geleistet ...

„Staelmann" stand auf einem Messingschild neben der Haustür. Nobel. Ob sie hier alleine lebte? Wahrscheinlich war das ihr Elternhaus. Was machte sie noch mal? Sie arbeitete beim Einwohnermeldeamt. Hatte man da am Nachmittag frei? Hatte sie sich für das Rendezvous extra frei genommen? Dann wäre sie aber doch sicher auch gekommen, oder?

Noch ehe ich auf den Klingelknopf drückte, bemerkte ich etwas Merkwürdiges. Die Haustür war nur angelehnt. Ich klingelte trotzdem. Nichts passierte.

Ich sah mich um. Rechts ging es in den Garten. War sie vielleicht dort? Ich blickte um die Hausecke. Da war ein sauber gemähtes Stück Rasen, eine Terrasse mit weißen Plastikmöbeln. Kein Mensch. Ich ging zurück und klingelte erneut. Es blieb still.

Ich klopfte gegen die Tür, sie ging einen Spalt weiter auf. Ich sah einen Flur, rechts führte eine Treppe nach oben. „Nadine?", rief ich und machte die Tür ganz auf. „Hallo?"

Ich überquerte die Schwelle. Der Blick war jetzt frei bis zu einer offen stehenden Glastür. Dort ging es wohl ins Wohnzimmer.

Auf dem gefliesten Boden lag etwas. Es sah aus wie herabgefallene, große Blüten. Ich ging näher heran und erkannte, dass es weiße Porzellanscherben waren. Hier war irgendwas zu Bruch gegangen.

„Nadine?"

Ich ging bis zur Tür weiter und blickte ins Wohnzimmer. Nadine war da. Sie lag verkrümmt auf dem Teppich; die roten Haare standen von ihrem Kopf ab. Dunkle Nässe breitete sich von ihrer Schläfe aus.

„Nadine!"

Ich beugte mich zu ihr hinunter und packte sie an der Schulter. Ich rüttelte sie, und ihre linke Hand, die auf dem Oberschenkel gelegen hatte, rutschte herunter. Eine Sekunde lang hatte ich gedacht, sie hätte sich bewegt. Aber da war nichts mehr. Als ich die starr aufgerissenen Augen sah, wusste ich, dass es keinen Sinn mehr hatte.

Mein Blick fiel auf eine Porzellanfigur, die zerbrochen auf dem Teppich lag. Die Scherben waren bis in den Flur geflogen. Damit war sie wohl erschlagen worden.

Ich erhob mich, und plötzlich entdeckte ich noch etwas. Keine anderthalb Meter entfernt lag auf dem hellen Teppichboden etwas Rotes.

Ich nahm mein Mobiltelefon und rief Henning an.

„Was ist los?", fragte er.

„Sage ich dir gleich. Erst was anderes. Hast du deinen Schlüssel?"

„Was? Ich verstehe nicht."

„Ob du deinen Schlüssel hast!"

„Natürlich, ich . . ."

„Leg ihn vor dich auf den Schreibtisch."

„Wieso, er ist in meiner Tasche . . ."

„Eben, deswegen ja. Leg ihn vor dich auf den Schreibtisch."

„Also schön, wenn es sein muss. Ich lege ihn . . . Huch, was ist das denn?"

„Da fehlt was oder?"

„Woher . . . ? Ja genau."

„Das Herz ist ab."

Er holte tief Luft. „Sag mir, was los ist."

„Irgend jemand hat dir dein Herz gestohlen", sagte ich zweideutig. Zugegeben – die Situation war nicht danach, aber ich konnte es nicht lassen.

„Es wird abgegangen sein."

„Das glaube ich auch."

„Na und? Verdammt, jetzt sag schon, was los ist. Was ist denn nun mit Nadine?"

„Das erfährst du früh genug. Wenn du nachher nach Hause kommst, schau doch mal, ob sich dein zerknautschtes Herz nicht an Monikas Schlüsselbund wiederfindet."

„Sie hat doch ihren eigenen Anhänger."

„Jetzt nicht mehr. Ob du's glaubst oder nicht – deine Frau ist zu Sachen fähig, von denen du nicht mal zu träumen wagst." Ich dachte nach. „Jemand muss dir den Anhänger in der Firma abgenommen haben . . ."

„Aber . . ."

„Und noch was. Du wirst mir wohl ewig dankbar sein, dass du nicht selbst hergekommen bist. Meine Aussage wird dir wohl den Kopf retten."

„Hör mal . . ."

„Bis nachher."

Ich drückte auf den Knopf. Dann rief ich die Polizei an. Ich betrachtete noch einmal genau das Plastikherz, das noch immer neben Nadine lag.

Es war nicht zerdrückt, sondern völlig intakt.

Wie neu.

Geldern

Die alte Herzogenstadt, die 1229 Stadtrechte erhielt, liegt nah an der Grenze zu den Niederlanden.

Die Sage berichtet, dass hier im Jahr 879 zwei mutige Grafensöhne einen furchterregenden Drachen zur Strecke brachten. Seinem Todesschrei *„Gelre"* soll der Stadt ihren Namen verdanken.

Überregional bekannt geworden ist sie nicht nur durch den internationalen Wettbewerb der Straßenmaler, sondern auch durch viele historischen Bauwerke. Ein besonderer Anziehungspunkt ist der Mühlenturm, ein Teil der früheren Stadtbefestigung, in dem ganzjährig Kunstausstellungen zu besichtigen sind.

Die etwas außerhalb gelegene Steprather Mühle ist seit der Renovierung 1995 die älteste voll funktionierende Windmühle Deutschlands.

Unbedingt sehenswert sind die neugotische Villa Eerde und Schloß Haag - eines der bedeutensten historischen Bauwerke am Niederrhein.

Weitere Informationen, die für Touristen interessant sind, gibt es unter www.geldern.de

Übrigens: Am Niederrhein gibt es ungefähr 170 Mühlentürme. Mehr als zwei Dutzend haben noch ihre ursprüngliche Inneneinrichtung, fast 50 haben ein Flügelkreuz. Viele Wassermühlen werden schon seit Jahren als Restaurants und Wirtschaften genutzt.

Rund 30 Wind- und Wassermühlen können jedes Jahr am Pfingstmontag, dem Deutschen Mühlentag, besichtigt werden.

Helenes Engel

Wie schnell ein Menschleben doch vorübergeht. War es nicht erst gestern, dass Helene im Wasserschloss Anholt das Tafelsilber poliert und die kostbaren Gläser gespült hat? Dass Netti, die Köchin, ihr gezeigt hat, wie man einen Fasan rupft und anschließend ausnimmt? Bis heute weiß Helene, dass an die echte Windsorsuppe ein Glas Madeira gehört und dass man Kaviar mit winzigen Löffeln aus Perlmutt isst. Nie wird sie die prunkvollen Feste im großen Speisesaal vergessen. Wenn junge Männer in rot-weißen Livreen Berge von köstlichen Speisen auftrugen, die zuvor in tagelanger Schwerstarbeit in der Schlossküche zubereitet worden waren.

Der Krieg setzte allem ein Ende. 1945 fielen Bomben auf das wunderschöne Wasserschloss. Es gab viele Tote, darunter den Erstgeborenen des Fürsten zu Salm-Salm. Die trauernde Familie verließ ihr Heim. Und erst jetzt, im neuen Jahrtausend, ist Carl Philipp Fürst zu Salm-Salm in sein Elterhaus zurückgekehrt. Zu spät für Helene, die jahrzehntelang darauf gehofft hat, noch einmal auf dem Schloss dienen zu dürfen.

Helene ist jetzt siebenundachtzig und der letzte Winter hat ihr schwer zugesetzt. Eine hartnäckige Bronchitis will einfach nicht ausheilen. Die Knochen schmerzen bei jedem Schritt und das Gedächtnis lässt auch schon nach. Wenn man alt und allein ist, wird das Leben eine schwere Last. Helene hat beschlossen, dass siebenundachtzig ein gutes Alter ist, um zu sterben.

Doch eine Sache muss sie noch in Ordnung bringen, bevor sie vor den Herrgott treten kann. Und so hat sie gestern Hubert angerufen, den Sohn ihrer verstorbenen Schwester, an den sie nicht einmal denken kann, ohne sich zu ärgern. Hubert ist ein Nichtsnutz, der seit Jahren nicht arbeitet und seine Tante nur besucht, um nach Geld zu fragen. Aber er ist ihr einziger Verwandter.

Um viertel vor acht klingelt es zweimal Sturm. Kaum dass Helene sich von ihrem Krankenlager im Wohnzimmer erhoben hat, schellt es bereits das nächste Mal. Als ob Hubert nicht wüsste, dass sie alt ist und gebrechlich und zum Gehen einen Stock benötigt. Aber dieser Junge denkt nicht über andere nach, das hat er noch nie getan.

Sein Anblick ist ein einziges Ärgernis. Dünnes Haar, das am Kopf klebt, eine speckige, viel zu kurze Jeansjacke, eine fadenscheinige Hose und ungeputzte Turnschuhe. Mit dreiundfünfzig Jahren sollte man doch ein bisschen Wert auf sein Äußeres legen, findet Helene. Aber da stößt sie bei Hubert auf taube Ohren.

„Ich dachte, du würdest etwas eher kommen und ein bisschen was für mich einkaufen! Ich hab dir doch am Telefon gesagt, dass es mir nicht gut geht." Helene seufzt. „Dieser ewige Husten und die Schmerzen in den Beinen. Am besten geht es mir, wenn ich liege."

„Zufällig hatte ich andere Dinge zu erledigen. Sag mir, was du haben musst, ich bringe es morgen vorbei. Und jetzt leg dich wieder hin. Wenn du wirklich so krank bist, ist es hier im Flur viel zu kalt."

Wenn du wirklich so krank bist, so etwas kann nur Hubert einfallen. Gekränkt schlurft Helene zu ihrem dunkelroten Sofa. Sie legt sich hin und zieht eine karierte Wolldecke über ihren Körper. „Es geht mir tatsächlich nicht gut. Sonst würde ich dich nicht belästigen. Ich wäre dir sehr dankbar, wenn du mir einen Kamillentee kochen würdest. Es steht alles neben der Spüle."

„Meinetwegen." Hubert rumort in der Küche, dann ruft er: „Hast du Kaffee? Ich brauche jetzt einen starken Kaffee!"

„In der Blechdose über dem Herd." *Nimm nicht soviel,* hätte Helene am liebsten noch gerufen, die jungen Leute gehen so verschwenderisch mit dem teuren Bohnenkaffee um. Aber sie schweigt, weil sie Huberts Laune nicht verderben will.

Eine kleine Ewigkeit vergeht, bis Hubert zurückkehrt. Auf dem Tablett stehen zwei Tassen, eine mit Kamillentee und eine mit Kaffee. Außerdem hat er ohne zu fragen eine Packung Butterkekse geöffnet.

„Hier Tante Helene, dein Kamillentee. Was soll ich morgen einkaufen? Sei nicht böse, aber es ist spät und ich möchte nach Hause."

„Ich brauche Kamillentee, Weißbrot und Margarine. Aber deshalb habe ich dich nicht angerufen. Das kann mir auch Frau Müller von nebenan holen. Ich möchte etwas anderes mit dir besprechen, Junge. Etwas sehr Wichtiges."

Huberts Neugierde ist geweckt. Er zieht einen Stuhl heran und setzt sich. Hastig nimmt er einen Schluck Kaffee und verzieht sogleich das Gesicht. „Scheiße, hab' mich verbrannt. Also, was ist?"

Leicht fällt es Helene nicht, ausgerechnet Hubert ihr größtes Geheimnis anzuvertrauen. Sie hustet ein paar Mal, was sich schrecklich anhört und Hubert veranlasst, seinen Stuhl einen Meter zurückzustellen, dann räuspert sie sich. „Wie du weißt, habe ich früher auf dem Schloss gearbeitet. In der Küche. Das war eine sehr schöne Zeit, Junge. Ich glaube, es war die glücklichste Zeit meines Lebens."

Hubert gähnt ungeniert. Wenn sie jünger wäre, hätte sie ihn dafür zurechtgewiesen, aber sie ist alt, schwach und krank und – was am schlimmsten ist – auf Hubert angewiesen. Also ignoriert sie seine Unhöflichkeit.

„Dann kam der furchtbare Krieg, du warst ja zum Glück noch nicht auf der Welt. Bei einem schrecklichen Angriff wurde der größte Teil des Schlosses zerstört. Es war furchtbar überall Rauch, Steine, schreiende Menschen. Hinterher war die Rede von sechzig Toten. Der Erstgeborene des Fürsten zählte auch dazu."

Derartige Tragödien berühren Huberts Herz nicht im geringsten, er gähnt ein weiteres Mal ausgiebig.

„Und?"

„Wir liefen alle um unser Leben. Und ich, na ja, ich

rannte und rannte, und plötzlich sah ich die beiden Porzellanfiguren auf der Kommode stehen. Zwei Engel, einer in Blau, einer in Rosa. Sie stellen Tag und Nacht dar. Die Fürstin zu Salm-Salm hat sie über alles geliebt. Ich habe die beiden vorsichtig in meine Schürze gewikkelt und bin damit nach Hause gelaufen. Ich wollte sie einfach nur vor der Zerstörung retten, verstehst du?""

Langsam wird Hubert hellhörig.

„Und als der Krieg vorbei war, hast du die Lieblingsfiguren der Fürstin zurückgebracht und eine Belohnung kassiert. Und jetzt willst du mir erzählen, dass irgendwo ein Sparbuch liegt. Damit ich Geld habe, um dich anständig unter die Erde zu bringen."

Helene schüttelt den Kopf. „Ich wünschte, es wäre so gewesen. Nein, ich hab die Figuren nicht zurückgebracht. Das Schloss wurde doch erst viele Jahre später wieder aufgebaut. Als Museum, wie du weißt, hinterher kamen noch das Hotel und der Golfplatz dazu. Aber die Fürstenfamilie ist nicht zurückgekehrt. Wem hätte ich die Porzellanfiguren übergeben sollen? Wer hätte überhaupt verstanden, warum ich so gehandelt habe? Nein, die Zeit verging, und es wurde mir von Jahr zu Jahr unmöglicher, meine beiden Porzellanengel zurückzubringen."

„Und wo sind sie jetzt?"

„Oben. Und jetzt hör mir gut zu: Wenn ich sterbe, und das kann in meinem Alter jeden Tag passieren, möchte ich dass du die beiden in meinem Namen zum Schloss zurückbringst. Der jetzige Fürst hat vor wenigen Monaten wieder den linken Flügel im Wasserschloss Anholt bezogen. An ihn musst du dich wenden. Ich habe einen Brief dazugelegt, in dem ich alles erkläre. Wenn er so gütig wie sein Vater ist, wird er mein Handeln verstehen."

Huberts Augen gehen beinahe über.

„Du willst zwei Porzellanfiguren, die kein Mensch vermisst, zurückgeben? Vielleicht sind die beiden viel Geld wert!"

Beinahe beschämt flüstert Helene: „Fünfundzwanzigtausend."

„Fünfundzwanzigtausend Mark?“, fragt Hubert atemlos.

„Nein, Euro. Sie sind fünfundzwanzig bis dreißigtausend Euro wert. Ich hab mich vor Jahren, als ich noch besser zu Fuß war, in Köln bei einem Antiquitätenhändler erkundigt. Der sagte damals sechzigtausend Mark, wenn es sich wirklich um die echten Figuren aus Meissen handelt. Und im Schloss der Fürsten zu Salm-Salm gab es mit Sicherheit keine Fälschungen.“

Hubert hält es nicht länger auf dem Stuhl. „Da oben stehen dreißigtausend Euro rum, und das seit Jahren? Und jedes Mal wenn ich dich nach Geld frage sagst du, da ist nichts. Ich würde schließlich nach deinem Tod das Haus erben.“ Er lacht meckernd. „Diese alte, miese Bruchbude, die mir garantiert niemand abkaufen wird. Weißt du eigentlich, wie beschissen mein Leben läuft? Dass man mir demnächst die Wohnung kündigt, weil ich fünf Monate mit der Miete im Rückstand bin? Und jetzt willst du das einzig Wertvolle aus meinem Erbe einer Familie schenken, die mehrere Schlösser besitzt und ohnehin schon im Geld schwimmt? Habe ich das richtig verstanden?“

In seiner Stimme ist soviel Hass, dass Helene erschrickt. „Hubert, beruhige dich. Es handelt sich keinesfalls um dein Erbe. Wir sprechen hier von dem Eigentum des Fürsten zu Salm-Salm.“

„Quatsch. Der hat überhaupt keine Ahnung, dass diese blöden Figuren noch existieren.“ Hubert wirkt auf einmal sehr bedrohlich. „Ich will die beiden sehen. Wo sind sie?“

Wenn Helene nicht antwortet, wird er das gesamte Haus untersuchen. „Sie stehen in meinem Schlafzimmerschrank“, seufzt sie resigniert. „Rechte Tür. Aber sei vorsichtig.“

„Keine Sorge Tantchen. Ich passe schon auf.“

In nie gekannter Eile stürmt Hubert die schmale Stiege zum ersten Stock hinauf, oben knarrt die Tür ihres Schlafzimmerschrankes. Eine Weile bleibt es still, dann

dann steht Hubert wieder im Wohnzimmer. „Unglaublich. Ich hab schon befürchtet, dass du dir alles ausgedacht hast. Aber die Figuren stehen wirklich dort. Ziemlich kitschig, wenn du mich fragst. Ich wollte so einen Mist nicht in meiner Wohnung stehen haben. Aber die gekreuzten blauen Schwerter auf dem Boden bedeuten Meissen, das weiß sogar ich."

„Du hast sie rausgenommen? Umgedreht?" Für einen Moment wird es Helene schwarz vor Augen. Hubert ist immer so ungeschickt. Wie leicht hätte er eine der kostbaren Figuren zerbrechen können. „Du weißt, was ich gesagt habe. Die Figuren müssen zurück auf das Schloss. Mit dem Brief. Damit sie wissen, dass ich keine gewöhnliche Diebin bin."

Ein unangenehmes Lächeln verzerrt Huberts Gesicht. „Aber klar doch Tantchen. Dein Wunsch ist mir Befehl. Sobald du diese Welt verlässt, bringe ich die beiden höchstpersönlich zu diesem Fürsten. Vielleicht hat er ja ein größeres Herz als du und zahlt mir so was wie Finderlohn."

„Ich bin nicht hartherzig, mein Junge", murmelt Helene. „Ich will nur ein Unrecht wieder in Ordnung bringen." Ein weiterer Hustenanfall schüttelt ihren knochigen Körper.

Zum ersten Mal seit Jahren ist da so etwas wie Entschlossenheit in Huberts Blick. „Sag mal, wer weiß eigentlich von den Figuren?"

„Niemand. Nur du und ich. Ich habe die beiden seit fast sechzig Jahren versteckt." Es war ein Fehler, Hubert von dem Figurenpaar zu erzählen. Das weiß Helene jetzt. Der Gedanke, dass einzig seine alte kranke Tante zwischen ihm und dreißigtausend Euro steht, wird ihn nicht mehr loslassen. „Ich bin jetzt müde. Wenn du mir morgen Tee, Weißbrot und Margarine bringen würdest." Sie ist froh, als Hubert fort ist.

In dieser Nacht quälen Helene furchtbare Träume. Einmal erstickt Hubert sie mit einem Kissen. Ein anderes Mal sticht er mit ihrem Brotmesser zu. Verbissen kämpft Helene um ihr Leben. Am nächsten Morgen weiß sie plötzlich, dass sie noch lange nicht sterben will. Wenn sie es bis zu ihrem neunzigsten Geburtstag schafft, wird sie in der Zeitung stehen. Und der Bürgermeister wird kommen. Drei Jahre noch, die wird Helene schon schaffen.

Hubert ist ausnahmsweise pünktlich. Und wenn man davon absieht, dass er statt Kamillentee Pfefferminztee mitbringt, hat er sich redlich Mühe gegeben. Wenn da nur nicht dieses fiebrige Leuchten in seinen Augen wäre. Dieses nervöse Wippen mit den Fußspitzen. Die Hände kann er auch nicht still halten.

Als Helene hustet, zieht er die Augenbrauen hoch. „Hört sich nicht gut an. Weiß der Arzt eigentlich, wie krank du bist?"

Unter der Bettdecke ballt sie ihre Hände zu Faust. „Er sagt, ich soll mir keine Sorgen machen. Ich werde bestimmt noch hundert." Helene holt tief Luft. „Hubert. Deine Worte gestern haben mir sehr zu denken gegeben. Ich bin nicht so hartherzig, wie du denkst mein Junge. Und deshalb habe ich beschlossen, dir die beiden Figuren zu überlassen. Du hast Recht, die Fürstenfamilie kennt keine finanzielle Not. Meine beiden Engel wären dort nur eine Kostbarkeit unter vielen. Du hingegen brauchst das Geld dringend."

Für einen Moment fehlen Hubert die Worte. Dann springt er auf und schüttelt überschwänglich die Hände seiner Tante. Er wirkt erleichtert. So als wäre ihm gerade eine Zentnerlast von der Seele gefallen. „Echt? Tante Helene? Du siehst ein, dass es blödsinnig ist, die Figuren auf das Schloss zurückzubringen? Ja dann. . . ich fahre am besten gleich los. Nach Berlin, denke ich. Da gibt es jede Menge Antiquitätenhändler. Sind die Figuren noch oben?"

Helene nickt. „Ich habe sie heute früh schon eingepackt. In eine alte Wolldecke. Damit unterwegs nichts passiert. Sie stehen vor meinem Bett."

„Tante Helene, du bist ein Schatz. Sobald ich das Geld habe, melde ich mich." Hubert stemmt die Hände in die Seiten und grinst. „Ich glaube, ich werde mir eine neue, größere Wohnung suchen. Und dieser alte Geizhals kann bis zum Sankt Nimmerleinstag auf seine fünf Monatsmieten warten."

Als Helene Anstalten macht, ihm ins Obergeschoss zu folgen, winkt er ab. „Lass, nachher überanstrengst du dich noch."

„Das schaffe ich schon." Keuchend quält Helene sich mit Hilfe ihres Gehstockes die Treppe hoch. „Sei bloß vorsichtig. Sobald die kleinste Ecke abspringt, mindert das ihren Wert."

„Keine Sorge, ich werde sie wie meinen Augapfel hüten. Außerdem hast du die Figuren ja prima eingepackt. Und ich fahre ganz vorsichtig."

Behutsam trägt Hubert das unförmige Paket vor seinem Körper. Vor der Treppe bleibt er stehen. „Das ist wirklich verdammt steil."

Er umfasst seine kostbare Last mit der rechten Hand und greift mit der linken nach dem Geländer. In diesem Augenblick schlägt Helene ihren Gehstock mit aller Kraft in seine Kniekehlen. Hubert gerät aus dem Gleichgewicht, seine Linke greift ins Leere und er stürzt mitsamt dem Paket kopfüber die Holzstiege hinunter. Ungefähr in der Mitte überschlägt er sich einmal, die Decke öffnet sich und Hubert landet in einem Bett aus weißen Porzellanscherben. Er rührt sich nicht mehr. Aus seinem linken Ohr sickert Blut.

Helene lächelt. Um die alte Bodenvase ist es nicht schade. Um Hubert auch nicht.

Isselburg

Isselburg wurde aus den Städten Anholt, Isselburg, Werth und den Gemeinden Heelden, Herzebocholt, Vehlingen und einem Teil von Wertherbruch gebildet und liegt an der nördlichen Grenze das Niederrheins unmittelbar an der A3.

Isselburg erhielt 1441 durch den Landesherrn Herzog Adolph I. von Kleve die Stadtrechte. Er war es auch, der die Stadt zu einer Festung mit Stadtmauern ausbauen ließ.

Ein lohnenswertes Ausflugsziel ist ohne Zweifel die Wasserburg Anholt, die im 12. Jahrhundert von den Herren von Zuylen erbaut wurde. In der Mitte des 13. Jahrhunderts entsteht die Stadt Anholt, nachdem Ritter Stephan von Zuylen zusammen mit seinem Sohn Dietrich verfügt, dass den Hofhörigen Hofstätten zum erblichen Eigentum überlassen werden. Heute gehört die Wasserburg den Fürsten zu Salm-Salm.

Im Jahr 1318 wird erstmals die Burg erwähnt, in deren Schatten die Ortschaft Werth entstanden ist. Johann von Kulenburg verleiht der Ansiedlung 1426 das „Kuhlenburg'sche Stadtrecht".

Besondere Anziehungspunkte für Touristen sind heute die restaurierte Mühle und das mittelalterliche Rathaus.

Mehr Informationen finden Sie unter
www.isselburg.de

Übrigens: Die Wasserburg Anholt zeigt in ihrem Museum Ausstellungen von Porzellan, Wandteppichen, Mobiliar, Waffen, Gemälden und eine Bibliothek. Die Parkanlagen sind nach englischem Vorbild angelegt.
Öffnungszeiten: 1. April - 30. September, 11 - 17 Uhr außer montags; 1. Oktober - 31. März, samstags und sonntags 11 - 17 Uhr

Weiße Madonna

Als sie die Zeitung und die Post hereinholte, fiel ihr Blick auf den räudigen Rosenbusch im Vorgarten. Ob er dieses Jahr blühen würde? Die letzten Jahre hatten sich frühzeitig die Blattläuse daran schadlos gehalten und keine einzige Knospe war aufgegangen.

Eine Melodie drängte sich in ihren Kopf und unwillkürlich begann sie zu summen. *„Für mich soll´s rote Rosen regnen . . .“* Früher einmal hatte das Lied der Knef eine verheißungsvolle Bedeutung gehabt. Sie seufzte. Ja, früher, als Heinrich noch lebte und ihr jeden Wunsch von den Augen abgelesen hatte. Doch das war lange vorbei.

Kurz streifte ihr Blick über die roten Backsteinhäuser, die eng beieinander standen, ab und an von kleinen Gärten mit niedrigen Jägerzäunen voneinander getrennt. Kein Mensch war auf der Straße zu sehen. Das Lied der Knef setzte sich in ihrem Kopf fort. *„Mir sollen sämtliche Wunder begegnen . . .“*

Seufzend betrachtete sie die beiden Briefumschläge. Werbung, der eine. Das Finanzamt, der andere. Sie presste die Lippen zusammen und zog die Haustür hinter sich zu. Wunder waren für sie kaum noch zu erwarten. Nicht an diesem Ort und nicht in ihrem Alter.

Noch immer spürte sie einen unbändigen Zorn, wenn sie an die Aktivitäten dieses skrupellosen Peter Franck dachte, der sich Finanzmanager nannte und wahrscheinlich noch andere arglose Kunden in den Ruin getrieben hatte. Ihn machte sie für Heinrichs plötzlichen Tod verantwortlich, weil ihr Mann seine finanziellen Belange in die Hände dieses angeblichen Fachmannes gegeben hatte. Fast alles, was sie sich beide für einen angenehmen Lebensabend angespart hatten, war von einem auf den anderen Tag zum Teufel gewesen. Aber natürlich hatte diesem Franck keiner etwas nachweisen können, der sich mit einem Schwall schöner Worte aus der Affäre geredet hatte. Wiedergesehen hatten sie keinen Pfennig. All das hatte Heinrich nicht verkraftet. Kurze Zeit später war er an einem Herzinfarkt gestorben.

Wie sie das sorglose Leben vermisste, das sie einmal geführt hatte! Und wie sie sich noch immer darüber ärgerte, dass sie sich viel zu wenig um die Finanzen gekümmert und Heinrich alles überlassen hatte. Heute würde sie alles anders machen. Überhaupt . . .

Zugegeben, sie hatte gelernt, sich zu bescheiden. Auch wenn es ihr lange Zeit sehr schwer gefallen war. Zusammen mit Heinrich hatte sie in Düsseldorf gewohnt. Jetzt war sie nach Hamminkeln gezogen. Einmal, weil hier die Mieten erschwinglich waren und zum anderen, weil sie hier niemand kannte und keiner wusste, was passiert war. Von einem auf den anderen Tag war sie in Düsseldorf nicht mehr zu den üblichen Kaffeenachmittagen eingeladen worden. Man hatte sie deutlich spüren lassen, dass sie nicht mehr dazu gehörte, weil sie kein Geld mehr besaß. Es war offensichtlich, dass man sie mied. Und nach Heinrichs Tod war es noch schlimmer geworden. Lange hatte sie einen täglichen Kampf geführt, der sie zernagte und der sie nachts kaum schlafen ließ. Bis sie sich zu einem Neuanfang entschloss.

Sie setzte sich auf das Sofa im Wohnzimmer und bemerkte zum wiederholten Mal die zerschlissene Stelle. Und das, obwohl das Sofa so alt noch gar nicht war. Aber ein teureres, qualitativ besseres konnte sie sich nicht mehr leisten. Heinrich fehlte ihr. Er war ihr Mann gewesen und sie hatte es immer ernst genommen mit dem Schwur *„Bis dass der Tod euch scheidet."* Zusammenhalten in guten und in schlechten Zeiten. Sie hatte bewiesen, dass sie beides konnte.

In den fünfziger Jahren hatten sie geheiratet. Heinrich hatte enorm vom Wirtschaftswunder profitiert und die guten Zeiten, die unmittelbar auf die schlechten gefolgt waren, hatten lang angedauert. Kinder hatten sie – obwohl gewünscht – leider keine bekommen, aber ansonsten hatte es ihnen an nichts gefehlt.

Nun fristete sie ihr Dasein in Hamminkeln, wo sie trotz der fünf Jahre, die sie jetzt hier lebte, immer noch kaum jemanden kannte, wohl auch deshalb, weil sie hartnäkkig ihre Teilnahme an Altennachmittagen und den Beitritt zum Seniorenclub verweigerte. Ihr einziges Vergnügen bestand darin, sich an manchen Sonntagen nach einem kleinen Spaziergang entlang der Issel ein Kännchen Kaffee und ein Stück Himbeersahne im Café Winkelmann zu gönnen.

Sie schlug die Zeitung auf. Die Schlagzeilen sprangen ihr ins Auge. Die Kirche St. Maria Himmelfahrt war neu renoviert worden. Ab jetzt konnten darin wieder Gottesdienste abgehalten werden. Der Irak-Krieg war noch weiter als sonst nach hinten gerückt – auch für sie persönlich war er wieder etwas weiter weg und das war gut so. In den Tagen intensiver Berichterstattung über die Bombardierungen hatte sie sich oft unangenehm an ihre eigenen Kriegserlebnisse als Kind erinnert gefühlt. Schnell blätterte sie weiter. Die Todesanzeigen konnte sie sich sparen. Kaum ein Name weckte ein Echo. Dennoch konnte sie sich nicht dagegen wehren, die kurzen Anzeigentexte zu streifen. Ob jemand bei ihrem eigenen Tod eine Anzeige aufgeben würde? Mit so netten Worten wie sie sie manchmal seufzend las? Wohl kaum. Zwar tauschte sie noch mit einigen wenigen Bekannten Geburtstags- und Weihnachtsgrüße aus, aber es hatte sie noch niemand besucht, seit sie in Hamminkeln wohnte. Und Verwandte hatte sie nur noch ein paar entfernte, von denen sie ebenfalls seit Jahren nichts mehr gehört hatte.

Nun war sie bei den Kontaktanzeigen angelangt. Bisher hatte sie diese Seite immer überschlagen. Aber warum eigentlich nicht mal lesen, was da so stand? Sie überflog die Rubrik „Er sucht Sie“. Die meisten Männer suchten jüngere Frauen. Bis höchstens fünfzig Jahre. Dafür war sie entschieden zu alt. Überhaupt, sowas kam doch für sie sowieso nicht in Frage. Plötzlich blieb ihr Blick an einer Kleinanzeige hängen.

„Seriöser Rentner", stand da. *„71 Jahre. Finanziell gut gestellt, sehnt sich nach liebevoller, unkomplizierter Partnerin, um viel mit ihr zu unternehmen. Von meiner Seite aus könnten wir schon gemeinsam in den ersten Mai tanzen."*

Ihre Gedanken schweiften ab. Mit Heinrich war sie lange Zeit in den ersten Mai getanzt. Vielleicht . . . Sie las weiter. *„Ich kann noch spontan sein - Sie auch?"*

O ja, spontan konnte sie sein. Man konnte es ja mal probieren. Was hatte sie schon zu verlieren? Und vielleicht ergab sich tatsächlich eine nette Bekanntschaft. Kurz entschlossen holte sie Füllfederhalter und Briefpapier und setzte sich hin.

„Lieber Unbekannter", schrieb sie. Dann knabberte sie am Stift. Was teilte man nur jemandem mit, den man gar nicht kannte, von dem man nur aufgrund von ein paar Anzeigenzeilen ein vages Bild im Kopf hatte? Einfach ein bisschen von sich erzählen? Lieber nicht.

„Ihre Anzeige in der Zeitung ist mir aufgefallen. Ich bin schlank, neunundsechzig Jahre alt und noch sehr rüstig. Früher habe ich in Düsseldorf gelebt, doch seit dem Tod meines Mannes hat es mich nach Hamminkeln verschlagen. Obwohl ich ein geselliger, unternehmungslustiger Mensch bin, habe ich kaum Bekanntschaften. Die schließt man in unserem Alter nicht mehr ganz so leicht. Deshalb dachte ich, ich könnte es einmal auf diese Weise versuchen. Ich würde mich freuen, bald von Ihnen zu hören.
In freudiger Erwartung Ihre
Emilie Hartung"

Sie las den Brief nochmals durch. Dann entschied sie sich, den Satz *„In freudiger Erwartung"* wieder zu streichen - er klang vielleicht etwas zu intim - und ihn durch ein neutrales *„Mit freundlichen Grüßen"* zu ersetzen. Sie schrieb den Brief neu, überflog ihn abermals und bevor sie es sich nochmals überlegen konnte, klebte sie ihn zu, adressierte ihn, versah ihn mit ihrem Absender und brachte ihn gleich zum Briefkasten. Sicher war sicher. Sie kannte sich: Wenn sie erst einmal anfing, über ihr Tun nachzugrübeln, wurde nichts mehr daraus.

Seit der Brief im Kasten war, hatte sie eine fieberhafte Unrast ergriffen. Jeden Morgen hastete Emilie ein paar Mal an den Briefkasten, ignorierte den immer grüner werdenden Rosenbusch im Vorgarten und war enttäuscht, wenn der Kasten leer war. Oder nur mit den üblichen Werbesendungen gefüllt.

Doch Mitte der Woche schimmerte auf dem Briefkastenboden etwas Weißes. Endlich war der Antwort-Brief angekommen. Sie sah auf den Absender. Herbert Ludwig aus Wesel. Probehalber flüsterte sie den Namen vor sich her. Herbert Ludwig. Klang irgendwie nett.

Drinnen nahm sie ein Küchenmesser und schlitzte den Brief auf. Er war mit blauer Tinte in schwungvoller Schrift geschrieben. Tinte. Das schätzte sie.

„Liebe Emilie“, las sie. *„Ich darf Sie doch so nennen? Sehr gern würde ich Sie zu einem Tässchen Kaffee im Hotelrestaurant „Zum Hasen Hein“ in Ihrem Städtchen einladen. Wie wäre es am kommenden Sonntag, fünfzehn Uhr? Bei schönem Wetter im Gartenrestaurant. Ich werde pünktlich sein. In der Hoffnung, dass Ihnen das passt verbleibe ich*
Ihr ergebener Herbert Ludwig.“

Sofort stand ein Bild vor ihren Augen: Ein großer stattlicher Mann, volles, graues, nach hinten gekämmtes Haar, vollendete Umgangsformen. Bis sie merkte, dass sie eine Kopie von Heinrich sah. Sie durfte nicht so voreingenommen sein. Und ihre Erwartungen nicht so hoch schrauben. Sie schüttelte den Kopf über sich selbst und lächelte.

Ein wenig war sie schon enttäuscht über die kargen Zeilen, denen sie allzuwenig über die Person Herbert Ludwigs entnehmen konnte. Nochmals begann sie den Brief von vorn zu lesen, in der Hoffnung, ein paar Informationen mehr zu bekommen, die ihr beim ersten Lesen vielleicht entgangen waren. Aber ihr fiel nichts weiter auf.

Sie beschloss, sich trotzdem zu freuen: sie hatte ein Rendezvous! Konnte man es glauben? Eine Frau von annähernd siebzig Jahren wurde von einem Herrn ins Café bestellt? Was zog sie bloß an? Heute war bereits Donnerstag.

Die Tage bis zum Wochenende vergingen wie im Flug. Gleichwohl waren sie aufregend. Emilie ging in die Stadt, suchte ein neues Kostüm. Doch sie fand keines, das ihren Ansprüchen genügte und gleichzeitig kein Loch in ihr Budget riss. Also entschloss sie sich, eines ihrer guten Kostüme anzuziehen, die aus der Düsseldorfer Zeit stammten. Es war zwar schon etwas aus der Mode, aber immerhin passte es ihr noch einigermaßen. Aufgeregt fieberte sie dem Sonntag entgegen.

Nach Heinrichs Tod hatte sie immer stärker eine kuschelige Hälfte vermisst, eine Schulter, an die man sich lehnen konnte, ein Arm, der einen umfasste. Eine Hand, die einen streichelte, einfach jemand, der da war.

Doch dann überfielen sie heftige Zweifel. Ob es wirklich so einfach sein sollte? Einen Brief schreiben - ein Kaffeeplausch und schon hatte man einen neuen Partner? Dann wiederum fragte sie sich, warum sie so lange überlegt hatte. Diese Möglichkeit hätte sie auch schon vorher haben können.

Mit klopfendem Herzen ging sie am Sonntag Nachmittag unter dem grünbewachsenen Bogen hindurch, der zur Gartenterrasse des Hotelrestaurants „Zum Hasen Hein“ führte. Es war ein herrlicher Tag, keine Wolke am Himmel und das Restaurant war bereits gut gefüllt. Sie trug ihr helles Kostüm, das ihr eine Spur zu eng geworden war, so dass sie den Knopf am Rockbund offen gelassen hatte.

An einem der Tische saß ein älterer, rundlicher Herr im dunklen Anzug, mit Halbglatze und zerfurchter Stirn. Eine Schrecksekunde lang überlegte sie, wieder zu gehen, weil sie sich ihren zukünftigen Partner vollkommen anders vorgestellt hatte. Doch er hatte sie schon erspäht. Er stand auf, verbeugte sich vor ihr und küsste ihre Hand. Sein Atem roch nach Pfefferminz. „Emilie? Sie sind doch Emilie, nicht wahr?“, begann er mit unangenehm heller Stimme zu säuseln. „Charmant. Charmant. Schön, dass Sie kommen konnten. Setzen Sie sich doch.“ Er rückte ihren Stuhl zurecht. „Was darf ich Ihnen bestellen? Kaffee? Kuchen?“

„Ein Kännchen Kaffee und eine Himbeersahne, bitte.“

Er lächelte. „Eine kleine Genießerin, was?“, bemerkte er und schnipste mit dem Finger nach der Kellnerin.

Er ließ Emilie kaum zu Wort kommen, schwätzte unaufhörlich und sah sie dabei mit einem wässrigen Blick an. Zahlreiche geplatzte Äderchen durchzogen sein Gesicht. Die Haut war aufgedunsen und wirkte teigig.

Mit jedem seiner speichelsprühend geäußerten Sätze sah sie ihre Träume immer mehr in sich zusammenfallen. Zumal sie heraushören konnte, dass er eher an einer Haushälterin als an einer Partnerin interessiert zu sein schien. Sie ließ die Schultern sinken, aß schweigend ihren Kuchen und überließ es ihm, die Unterhaltung allein zu bestreiten. Er schien es noch nicht einmal zu bemerken, so sehr war er in seine Rede vertieft.

Als der Kuchen aufgegessen und die Kaffeetasse leer war, überlegte sie, wie sie sich diskret und schnellstmöglich verabschieden könnte. Keine Minute länger konnte sie sein selbstgefälliges Geschwätz ertragen.

„Entschuldigung“, sagte sie mitten in einen seiner hektisch vorgebrachten Sätze hinein. Fragend sah er auf. Sie lächelte ihn liebenswürdig an, nahm ihre Tasche und erhob sich. „Ich bin gleich wieder da.“

Doch sie dachte nicht daran, zu diesem Menschen zurückzukehren, dem man den Alkoholiker aus zwei Meilen Entfernung ansah. Schnell verschwand sie durch den Hoteleingang. Draußen atmete sie erst einmal tief durch. Wenn das Leben für sie nur noch solche männlichen Exemplare zu bieten hatte, dann konnte sie gut und gern darauf verzichten. Da war das Alleinleben ja tausendmal angenehmer.

Sie lief wie gehetzt, so, als ob sie eine Verbrecherin auf der Flucht wäre, bis sie auf einem freien Feld angelangt war. Hier begann die Naturparklandschaft „Hohe Mark". Sie spazierte ein Stück einen mit Kopfweiden gesäumten, asphaltierten Feldweg entlang. Es roch nach Frühling. Überall explodierte die Natur, das sanfte Grün empfand sie wohltuend in ihren Augen. Spaziergänger begegneten ihr, Familien und einzelne Mütter mit Kindern an der Hand und im Kinderwagen.

Merkwürdig, dass sie bisher nie den Wunsch verspürt hatte, dieses Stück urwüchsige Natur näher zu erkunden, das sozusagen direkt vor ihrer Haustür lag. Sie sah sich um und dachte, das sollte sie viel öfter tun. Einfach rausgehen unter die Leute in die Natur.

Nach einer Weile kam sie an eine Bank, auf der ein älterer Herr saß. Er nickte ihr freundlich zu, als sie ihn fragte, ob noch frei sei. Sie merkte, dass sie der Spaziergang etwas angestrengt hatte und ließ sich fallen. Als ihr Blick durch die flachen Wiesen und Felder streifte, dachte sie an Herbert Ludwig aus Wesel. Der Echo-Ruf von früher fiel ihr wieder ein: *„Wie heißt der Bürgermeister von Wesel?"* Und das Echo warf zurück: *„Esel, Esel."*

Unwillkürlich schmunzelte sie vor sich hin.

„Sie scheinen sich ja prächtig zu amüsieren", sagte der Herr neben ihr. Überrascht sah sie auf und blickte in seine freundlichen blauen Augen. Er hatte eine kleine Ähnlichkeit mit Heinrich, fiel ihr dabei auf. Aber eigentlich nur eine klitzekleine.

„Ich habe gerade daran gedacht, dass es hier keine Berge gibt, die ein Echo zurückwerfen können", sagte sie. Sie konnte ja kaum einem wildfremden Herrn schildern, was sie tatsächlich zum Schmunzeln gebracht hatte.

„Trotzdem ist das hier ein wunderschönes Fleckchen Erde, nicht wahr? Ich komme gern hierher und wenn ich die Wahl hätte, wäre ich gern hier begraben", sagte der Mann. Sie sah ihn fragend an. „Wir wissen ja nie, wer als Nächster dran sein wird, nicht wahr?"

Sie war etwas irritiert. Über den Tod wollte sie sich

nicht unterhalten. Auch gar nicht darüber nachdenken. Er kam sowieso, wann er wollte. Heinrichs Tod war auch unvermittelt und plötzlich gekommen. Und dann hatte sie dagestanden. Allein. Und ohne ausreichende finanzielle Absicherung.

„Aber hoffen wir, dass wir noch viel Gelegenheit haben, uns über dieses immer wiederkehrende Wunder der wechselnden Jahreszeiten zu freuen. Besonders im Frühjahr wird mir dies jedes Jahr aufs Neue bewusst", sagte der Mann. Wieder horchte sie auf. Das waren Worte, wie sie Heinrich öfter geäußert hatte. Auch er hatte seine Freude an der Natur und den unterschiedlichen Jahreszeiten.

Sie betrachtete den Herrn neben sich genauer. Er hatte weißes Haar und war leger gekleidet. Kein Anzugtyp wie der alkoholisierte Lackaffe von vorhin. In seinem Lächeln lagen Freundlichkeit und Güte. Mit so einem Mann hätte sie sich ein Rendezvous schon eher vorstellen können.

„Kommen Sie öfter hierher?", fragte er und sah ihr direkt ins Gesicht.

„Eigentlich bin ich zum ersten Mal hier, obwohl ich gar nicht weit weg wohne", antwortete sie. „Da lebt man jahrelang in einer wunderschönen Gegend und kennt noch nicht einmal die besonderen Eckchen", meinte sie. „Weil man immer nach Mallorca oder Teneriffa geflogen ist", fügte sie schnell hinzu. Es war nicht mal gelogen. Auf diesen Inseln war sie oft mit Heinrich gewesen. Aber schon lange hatte sie keine Reise mehr unternommen.

„Wie heißt es so schön: *‚Warum denn in die Ferne schweifen? Denn sieh, das Gute liegt so nah.'* Obwohl das Reisen auch nicht zu verachten ist. Man bekommt dann wieder einen ganz anderen Blick für seine Heimat. Aber im Alter wird man ruhiger und richtet sich nach dem, was sich einem vor der Haustür bietet. Mir geht es jedenfalls so. Jetzt, wo ich endlich Zeit habe für die angenehmen Seiten des Lebens", sagte er. „Und Sie? Wie verbringen Sie Ihre Tage?"

„Ich? Ach, ich lebe so vor mich hin", sagte sie ausweichend.

„Keine Hobbys? Bridge mit den Freundinnen? Oder Golfen.“ Er lachte. Sie fiel in sein Lachen ein.

Eine ganze Weile unterhielten sie sich angeregt und sie merkte, dass sie sich wohl fühlte. In seiner Gegenwart. In ihrer Haut.

„Ich habe demnächst eine kleine Reise vor. Rüber nach Holland“, sagte er. „Dort fahre ich öfter hin.“

„Ach ja?“, fragte sie interessiert. Sollte sie zugeben, dass sie noch nie in Holland war?

Er wandte ihr sein Gesicht zu. „Ohne Ihnen jetzt nahetreten zu wollen - aber könnten Sie sich vorstellen, mit mir zusammen zu fahren?“, fragte er. „Ich finde, aktive Leute in unserem Alter sollten zusammenhalten. Und gemeinsame Unternehmungen sind allemal schöner als Fahrten allein.“

„Aber ich kenne Sie doch gar nicht“, wandte sie ein und sah auf ihre Schuhe, die staubig geworden waren.

„Das lässt sich doch ganz leicht ändern“, meinte er leichthin. „Ich heiße Alfred Wohlleben. Wollen wir eine Tasse Kaffee zusammen trinken? Ich kenne da ein kleines verstecktes Café, nicht weit von hier. Dort habe ich auch mein Auto geparkt.“

Als sie neben ihm herging, überfielen sie wieder die altbekannten Zweifel. Sie konnte sich doch nicht einfach so einem wildfremden Menschen anvertrauen. Was, wenn er ihr an den Kragen wollte? Man hörte doch so viel.

Ängstlich sah sie sich um. Von den vielen Sonntagsspaziergängern war keiner mehr hinter den Baumgruppen und Büschen zu sehen. Es schien, als ob sie beide die einzigen Menschen weit und breit waren. Ihr Herz begann zu klopfen. Doch dann tauchte hinter einer Biegung das Waldcafé auf. Einige Autos standen davor, im Garten saßen viele Menschen. Mit Mühe und Not ergatterten sie zwei Plätze.

Der Rest des Nachmittags und des frühen Abends entschädigte sie für den drögen Beginn. Ihr Misstrauen war gänzlich verflogen. Sie fühlte sich jung und lebendig in

Alfred Wohllebens Gesellschaft. Er sagte, sie hätte ein Madonnengesicht. Dabei sah er sie mit einem solch verschmitzen Gesichtsausdruck an, dass sie laut auflachen musste.

Später brachte er sie nach Hause, nicht ohne zu erwähnen, dass er in den nächsten Tagen bei ihr vorbeischauen würde, wenn ihr dies recht sei. In dieser Nacht schlief sie schlecht - aber es war die Aufregung, die sie wachhielt. Das überwältigende Gefühl, dass es für sie vielleicht doch noch ein kleines Wunder nach all den Entbehrungen geben könnte.

Am nächsten Tag schon stand er vor ihrer Tür, um sie zu einer kleinen Spazierfahrt abzuholen. Er hatte sein ganzes Leben - bis auf ein paar kurze Unterbrechungen - in dieser Umgebung gewohnt und kannte sich sehr gut aus. Ob sie die Güter Radehorst oder Venningshausen schon kannte?

„Nur von fern", musste sie gestehen.

„Es ist zwar alles in Privatbesitz und kann nur nach Vereinbarung besichtigt werden. Aber da könnte man sicher mal was arrangieren."

„Warum nicht", meinte sie.

„Im Schloss Ringenberg werden übrigens Trauungen durchgeführt", sagte er. „Das soll sehr romantisch sein." Täuschte sie sich oder hatte er dies in besonderer Weise betont?

Er erzählte ihr einige Anekdoten, vom argen Ritter Rowatasche, der in der Umgebung sein Unwesen getrieben haben sollte. Sie merkte, dass sie ihren Wohnort auf einmal mit ganz anderen Augen betrachtete. Bisher hatte sie eher notgedrungen in Hamminkeln gelebt, die Umgebung hatte sie nicht sonderlich interessiert. Doch das hatte sich von einem auf den anderen Tag verändert.

Er parkte das Auto an einem Altarm des Rheins und sie spazierten ein wenig am Ufer entlang.

„Sehen Sie mal, ist das nicht nett?" Er deutete auf zwei Kopfweiden, deren Kronen einander zugeneigt waren.

Dass ihm das auffiel! So etwas hätte Heinrich nie bemerkt. Immer mehr erfuhr sie von Alfred Wohlleben. Er erzählte, dass seine Frau während eines Urlaubs in den Bergen tödlich verunglückt war.

„Wir führten eine gute Ehe“, sagte er leise. „Und ich habe lange gebraucht, um ihren Tod zu verwinden. Ich bin öfter an die Absturzstelle gegangen und habe nach einer Antwort gessucht. Doch ich habe keine gefunden.“

Er sah Emilie lange und liebevoll an. „Wir müssen annehmen, was uns passiert. Es hat alles seinen Sinn. Auch wenn wir das manchmal nicht verstehen können.“

„Ja“, sagte Emilie und verspürte plötzlich das Bedürfnis, nach seiner Hand zu fassen, ihn zu berühren. Aber sie hielt sich zurück.

„Man fragt sich oft, was bleibt. Denn sie hat ja ihre Spuren hinterlassen. Vor allem zu Hause. Und in mir drin.“ Er klopfte sich leicht auf die Brust. „Aber mit jedem Tag, der vergeht, ist sie weiter weg. Das macht mir manchmal ein wenig Angst.“

„Ich weiß sehr gut, was Sie meinen“, sagte Emilie und sah ihn an, diesen Mann, den sie erst gestern kennengelernt hatte. Und der ihr inzwischen so vertraut war, als habe sie ihn ihr ganzes Leben lang gekannt.

Und dann begann sie zu erzählen, von Heinrich, seinem plötzlichen Tod, dem finanziellen Ruin, von ihrem äußerst bescheidenen Dasein. Und von Peter Franck, diesem gewissenlosen Betrüger.

„Peter Franck?“, sagte er und runzelte die Stirn. „Der Name kommt mir irgendwie bekannt vor.“

„Ich wünsche ihm die Pest an den Hals“, sagte Emilie aus tiefster Inbrunst.

„Das kann ich verstehen“, sagte er mitfühlend. „Aber, meine Liebe“, er fasste nach ihrer Hand und drückte sie. „Wir zwei, wir können noch immer die Welt aus den Angeln heben. Was meinen Sie? Ich glaube an die Vorsehung. Und die Vorsehung hat Sie gestern an meine Bank geführt.“ Er zwinkerte ihr zu. „Erst habe ich gedacht, was kommt denn da für eine elegante Dame? Dann hab ich genauer geschaut. Ich habe bemerkt, dass Ihr Kostüm nicht gut saß. Es sah aus, als ob sie es lange nicht getragen hätten."

„Wie bitte?" Sie ließ seine Hand los und wäre am liebsten im Boden versunken. So sehr fühlte sie sich durchschaut. Er lachte und zuckte mit den Schultern. „Das hat mir sehr gefallen. Wenn Sie ein moderneres Kostüm getragen hätten, dann hätte ich Sie wahrscheinlich nicht angesprochen."

Sie sah ihn ungläubig an. „Das versteh ich jetzt nicht."

„Aber das ist doch ganz einfach: Ich dachte, der Frau sind Kleider nicht so wichtig. Also legt sie mehr Wert auf andere Dinge." Er zwinkerte ihr zu. „Und hab ich nicht Recht?"

Sie erwiderte nichts.

„Deshalb hab ich für morgen beschlossen, zusammen mit Ihnen nach Holland zu fahren. Sofern Sie nichts anderes vorhaben", sagte er.

„Ich habe nichts anderes vor", sagte sie leise. „Wenn Sie mich in dem Kostüm vom Sonntag mitnehmen, komme ich gerne mit."

Auf dem Weg nach Holland erzählte er ihr, dass er regelmäßig diese kleinen Fahrten machte. Von einem Händler kaufte er Statuen, weiße Madonnen, die er in Deutschland weiterverkaufte. Ein Geschäft, das sich im Laufe der Zeit etabliert hatte und das lukrativ war. Wenn sie wolle, könne sie ihn jedesmal begleiten. Die schneeweißen Madonnen in unterschiedlicher Größe waren ganz hübsch. Etwas einfach vielleicht. Aber das war Gechmackssache.

„Und die sind ein gutes Geschäft?", fragte sie zweifelnd.

„Aber ja!", lachte er. „Sie finden reißenden Absatz. Die Leute sind ganz wild darauf. Ich könnte eigentlich noch öfter fahren, wenn es nach meinem Händler ginge. Aber man soll die Dinge ja auch nicht übertreiben."

„Und wie teuer ist so eine Madonna?"

„Sehr teuer." Plötzlich verstummte er, als sei das Thema damit beendet.

Später zeigte er ihr sein Haus. Es war ein hübsches Haus in Stadtrandlage mit einem großen Garten und vielen Antiquitäten. Ein Haus, wie Emilie früher eines besessen hatte. Fast schon eine kleine Villa.

Sie sahen sich fast täglich. Meist bei ihm, wo sie sich sehr gern aufhielt, obwohl vieles an seine verstorbene Frau erinnerte. Aber das machte ihr nichts aus. Fast schämte sie sich, ihn in ihr bescheidenes Häuschen einzuladen.

In seinem Haushalt kannte sie sich bald bestens aus. Sie liebte es, für sie beide zu kochen und es sich anschließend bei einem Glas Wein gemütlich zu machen. Und er schien es auch zu lieben. Wenn es spät wurde, schlief sie in seinem Gästezimmer, das sie bald als ihr Zimmer ansah.

Seit sie ihn kannte, hatte ihr Leben wieder einen Glanz bekommen und immer öfter schlichen sich die Knefschen Zeilen auf ihre Lippen. *„Für mich soll's rote Rosen regnen ...“* Man sollte nie aufhören, an Wunder zu glauben.

Er umwarb sie. Er machte ihr kleine Geschenke. Brachte ihr Blumen. Ihr Leben war rundum angenehm und hätte ewig so bleiben können.

In den Nächten schlief sie gut wie lange nicht mehr. Manchmal, wenn sie ins Grübeln kam, konnte sie es kaum fassen. Dass es das alles tatsächlich noch einmal für sie gab: eine Schulter, an die man sich lehnen konnte, ein Arm, der einen umfasste. Eine Hand, die einen streichelte, jemand, der einfach da war.

Plötzlich sagte er unvermittelt: „Emilie, hättest du nicht Lust, ganz zu mir zu ziehen? Ich würde mich wirklich freuen, dich immer um mich zu haben. Außerdem sind zwei Haushalte unrentabel. Was meinst du?“

Sie spürte ihr Herz klopfen. Natürlich hatte sie selbst schon daran gedacht. Doch sie hätte es nie zu äußern gewagt. Wie sie sich freute, endlich aus ihrem schäbigen Haus herauszukommen.

„Ich finde, das ist eine hervorragende Idee“, sagte sie.

Und dann, bei einer ihrer nächsten Hollandfahrten passierte es. Sie waren wieder bei dem besagten Händler gewesen. Wie immer hatte sie unten im Wagen auf Alfred gewartet, denn die Übergabe der Madonnen ging immer schnell vonstatten. Mehrere Male hatte sie ihn jetzt nach Holland begleitet.

„Was wollen die denn?“ Sie war die Erste, die die uniformierten Polisten sah. Wartend standen sie in der Nähe des Grenzübergangs. Mit Hunden an den Leinen.

„Ach, du Scheiße“, sagte er. „Die Bullen.“

Fragend sah sie ihn an. Solche Worte hatte sie noch nie aus seinem Mund gehört. Er trat abrupt auf die Bremse.

„Was ist denn?“, fragte sie.

Mit Alfred war eine Wandlung vor sich gegangen. Er wirkte auf einmal alt und eingefallen. „

„Geht es dir nicht gut?“ Ihr Herz blieb fast stehen. Sie meinte, dass alles sich wiederhole: Heinrich, der sich ans Herz fasste, der fluchend über plötzliche Übelkeit klagte und das Stechen in der Brust verdammte. Ein paar Minuten später war er tot gewesen.

„Alfred, was ist mit dir?“, fragte sie ängstlich.

„Ich ... die Hunde“, er stotterte. „Kannst du denn nichts tun? Die Hunde ...“

„Was ist denn mit den Hunden? Wir haben doch nichts zu verbergen. Oder?“

Er atmete keuchend. Und mit einem Mal verstand sie. Die schneeweißen Madonnen. Die Hunde. Das sorglose Leben.

„Tu so, als hättest du einen Herzanfall“, zischte sie ihm zu. Gehorsam krümmte er sich über das Lenkrad. Sie stieß die Tür auf und sah den Polizisten flehend an. „Meinem Mann geht es nicht gut. Wir müssen schnell ins Krankenhaus.“ Aus den Augenwinkeln nahm sie wahr, wie Alfred sich wand. Schweiß auf der Stirn, totenbleich. Es sah echt aus.

Der Polizist warf einen kurzen Blick auf den Fahrer und nickte. „In Ordnung.“ Er winkte zum Weiterfahren. Sie öffnete die Tür zur Fahrerseite. „Rutsch rüber“, befahl sie.

„Kannst du überhaupt fahren?“, stöhnte Alfred.

„Klar kann ich fahren“, sagte sie zuversichtlicher als ihr zumute war. Das letzte Mal hatte sie vor sechs Jahren hinter dem Steuer gesessen. Aber Autofahren verlernte man schließlich nicht. Beim Starten würgte sie den Motor ab. Dann trat sie die Kupplung durch und fuhr mit quietschenden Reifen an.

„Um Gottes Willen, Emilie, willst du mich umbringen?“

Sie warf ihm einen kurzen Blick zu. „Du darfst gleich wieder ans Steuer. Sobald wir aus deren Blickfeld verschwunden sind. Wie geht es dir?“

„Besser.“ Dann schwieg er. Nach ein paar weiteren Kilometern hielt sie an und sie wechselten die Plätze. Sein Gesicht hatte wieder etwas Farbe bekommen.

„Wie lange weißt du es schon?“, fragte er schließlich.

„Ich hab es nicht gewusst“, sagte sie. „Aber ich hab eins und eins zusammengezählt. Die Madonnen, die Rauschgifthunde. Dein sorgloses Leben.“

„Und?“, fragte er. „Was denkst du jetzt?“ Er sah sie etwas ängstlich an.

„Dass du ganz schön gefährlich lebst.“

„Verurteilst du mich?“, wollte er wissen.

Sie brauchte nicht zu überlegen. „Nein!“, sagte sie bestimmt. „Ich hab ja schließlich auch davon profitiert.“

Er atmete tief durch. „Ich hab mich nicht in dir getäuscht“, sagte er.

„Trotzdem wäre es mir lieber, du würdest künftig diese Geschäfte unterlassen“, sagte sie. „Man weiß nicht, ob es immer so glimpflich ausgeht.“

„Vielleicht hast du Recht.“

Sie wechselte das Thema. „Außerdem hab ich gemerkt, dass es mit meinen Fahrkünsten nicht mehr allzu weit her ist. Das müssen wir unbedingt ändern.“ Sie lachte.

„Das ist kein Problem. Außerdem finde ich, wir sollten heiraten“, meinte er schließlich.

„Heiraten? Warum denn?“ Obwohl, der Gedanke daran war ihr nicht unangenehm.

„Weil ich weiß, dass du die richtige Frau für mich bist.

Und damit du versorgt bist. Wenn mir mal was passiert."

„Ich mag nicht, wenn du vom Tod sprichst. Ich will dich noch eine ganze Weile bei mir haben." Sie drückte seine Hand, die auf dem Steuer lag.

„Man muss den Dingen ins Auge sehen", sagte er. „Menschen in unserem Alter leben nun mal nicht mehr ewig."

Es war ein sonniger Tag, sie hatte die Zeitung aus dem Briefkasten geholt und fürhstückte zusammen mit Alfred auf der Terrasse in diesem wunderschönen Haus in Hamminkelns Stadtrandlage. Und dann las sie die kleine Nachricht: *„Finanzhai aus Düsseldof verhaftet. Endlich ging der gesuchte Betrüger Peter Franck der Polizei ins Netz."*

„Das ist ja interessant", sagte sie und zeigte Alfred die Nachricht. „Ein Tipp aus der Bevölkerung habe ihn überführt, steht da."

Alfreds Mund umspielte ein feines Lächeln. „Hab ich's dir nicht versprochen?", sagte er. „Dass wir zwei die Welt aus den Angeln heben können?"

„Du hast der Polizei den Tipp gegeben?", fragte sie ungläubig. „Was hast du denen denn gesagt?"

Er zuckte mit den Schultern und nahm ihr die Zeitung aus der Hand. „Was gibt's noch Interessantes?"

Sie lehnte sich zurück, betrachtete den üppig blühenden Rosenbusch, den sie vor kurzem selbst gepflanzt hatte und dachte, dass es doch noch eine Gerechtigkeit auf der Welt gab.

Hamminkeln

Hamminkeln liegt mitten in einer typisch niederrheinischen Landschaft und trotzdem verkehrsgünstig in unmittelbarer Nähe der A3.

Erst 1975 ist diese junge Stadt im Zuge der kommunalen Neugliederung aus den Gemeinden Brünen, Dingden, Hamminkeln, Loikum, Mehrhoog, Ringenberg und Wertherbruch entstanden. Die Kommune wurde 1995 durch die Zahl von 25.000 Einwohnern zur Stadt. Allerdings haben sich die Ortsteile ihren dörflichen Charakter erhalten.

Sehenswert ist das Schloss Ringenberg aus dem 13. Jahrhundert. Die dreiflügelige Schlossanlage im Stil des niederländischen Barocks wurde von den Herren von Dingden errichtet.

Im Heimathaus Dingden befinden sich Exponate zum bäuerlichen Leben und der Handwerksgeschichte.

Architektonisch reizvoll ist Gut Rodehorst, das zwischen 1650 und 1700 erbaut wurde.

Gut Venninghausen ist romantisch im Wald gelegen, und auch die Klosterkirche Marienthal ist einen Ausflug wert.

Die schönste Windmühle der Umgebung ist die Turmwindmühle Nordbrock, ca.10 km östlich von Dingden.

Viele interessante Informationen finden Sie unter www.hamminkeln.de

Übrigens: Ausgezeichnete Wandermöglichkeiten bieten der Naturpark “Hohe Mark” und das Naturschutzgebiet “Dingdener Heide”.

Außerdem gibt es 240 km Radwanderwege und auch Reiter kommen auf ihre Kosten.

Das Panama-Huhn

„Nein, Frau Rutkowsky, zur Polizei kann ich nicht gehen. Auf gar keinen Fall. Mein Mann kegelt mit unserm Dorfsheriff. Sie wissen nicht, wie das auf dem Dorf ist. Und wenn mein Mann davon erfahren würde ..." Frau Papendieck schüttelte den Kopf. „Das könnte ich nicht ertragen. Dann bring ich mich um."

Karo beschloss, sicherheitshalber einen doppelten Vorschuss zu verlangen. „Und Sie meinen nicht, dass Ihr Mann Ihnen glauben würde, wenn Sie ihm versichern -"

„Nein. Wie sollte er auch? Wenn ich nicht wüsste, dass ich das auf dem Foto nicht sein KANN, würde ich mir ja selbst nicht glauben! . . . Und manchmal, nachts, wenn ich darüber nachdenke, und sich meine Gedanken um und um im Kreise drehen, dann habe ich Angst, dass ich wahnsinnig geworden bin. Neulich bin ich früh um zwei aufgestanden und habe das Foto in die Hand genommen. Nur um mir zu beweisen, dass ich mir nicht alles eingebildet habe . . ."

Frau Papendieck zupfte das Ziertuch aus ihrer Blusentasche und tupfte sich die Augen ab.

„Tja", sagte Karo. „Es klingt wirklich merkwürdig. Nehmen Sie Drogen?"

„Nie!"

„Haben Sie schon mal Gedächtnisausfälle gehabt?"

„Nein, jedenfalls nicht, dass ich mich erinnern könnte. Na ja, ich vergesse schon mal was. Den Einkaufszettel. Oder einen Geburtstag. Aber ich würde nicht vergessen, wenn ich mit einem fremden Mann geschlafen hätte, glauben Sie mir. Noch dazu in dieser Position."

Sie blickten beide auf das Farbfoto, das auf Karos Schreibtisch lag.

„Aber es sieht aus wie Ihr Po, ja?"

„Ja. Das macht es ja so schlimm. Seit unserem Panama-Urlaub letztes Jahr ist mein Po nicht zu verkennen."

„Ach, das Huhn stammt aus Panama?"

Frau Papendieck lächelte zum ersten Mal. „Wir waren ein bisschen beschwipst und hielten es für eine wirklich witzige Idee. Die Zeichnung stammt aus einer Rum-Reklame. Wir hatten sie aus einer Zeitschrift ausgerissen, die in unserem Hotel auslag. Dirk sagte, es sähe aus wie ein glückliches Huhn. Das ist sein Kosename für mich, manchmal. Weil er sagt, ich gackere wie ein glückliches Huhn, wenn . . . eh, während, hm, Sie wissen schon."

Karo nickte.

„Ja, und dann bummelten wir durch die Altstadt und kamen an dem Tattoo-Shop vorbei. Da ist's passiert." Frau Papendieck schüttelte den Kopf. „Ich habe mir gesagt, es ist ja nicht völlig unmöglich, dass der Tätowierer das Motiv noch mal verwandt hat, dass es noch eine Frau gibt, die dieses Huhn auf der rechten Pobacke hat . . . aber dass sie in unser Dorf kommt, auf unseren Hof, und dann so fotografiert wird und ich mit dem Foto erpresst werde, das KANN doch nicht sein! Kann nicht. Es ist ein Alptraum! Würden Sie den Fall übernehmen, Frau Rutkowsky?"

Karo nickte. Sie würde. Obwohl das Land nicht so ihr Ding war. Aber die Leute, die unten vor der LICHTBURG Schlange standen, wollten nicht zu ihr, sondern in den neuen Film von Tom Tykwer. Und nur in ihrem zweiten Job, als hochbezahlte Putzfrau einiger Villen im Essener Süden und eines traumhaften Lofts in Katernberg, konnte sie wählerisch sein, welche Aufträge sie übernahm. Als Privatdetektivin konnte sie das nicht. Noch nicht.

Karo nahm das Foto in die Hand. Von dem Mann war kaum etwas zu sehen. Von der Frau wenig mehr. Der Küchentisch war aus altem Kiefernholz, die Vorhänge am Fenster von Laura Ashley. Eine Putzkundin, die den englischen Land-Look liebte, hatte die gleichen. „Und das ist bei Ihnen zu Hause."

„Nein, nein! Auf unserem Hof, ja. Aber nicht in unserem Haus, sondern in dem ehemaligen Altenteil. Ein

Häuschen, das hinter dem Obstgarten steht. Wir haben es seit einem Jahr vermietet."

„Aha? Und an wen?"

„An jemanden aus Köln, Max Penk. Er nutzt es hauptsächlich an den Wochenenden."

„Und was ist er für einer? Das Foto wurde in seiner Küche aufgenommen. Kann er etwas damit zu tun haben?"

Uli Papendieck zögerte. „Er ist ein sehr netter Mensch. Sympathisch. Aber ..."

„Aber?"

„Na ja. So eine Erpressung traue ich ihm eigentlich nicht zu. Weil er wirklich nett ist. Und er hat auch genug Geld. Aber ... also, er schreibt nämlich Krimis, und ich habe mich schon gefragt, ob so ein Krimiautor vielleicht, na ja, so etwas mal ausprobieren möchte, oder so. Aber eigentlich glaube ich es nicht."

„Max Penk?" sagte Karo. „Von dem habe ich noch nie gehört. Kann nicht sehr erfolgreich sein. Wohl möglich, dass er Geld braucht und lieber krumme Dinger dreht, als über sie zu schreiben."

Uli Papendieck schüttelte den Kopf. „Das hat er wirklich nicht nötig. Wenn Sie versprechen, es niemandem zu verraten ..."

Karo hob eine Hand. „Ehrenwort einer Privatdetektivin!"

Frau Papendieck beugte sich vor und flüsterte: „Er ist nämlich Sophie Réchaud."

„Sophie Réchaud? Nee! Wirklich?"

„Wenn ich es Ihnen doch sage." Uli Papendieck nickte mehrmals. Sophie RÈchaud, der neue Star des deutschen Landhaus-Krimis! Rosamunde Pilcher trifft Stephen King. Selbst Karo hatte von ihr gehört. Ihm.

„Sophie Réchaud ein Mann. Soso." Ein Mann mit allen Merkmalen eines Hauptverdächtigen. „Weiß er von Ihrer Tätowierung?"

„Ich bitte Sie. Natürlich nicht. Und auch sonst niemand."

Was nicht sein konnte. „Vielleicht hat er mal auf einer Leiter gestanden und in Ihr Schlafzimmer geguckt?"

„Unsinn. Dies ist schließlich nicht Bayern! Und Herr Penk ist aus Köln. Das habe ich doch schon gesagt."

„Dann gehen Sie vielleicht in die Sauna? Haben das Huhn Ihrer besten Freundin gezeigt? Oder waren Sie zur Massage? Auf der Sonnenbank? Oder bei einem Arzt?"

„Nein. Glauben Sie mir, ich habe mir schon den Kopf zermartert darüber. Nur bei der Frauenärztin war ich vor zwei Monaten. Aber die kommt nicht in Frage. Sie ist über sechzig und sehr seriös. Ich bin seit Jahren bei Doktor Fuchs in Issum. Und meine Mutter ist auch schon zu ihr gegangen. Nie im Leben könnte meine Frauenärztin mit so etwas zu tun haben! Nie."

Karo war geneigt, ihr zuzustimmen, als sie am nächsten Tag auf das graue Haupt zwischen ihren Oberschenkeln blickte.

„Ich kann nichts entdecken, Frau Rutkowsky. Keine Spur von einer Entzündung. Es war vielleicht nur eine vorübergehende Irritation. Melden Sie sich, wenn es wieder auftritt."

Karo strich die Ärztin von der Liste der Verdächtigen. Vorläufig. Der Krimiautor war der Täter ihrer Wahl.

Konrad Krieger, der Experte, dem sie das Foto vorgelegt hatte, hielt es für echt. „Sehr unwahrscheinlich, dass es sich um eine Montage handelt. Mit an Sicherheit grenzender Wahrscheinlichkeit ist es ein genuines Foto von einem tätowierten Frauengesäß. Bei einer ziemlich eindeutigen Tätigkeit. Wobei ich die Vorliebe mancher Leute für Küchentische nicht verstehe. Vor allem, wenn es sich wie hier um alte Tische handelt. Die Gefahr, sich einen Splitter einzuhandeln . . ."

"Niemand wurde verletzt", hatte Karo ihn unterbrochen und sich verabschiedet. Er war stets hilfsbereit und eine Koryphäe auf seinem Gebiet, aber so etwas von langatmig, dass man nur durch einen fluchtartigen Rückzug entkommen konnte.

Von der Frauenärztin in Issum fuhr Karo weiter nach Rheurdt.

„Mein Mann ist heute unterwegs“, hatte Uli Papendieck Karo am Morgen telefonisch mitgeteilt. „Er ist in dem Komitee, das das erste niederrheinisch-niederländische Traktor-Rennen vorbereitet. Es trifft sich in Herongen. Vor vier Uhr erwarte ich ihn nicht zurück. Aber sollte er früher kommen und Sie sehen ...“

„Ach, dann fällt mir schon eine Ausrede ein“, sagte Karo. Sie hatte immer eine Kollektion von DUBBERWARE-Plastikbehältern im Kofferraum. Und jede Menge Prospekte über diese *‚preiswerte Alternative für die preisbewusste Hausfrau‘*. Ihre Mutter vertrieb die Marke auf Hausfrauenparties und für Karo war die Rolle einer Vertreterin oft eine nützliche Tarnung.

Der Bauernhof der Papendiecks lag außerhalb des Dorfes, in der Nähe einer stillgelegten Bahnstrecke. Der zweistöckige Backsteinbau hatte weiß gestrichene Fensterrahmen und war mit liebevoll bepflanzten Blumenkästen geschmückt. Neben dem Haus lag ein eingezäunter Gemüsegarten, dahinter eine Scheune und mehrere Ställe.

Karo wollte gerade die Stufen zur dunkelgrünen Haustür emporsteigen, als Uli Papendieck um die Hausecke bog. Mit einem kleinen Hackebeil in der Hand kam sie auf Karo zu. Das Beil war ebenso wie ihre Schürze blutbespritzt.

Karo sah die Schlagzeilen vor sich:

Selbstjustiz!

Junge Bäuerin meuchelt Krimiautor,

um Ehe zu retten!

Sophie Réchaud ein Mann!

Ein Erpresser!

Tot!

„Hallo“, lächelte Uli Papendieck. „Ich schlachte gerade ein paar Gänse. Warten Sie einen Moment? Dann zeige ich Ihnen sein Haus.“

Das ehemalige Altenteil hinter der Obstwiese sah aus wie des Städters Traum vom Landleben. Buchsbaumhecken grenzten den schmalen Vorgarten ein. Ein kiesbestreuter Weg führte zur königsblauen Haustür, die von himmelblauen Holzkübeln mit weißen Rosenbäumchen flankiert wurde. Butzenscheiben mit schmucken weißen Scheibengardinen; innen Terrakottafliesen und ausgesuchte bäuerliche Antiquitäten; Rosenmuster auf Kissen und Vorhängen; jeder technische Komfort in der Küche.

Karo hielt eine Vergrößerung des Po-Fotos in der Hand. Ohne Zweifel war es in dieser Küche aufgenommen worden. Mit Selbstauslöser. Karo überprüfte den Aufnahmewinkel. „Hier muss der Fotoapparat gestanden haben, sehen Sie?“ Sie klopfte auf den frei im Raum stehenden Butcher's Block. Es sah schlecht aus für Sophie Réchaud.

„Darf ich das Foto noch mal haben?“ Uli Papendieck lehnte am Fenster und studierte die vergrößerte Aufnahme. „Hm. Wissen Sie was? Herr Penk kann es gar nicht gewesen sein. Ach, bin ich erleichtert. Weil . . .“

„WAS? Wieso?“ Karo riss ihr das Foto aus der Hand.

Die Bäuerin deutete auf ein verwischtes Gelb, das auf dem Foto durchs Fenster zu sehen war. „Das sind die Osterglocken. Im Vorgarten. Er war damals verreist, nach Italien. Er kann also mit dem Foto nichts zu tun haben. Und mit der Erpressung. Ich habe die Blumen nämlich geplündert, für ein Dorfkonzert von „Sound & Soul“, unserem Gospel-Chor. Zwei große Körbe voll. Sah toll aus.“

Mist. Karo befragte ihre Klientin noch einmal gründlich. Die blieb dabei: niemand hier habe ihr Huhn gesehen – außer vielleicht die Frauenärztin.

Karo stöhnte. Globalisierung hin oder her – sie glaubte einfach nicht daran, dass der Panamaische Tätowierer gerade auf Erpressungstournee durch Europa war.

Irgendjemand musste nach einer sehr genauen Vorlage einen zweiten Po tätowiert haben. Im Auftrag des Erpressers oder der Erpresserin. Und irgendeine zweite Frau hatte seitdem eine solche Tätowierung. Mindestens drei Leute wussten etwas über die Angelegenheit. Der Tätowierer und das Paar auf dem Foto. In die Erpressung, tippte Karo, war nur das Paar involviert. Oder sie allein?

Karo trank im Dorfkrug „Zur Post“ ein Bier, versorgte sich in der Bäckerei Schomaker mit Bio-Brötchen und begann, die Tattoo-Studios zwischen Geldern und Moers abzuklappern. Es gab erstaunlich viele. Eines wurde von einer pensionierten Handarbeitslehrerin geführt, die sich auf Kreuzstich-Tatoos spezialisiert hatte.

Niemand gab zu, dieses oder überhaupt ein Huhn tätowiert zu haben. Woody Woodpecker, den deutschen Adler, Donald Duck - ja. Aber kein Huhn. Bis Karo zum Studio von Tom Duhley kam.

Er erinnerte sich an das Huhn, den Po, die Frau und deren Begleiter. Aber sagen wollte er nichts. „Datenschutz, wissen Sie“.

Karo nickte und fing an, Scheine über die Theke zu schieben.

Bei 200 Euro fiel ihm ein, dass es gar keine Daten zu schützen gab. Weil er keine Namen kannte, nur wußte, dass die Blondine in einer Buchhandlung in Geldern arbeitete. „Meine Freundin arbeitet in einem Büro gegenüber. Von da guckt man voll in den Buchladen. Da habe ich sie öfters gesehen.“ Seine Personenbeschreibung von ihrem Begleiter, der in bar bezahlt hatte, war brauchbar.

Die Beschattung der Buchhändlerin war nicht weiter schwierig. Karo lief ihr eine Mittagspause lang wie ein Hündchen hinterher, von der Buchhandlung zur Reinigung, zum Italiener und zurück. Abends folgte sie ihr im Auto zu einem zweistöckigen Wohnhaus. Schon am nächsten Abend bekam die Buchhändlerin dort Besuch von einem Mann, auf den die Beschreibung von Tom Duhley passte. Karo notierte seine Autonummer.

Leider hatte Lutz Berner, ihr Ex-Freund und der einzige erpressbare Polizist, den sie kannte, erst am nächsten Morgen wieder Dienst.

Anscheinend hatte er eine anstrengende Nacht hinter sich, denn seine Widerstandskraft war gering, als Karo ihn kurz nach neun im Essener Polizeipräsidium erreichte. Keine Stunde später erfuhr Karo von ihm, auf wen der Wagen zugelassen war, und sie musste ihrer Auftraggeberin die bedauerliche Mitteilung machen, dass der Fall gelöst sei.

Ihr Mann Dirk war der Erpresser; mit der Buchhändlerin hatte er seit längerem ein Verhältnis.

Uli Papendieck wurde weiß wie Milch und sah zu Boden. „So“, sagte sie schließlich, unnatürlich ruhig. „So ist das also.“

„Es tut mir sehr leid“, sagte Karo. Und, nach einer Weile: „Sie haben Gütertrennung?“

„Ja, haben wir. Sie meinen, er will mit ihr ein neues Leben anfangen? Er hat nichts. Und Buchhändlerinnen verdienen nicht viel, nicht? Ich habe nie verstanden, warum. Da war die Erpressung keine schlechte Idee. Ich hätte gezahlt. Meine Eltern hatten ein paar Felder als Bauland verkauft. Von daher habe ich einige hübsche Aktienfonds.“ Sie nickte kurz. „Ich danke Ihnen. Den Rest übernehme ich.“

Karo dachte an das blutige Hackebeil. „Machen Sie keine Dummheiten, nein?“

Uli Papendieck schüttelte den Kopf. „Nie wieder.“

Monate später, Karo putzte gerade eine ihrer Villen, fiel ihr Blick auf eine der Illustrierten auf dem gläsernen Sofatisch. Zeit für eine Tasse Tee, entschied sie, nach einem Blick auf das Cover:

Exklusiv in COUNTRY & ELEGANZ!
Ein neuer Kurzkrimi
von **Sophie Réchaud**,
der Queen des deutschen Landhaus-Krimis

Karo legte das Staubtuch zur Seite, kochte sich ein Kännchen Tee und machte es sich im Sessel bequem. Schreiben konnte er, dieser Max Penk, aber das war nicht der einzige Grund, aus dem Karo immer schneller las.

Die Geschichte spielte – natürlich – in einem Landhaus. Die reiche, betrogene und erpresste Gattin hatte sich während des Urlaubs auf Guadeloupe zu einer Schwanen-Tätowierung überreden lassen. In den Augen ihres liebenden Gatten besaß sie nämlich einen Schwanenhals. Dann erfuhr sie von dem Privatdetektiv, einem gutaussehenden, aber desillusionierten ehemaligen Polizisten, die Wahrheit. Erst litt sie stumm, dann sann sie auf Rache. Am Hauptbahnhof der nächsten Großstadt kaufte sie drei AIDS-infizierten Drogenabhängigen ihre benutzten Nadeln ab. Während eines vermeintlichen Liebesspiels fesselte sie ihren Mann kunstvoll mit handbedruckten Seidenschals. Sie zog Tinte in die Nadeln und tätowierte ihm langsam und schmerzhaft ein krummes Herz auf seine rechte Pobacke. Dabei erzählte sie ihm, woher die Nadeln stammten. Dann setzte sie ihn vor die Tür.

Der Tee war kalt geworden. Karo las den Krimi ein zweites Mal durch. Anschließend ließ sie sich von der Auskunft die Nummer raussuchen und rief auf dem Bauernhof in Rheurdt an.

„Hier Penk, bei Papendieck", meldete sich eine Männerstimme.

Karo legte sehr behutsam auf.

Darüber musste sie erstmal nachdenken.

Was sie jetzt brauchte, war heißes Wasser und Kognak.

Keine zehn Minuten später lag sie in der weißen Marmorwanne und ließ eine Weinbrandbohne nach der anderen auf ihrer Zunge zergehen, während aus in der Decke verborgenen Lautsprechern Elgars Violinkonzert in den Raum strömte. Das Badewasser hatte Karo großzügig mit einem französischen Zimt-Badeöl angereichert. Die Hausbar dieser Villenbesitzer war ein Witz, aber die Flaschen und Flakons in ihrem Bad ließen keine Wünsche offen. Sie musste nur darauf achten, dass sie sich nachher nicht wieder Rasierschaum unter die Achseln sprühte, in der irrigen Annahme, es handele sich um ein ihr noch unbekanntes Deo.

Rheurdt

Die Gemeinde Rheurdt gehört zum Kreis Kleve und liegt in reizvoller Landschaft zwischen Höhenzügen und Kuhlen und ist von weitläufigen Landschaftsschutzgebieten umgeben.

Die Gemeinde Rheurdt (mit den ehemals selbstständigen Ortschaften Rheurdt und Schaephuysen wirbt mit dem Slogan: *Das Ökodorf am Niederrhein*.

Gerade für Erholungssuchende und Sportfreunde wird hier einiges geboten. Es gibt viele Freizeitangebote wie Tennis und Schwimmen und ein ausgebautes Wander- und Radwegenetz. Auch Skaterrouten rund um das Ökodorf sind gekennzeichnet.

Sehenswert sind auf jeden Fall die mit viel Liebe eingerichtete Heimatstube in Schaephuysen, aber auch verschiedene Herrensitze und typisch niederrheinische Baudenkmäler wie die neugotischen Pfarrkirchen und Kapellen.

Bei Kindern sind die Spielplätze und Wildgehege am Oermterberg besonders beliebt.

Besuchen Sie hier in der Bürgerbegegnungsstätte am Oermterberg die Dauerausstellung „Naturkundliche Sammlung Niederrhein".

Viele weitere Informationen gibt es im Internet unter: www.rheurdt.de

Das Geheimnis von Hünxe

Hünxe liegt im Schnittpunkt bedeutender Verkehrsverbindungen. Der Wesel-Datteln-Kanal und die Bundesautobahn A3, die Hollandlinie, kreuzen sich hier. Sie können auch über die A 31, die Emslandlinie, oder per Flugzeug anreisen . . .

So beginnt der offizielle Reiseführer dieses Ortes, der überschwänglich den Reiz und die Schönheiten von Natur und Landschaften preist, die dunkle und geheimnisvolle Seite Hungeses, wie Hünxe früher einmal hieß, aber verschweigt.

Ich war als Studienrat für Geschichte und Erdkunde mehrmals in Hünxe und kann das Eigenlob, das sich die Gemeinde zollt, nur bestätigen. Ich hatte mich vom ersten Moment an in diesen Winkel der Republik verliebt.

Vor einigen Jahren stand ich sogar unmittelbar vor dem Umzug mit meiner siebenköpfigen Familie. Meine Frau und ich hatten uns bereits ein hübsches Häuschen angeschaut, als ich auf einige Ungereimtheiten in der Hünxer Vergangenheit stieß.

Es begann mit dem Zweispitz Napoleons, der leicht angestaubt in einer Glasvitrine im Heimatmuseum ‚Alte Bergschule' an der Alten Dinslakener Straße stand. Jeder, den ich nach dem Ursprung dieses musealen Kleinods befragte, reagierte barsch und abweisend.

Das Gleiche erlebte ich im Zusammenhang mit einer alten Metallflöte aus dem 13. Jahrhundert, in die ein Totenkopf und eine Ratte eingraviert waren.

Achselzucken hätte ich als Antwort auf meine Neugier normal empfunden, nicht aber die mürrische, fast schroffe Ablehnung von Menschen, deren freundliches Wesen und behäbige Gemütlichkeit zuvor mein Herz gewonnen hatten.

Wenig später waren diese beiden Gegenstände aus dem Heimatmuseum verschwunden.

Ich erinnere mich noch gut an die verdutzten Gesichter der Ratsmitglieder, als ich ihnen mit der Inbrunst eines Historikers in einem kurzen Referat meine neuesten Erkenntnisse und damit die Bedeutung ihres Ortes erläuterte.

Ich hatte in akribisch-pedantischer Forschungsarbeit herausgefunden, dass die Kaiserkrönung Karls des Großen im heißen Sommer des Jahres 800 in einem Zelt auf Hünxer Grund und Boden stattgefunden hatte, bevor sie für die Nachwelt von Papst Leo III. am 25. 12. 800 in Rom wiederholt und nachgestellt wurde.

Es war der Großzügigkeit der Hungeser Bauern zu verdanken, das Recht auf dieses geschichtliche Weltereignis nie für sich reklamiert zu haben. Hünxer Geschichte barg die Verschmelzung antiken Erbes, christlicher Religion und germanischer Gedankenwelt.

Die Reaktion der Ratsmitglieder war befremdlich. Nicht allein die Ignoranz war es, die mich nachdenklich machte, mir erschien es so, als ob ich allseits bekannte Fakten präsentiert hätte.

Aber wenn fast alle Honoratioren bereits wussten, was ich entdeckt hatte, warum gab es in den Annalen der Gemeinde weder Hinweise noch Aufzeichnungen darüber?

Meine Nachfragen blieben unbeantwortet; statt dessen stand tags darauf das schnuckelige Häuschen, das zu erwerben wir fest entschlossen waren, nicht mehr zum Verkauf.

Was hatte ich falsch gemacht, welche Fragen hätte ich nicht stellen dürfen? War es ein Fehler gewesen, Hünxe aus seinem Dornröschenschlaf befreien zu wollen?

Angestachelt von meiner Frau, die ihren Mann in solchen Momenten unbefriedigten Ehrgeizes unerträglich fand, ließ mein Wissensdrang mich nicht ruhen.

Während einer Reise nach London erfuhr ich von dem englischen Gastarbeiter Jack, der im 19. Jahrhundert in Hünxe sein Unwesen getrieben und die wenigen Prostituierten des Ortes bestialisch ermordet hatte. Zurück in Hünxe war über diesen Serienkiller nichts in Erfahrung zu bringen.

Erst in Frankreich fand ich heraus, was es mit dem verschwundenen Zweispitz Napoleons für eine Bewandtnis hatte: Nachdem am 1. 8. 1806 die deutschen Rheinbund-Staaten ihren Austritt aus dem Heiligen Römischen Reich erklärt hatten, wollte der Kaiser der Franzosen zum Dank die Hauptstadt seines vergänglichen Reiches von Paris nach Hünxe verlegen, an den geografischen Mittelpunkt des zivilisierten Europas. Dieser Plan scheiterte am massiven Widerstand der Bürger Hünxes, die ihren Heimatort in *,Joséphine'* hätten umbenennen müssen. Was blieb, war sein Hut.

Diese sensationelle Enthüllung lohnte man mir im Gemeinderat mit Verdruss und vor dem alten Pastorat Hünxes mit zwei zerstochen Vorderreifen. Aus Trotz ließ ich meinen alten Kadett zurück, quasi meinen persönlichen Zweispitz.

Aber damit waren mich die Hünxer Bürger noch lange nicht los. Im Gegenteil, meine Recherchen über diesen kleinen Ort wurden intensiviert und nahmen immer mehr Zeit in Anspruch. Das hatte aber mit Besessenheit, wie meine Frau des öfteren stichelte, nicht das Geringste zu tun. Dass meine Kinder nicht mehr mit mir spielen wollten, war mir ganz recht. Die Zeit war ohnehin knapp bemessen. Die Schulbehörde hatte mich freundlicher Weise für ein halbes Jahr freigestellt.

Immer wieder stieß ich auf Inschriften, die herausgekratzt, Fresken, die übermalt, Archive, die getilgt, gelöscht oder verwischt worden waren. Doch ich ließ mich nicht aufhalten. In der Folgezeit spürte ich eine Geschichte nach der anderen auf, eine abstruser als die andere, manche stammten aus dem Reich der Anekdoten und Legenden, stets eng verwoben mit der Magie dieser niederrheinischen Landschaft.

Es würde an dieser Stelle zu weit führen, meine gesamten Forschungsergebnisse zu präsentieren.

Meine Entdeckungen waren ungemein spannend, die Schilderungen und geschichtlichen Ereignisse bunt und vielfältig und erschienen vordergründig ohne jeden Zusammenhang. Und doch gab es Gemeinsamkeiten, die ich aber zu jener Zeit noch nicht benennen konnte. Meine Suche konzentrierte sich auf den unbekannten roten Faden, den Schlüssel zu Hünxes Geheimnis.

Ich fragte mich zum Beispiel, warum Hungese im 10. Jahrhundert die Existenz seiner berühmten Heilerin Ursula, einer alternden, krebskranken Adligen, geleugnet hatte, die nach einer Wallfahrt aus Rom zurückgekehrt und mit einem Einbaum kurz vor dem Erreichen ihrer Heimat gekentert war. Zusammen mit ihren zehn Betreuerinnen war sie in den eiskalten Fluten der Lippe ertrunken.

Dieser 15 Meter lange Einbaum wurde übrigens am Lippeufer ausgegraben, zusammen mit einem Mammutschädel. Trotz dieses eindeutigen Beweises für die Existenz Ursulas wurden diese tapfere Frau und ihre Mitstreiterinnen in der Chronik der Gemeinde schlichtweg ignoriert, meiner Meinung nach eine grobe Missachtung der glorreichen Geschichte Hungeses. Stattdessen hatte man die arme Ursula der reichen Welt der Kölner Legenden überlassen und in Kauf genommen, dass diese zu Übertreibungen neigende Stadt die mit Schwären übersäte Ursula in ein junges Ding verwandeln und ihr noch elftausend Jungfrauen zur Seite stellen würde, um sie allesamt von Attila, dem Hunnenkönig, bestialisch massakrieren zu lassen?

Viele Geschichten, auf die ich stieß, waren gezielt verfälscht, die Schauplätze von Hünxe an andere Orte verlegt worden. Den Hauptpersonen und Persönlichkeiten waren jeweils eine andere Herkunft und Vita angedichtet worden.

Schade, dass meine Frau so wenig Verständnis für meine Arbeit hatte. Ich hätte mich gern mit ihr beraten und über mein weiteres Vorgehen ausgetauscht. So war ich auf mich allein gestellt und allen Anfeindungen ohne Beistand ausgeliefert.

Hünxe hatte sich systematisch, bewusst und geflissentlich aller Spuren seiner Kinder entledigt, der berühmten wie berüchtigten gleichermaßen.

Ein erwähnenswertes Beispiel war Johanna, die Jungfrau von Hünxe, die im 15. Jahrhundert den Franzosen half, Orléans von den Engländern zu befreien, oder der verkrachte Musiker Ludwig, der, erst als er in Bonn ertaubte, von der Welt erhört wurde, oder Albert, der aus seinem Lieblingsspruch *‚Alles ist relativ'* eine Theorie entwickelte.

Warum nur? Wo lag der Schüssel?

Die Schulbehörde hatte mich inzwischen vom aktiven Schuldienst befreit, was ich begrüßte, meiner Frau allerdings gewisse Sorgen bereitete. Und so setzte ich meine detektivische Arbeit fort.

Hünxe hätte sich im Laufe der Jahrhunderte zu einer geachteten Wirkstätte großer Geister entwickeln können, vergleichbar mit Weimar, wenn die Honoratioren der Gemeinde nicht eine befremdende, weltweit einzigartige Tradition gepflegt hätten, jeglichen Ansatz von Bekanntheit und Berühmtheit im Keim zu ersticken.

Dabei hatte es die Geschichte mit Hünxe gut gemeint. Immer wieder hatte es große Ereignisse, herausragende Männer oder brillante Frauen gegeben, die Hünxe in den Zenit der Dichter und Denker, der genialen Megastars katapultiert hätten.

Hünxe wäre nicht zu einer bloßen Notiz in den größeren lexikalischen Werken verkommen, sondern hätte sich einen festen Platz in der Köpfen aller Menschen weltweit, auch der weniger gebildeten, erobert.

An dieser Stelle drängte sich mir die philosophische Frage auf, ob Ruhm und Ehre erstrebenswerte Eigenschaften wären, für die es sich Opfer zu bringen lohnte.

Anscheinend hatten die Entscheidungsträger der Gemeinde Hungeses diese Frage traditionsgemäß und stets mit einem klaren Nein beantwortet. Ruhm war den Hünxer Bürgern ein Graus, Ehre völlig unwichtig. Understatement ist bis zum heutigen Tag die charmante Tugend der Gemeinde geblieben.

Es blieb die Frage nach dem Warum, dem roten Faden, dem Geheimnis von Hünxe.

War Angst die Triebfeder für diese verschrobene Tradition, weniger die Furcht vor dem Bekanntheitsgrad, als mehr das Unbehagen vor den sich daraus ergebenden Konsequenzen, die anderenorts vielen Menschen zum Verhängnis geworden war?

Ich hatte dabei nicht die Tourismushorden und Myriaden von Reisebussen, sowie die Nachteile einer günstigen Verkehrsanbindung vor Augen, ich spreche von Gemeuchelten, Gehängten, Verbrannten, Zerstückelten, Verstümmelten ...

Damit war ich bei den Ursprüngen dieser Gepflogenheit, niemals auffallen zu wollen, keinesfalls Spuren hinterlassen oder Sand in das große Räderwerk der Geschichte streuen zu wollen.

Erst ein Blick in die ferne Vergangenheit brachte mich den Wurzeln dieses Brauchtums näher.

Führende Geister auf dem noch jungen Gebiet der Traditionsforschung in enger Kooperation mit dem archäologischen Institut der Universität Köln hatten sich parallel zu mir mit dicser Thematik beschäftigt und waren zu erstaunlichen Ergebnissen gekommen.

Im Rahmen der jüngsten Grabungen nördlich des Wesel-Datteln-Kanals und östlich der historischen Kerne Drevenack, Krudenburg und Hünxe wurden zahlreiche römische Münzen und militärische Ausrüstungsgegenstände gefunden, wodurch die Jahrhunderte alte niederrheinische Legende und ein in Hünxe langgehegter Verdacht bestätigt wurde: Der Schauplatz der berühmten

Schlacht im Jahre 9 nach Christus, in der ein römisches Heer unter der Führung von Publius Quinctilius Varus vernichtend geschlagen worden war, hatte sich im Gebiet des heutigen Dreiecks aus Lippeaue, Bühler Bergen und Hünxer Aap befunden.

Augenscheinlich hatten sich die drei siegreichen Germanenstämme, die Brimborer, die Zinnober und die Bohais, aus Angst vor der Rache des römischen Imperiums eine für die damalige Zeit geniale Lösung einfallen lassen. Sie hatten die sterblichen Überreste der drei römischen Legionen in den Teutoburger Wald überführt und den Cheruskern und den Marsen den Ruhm für diesen Sieg überlassen, Konsequenzen inbegriffen. Man konnte nur spekulieren, wie viel Gold deren Anführer Arminius, genannt Hermann, für sein Schweigen bekommen hatte.

Ohne diese List vor 2000 Jahren wäre es den Bewohnern Hungeses gewiss genauso ergangen wie dem Stamm der Marsen. Sie wären im Jahre 14 nach Christus vom obersten römischen Beamten für Gallien, Germanicus, ausgelöscht worden.

Was einst so erfolgreich aus Selbstschutz geschah, wurde später zuerst von den Dorfbewohnern Hungeses, danach von den Gemeinderäten Hünxes zum obersten Prinzip, zum Gesetz erhoben: Sich-aus-der-Verantwortung-stehlen und den Ruhm-anderen-überlassen.

Das war das Geheimnis von Hünxe!

Übrigens war ich bei der Suche nach dem Besitzer der Metallflöte mit der Totenkopf- und Rattengravierung fündig geworden. Ein junger Pfeifer sollte im Jahr 1284 mindestens 130 Kinder aus Hungese entführt und in der Lippe ertränkt haben, nur weil er um seinen Lohn als Kammerjäger gebracht worden war.

Hünxe könnte längst eine der berühmtesten, wenn nicht sogar die bekannteste Gemeinde unserer Republik sein. Das Lächeln beim blechernen Klang dieses Ortsnamens würde manchem Spötter vergehen, wenn er wüsste, wie geschichtsträchtig diese heilige und ruhmreiche, aber auch blutgetränkte und ruchlose Erde ist, die Hungese stolz ihr eigen nennt. Die wahre Größe dieser Kommune erschließt sich nicht auf den ersten Blick, sie bleibt im Verborgenen, offenbart sich nur dem Interessierten, dem Kenner. Hand aufs Herz. Wer hat sich jemals die Mühe gemacht, in die Geschichte dieses Kleinods auf deutschem Boden einzudringen, oder ist gar zum Äußersten gegangen und hat Hünxe mit einem Besuch beglückt?

Hünxe ist die wahre Perle der Republik, die Metropole Germaniens. Hünxe ist die Loreley, der ‚Black Forest', der Kölner Dom, das Sanssouci, das Neuschwanstein des Niederrheins, die heimliche Königin des Tourismus.

Das Berühmteste an Hünxe war, ist und bleibt ihr goldenes Prinzip, jeglichen Ruhm zu meiden oder, wie wir heutzutage sagen würden, sich aus den Schlagzeilen herauszuhalten.

Jüngstes Beispiel war die fast arrogant anmutende Absage an den Wunsch der UNESCO, Hünxe zusammen mit Potsdam zum Weltkulturerbe erklären zu wollen.

Diese verschrobene Eigenschaft gereicht Hünxe aber nicht nur zum Nachteil. Manchmal hat es auch sein Gutes, sich stets aus dem globalen Gedächtnis löschen zu lassen und nicht berühmt zu sein. So wird die jedermann geläufige Tomate ohne Geschmack, die sogenannte E-Tomate, die entaromatisierte Tomate nicht nach Hünxe, dem Ort ihrer Erfindung benannt, sondern ihre Herkunft den Holländern zugeschrieben.

Mir geht es übrigens ausgezeichnet, seitdem sich meine Frau von mir getrennt hat, meine Kinder mich endlich in Ruhe arbeiten lassen und ich in diesem Sanatorium den Status des Gemeindeschreibers von Hünxe verliehen bekommen habe.

In meiner Chronik über Hungese bin ich übrigens schon im Kapitel 319 auf der Seite 1462. Ein Ende ist noch nicht abzusehen.

Hünxe

Die Gemeinde Hünxe liegt östlich von Wesel und ist über die A3 zu erreichen. Mit riesigen Waldgebieten und Freiflächen gehört Hünxe zum Naturpark „Hohe Mark".

In Hünxe-Drevenack befindet sich das Otto-Pankok-Museum Haus Esselt, in dem Werke des berühmten Malers ausgestellt sind.

Das Heimatmuseum "Alte Bergschule" zeigt vorgeschichtliche Funde, bäuerliches Handwerk, bäuerlichen Haushalt und eine frühere Landschule.

Der Ortskern des alten Treidelschifferdorfes Krudenburg steht komplett unter Denkmalschutz und wurde schon mehrfach ausgezeichnet.

Besonders sehenswert ist das Wasserschloss Castrop mit der Schloßkapelle aus dem 14. Jahrhundert.

Der ehemalige Rittersitz Haus Schwarzenstein stammt aus dem 14. Jahrhundert und ist heute Sitz des Rheinisch-Westfählischen Schleppjagdvereins.

In Hünxe und Umgebung gibt es verschiedene ausgeschilderte Radrundtouren unter anderem die "Römerroute" und die "Niederrheinroute".

Viele Informationen, die für Touristen interessant sind, finden Sie unter www.huenxe.de

Übrigens: Im Ortsteil Bruckhausen liegen die Tenderingseen, die bei Schwimmern, Surfern und Sonnenhungrigen gleichermaßen beliebt sind. Hier gibt es auch ein Hallenbad, Tennis- und Sportplätze und eine 18-Loch Golfanlage. Kanufahrten sind auf der Lippe möglich.

Kalt erwischt in Kranenburg

„Reißt man in Holland die Deiche ein, fördert's den Wassersport am Niederrhein." Hartmut wartete vergeblich auf ein Lachen von Evelyn, während er den Wagen lässig mit einer Hand durch die Pappelallee lenkte. Seine Tina, ja, die hätte bestimmt gelacht!

„Nimm beide Hände ans Steuer", sagte Evelyn in ihrem *Wenn-nicht-dann-bekommst-du-Ärger*-Tonfall, ohne von ihrem Reiseführer aufzuschauen. „Wir hätten in Kleve abbiegen müssen", behauptete sie zum wiederholten Male. „Da hinten kommt ein Reiter, der ist bestimmt von hier, frag ihn mal nach dem Weg."

Hartmut hielt das für überflüssig, denn vor ihnen tauchte bereits Nütterden auf, ein Ortsteil von Kranenburg.

„Nun brems schon, denk an die Uferschnepfe."

Widerwillig trat Hartmut auf die Bremse. Diese verdammte Uferschnepfe, die wahrscheinlich nur eine bereits plattgefahrene Amsel war. Evelyn hatte ihn zu einer Notbremsung gezwungen, ihn des Vogelmords bezichtigt, und dann musste er die 50m in der flirrenden Sommerhitze zurückgehen, um den Tierkadaver unter eine Kopfweide zu betten, damit die angeblich noch nicht entfleuchte Seele des platten Vogels ein netteres Umfeld hatte. Was war denn mit seiner, Hartmuts, menschlichen Seele, der gemarterten? Und was mit den Bedürfnissen seines Körpers?

Immerhin befand man sich auf der Hochzeitsreise, genauer, sie wollten ihren zehnten Hochzeitstag auf nicht alltägliche Art zwischen Rhein und Reichswald begehen. Hartmut verstand darunter einen gemütlichen Landgasthof, kurz was in Kultur machen, Beuys oder das Wundertätige Kreuz, eine Stunde würde wohl genügen?

Aber dann ... dann ging's ab in die Heia, ein paar tierisch versaute Stunden, er wollte Evelyn ein letztes Mal richtig wimmern hören, darum betteln sollte sie, sich stöhnend unter ihm winden, während er sich so richtig gehen ließ und dabei an die geile, kleine Tina dachte, mit der er es beim Betriebsausflug auf einem Tisch getrieben hatte, bei offener Tür, während die feixenden Kollegen ... aber für das Luderchen Tina blieb später noch genügend Zeit, sobald er Evelyn ins Jenseits befördert hätte. Dort konnte sie von ihm aus gern der Uferschnepfe Gesellschaft leisten und bereuen, dass sie sich auf Erden mehr um bedrohte Vögel als ums eheliche Vögeln gekümmert hatte.

Und dann immer diese Widerworte! Nein, er würde seinen Plan nicht mehr umstoßen, allein der Gedanke an die zukünftige Freiheit löste ein euphorisches Gefühl bei ihm aus. Herrlich, wie würde er die Rückfahrt genießen, nur mit zwei Fingern der einen Hand das Lenkrad halten und mit der anderen körperlich ein bisschen Stimmung machen, während er sich ein paar nette Schweinereien rund um Tina ausdachte.

Verdammt, der Wagen geriet ins Schlingern, Evelyn zog ruckartig an der Handbremse.

„Pass auf, der schwarze Reiter", kreischte sie in Panik, und tatsächlich bäumte sich das Pferd direkt vor ihnen auf. Der Mann auf dem Rappen musste hart in die Zügel greifen, um das nervöse Tier unter Kontrolle zu halten. Hartmut brachte den Wagen zum Stehen.

„Ruuuhig", der Mann tätschelte das Pferd, das leise schnaubte, und auch auf Evelyn schien die Stimme des Fremden eine magische Wirkung zu haben.

„Mein Mann hat sich verfahren", behauptete sie, „das passiert ihm leider immer wieder. Ich schätze mal, Sie kennen sich hier aus?"

Dieser flirtende Blick, den sie dem Fremden zuwarf, einfach abstoßend! Schließlich war die Frau seit zehn Jahren verheiratet, und das mit ihm, was brauchte sie da noch andere Männer? Schon bald plauderten die beiden über *die bäuerliche Kulturlandschaft der Düffelt* und *den*

Kampf der Bewohner, sich diesen Landstrich urbar zu machen. Pures Blabla, aber Evelyn heuchelte Begeisterung und zeigte auch reges Interesse an den 150.000 arktischen Wildgänsen, die hier im Winter eintreffen sollten.

Na und? Den nächsten Winter würde sie nicht mehr erleben, bye, bye, Evi, du wirst irgendwo an der Via Romana verscharrt sein, abgelegt in der feuchten Rheinaue oder dezent versteckt in einem Kunstwerk von dem Typ mit dem Hut, heutzutage war es doch überhaupt kein Problem mehr, eine Leiche verschwinden zu lassen. Gerade fragte sie den Reiter mit einer zuckersüßen, falschen Kleinmädchenstimme nach weiteren Sehenswürdigkeiten in der Gegend aus. Gerhard Schmitz (mit tiefem Blick in Evelyns Augen: „Gero genügt"), outete sich nicht nur als Bewohner des Reiterdorfs Frasselt, sondern bot auch seine Dienste als Fremdenführer an. Offenbar nur Evelyn, ihn würdigte er keines Blickes, der Tünnes.

„Man kann sich durchaus verirren in der Düffelt. 10.000 Hektar Poldergebiet, Hecken, Wiesen und Tongruben. Ein Naturparadies, allerdings hatten wir in letzter Zeit – ein paar Probleme. Früher blieben die Verbrecher in der Stadt, aber heutzutage . . ."

Täuschte sich Hartmut, oder warf ihm der Reitersmann einen misstrauischen Blick zu? Evelyn machte mit Gero einen Termin für den nächsten Tag aus. Ohne Hartmut zu fragen, typisch.

„Wir nehmen den Gasthof *Zum Goldenen Löwen*", bestimmte sie, als man Kranenburg erreichte. *„Mach bei uns Rast, sei unser Gast*, das gefällt mir."

„Wir haben echten Rheinischen Sauerbraten. Als Nachtisch Ballebäuskes", schlug die Wirtin vor, um sich dann plötzlich an den Hals zu fassen. „Sie sind meine einzigen Gäste. Traut sich doch keiner mehr in die Gegend, seit der Frauenschlitzer wieder zugeschlagen hat. Schon zum zweiten Mal, aber diesmal war's besonders blutig. Den Kopf hat er vor den Mühlenturm gelegt, dort haben ihn dann die Leute vom Verein für Heimatschutz gefunden.

Das kann keiner von hier sein, sag' ich. Ach, wie ist das alles schrecklich!".

Hartmut verstand nicht, warum sich der Frauenschlitzer angeblich nach dem Zufallsprinzip fremde Frauen suchte. Sinn machte das doch nur bei der eigenen, oder?

Evelyn traf keine Anstalten, sich mit ihm auf dem einladend breiten Ehebett zu wälzen. Würde sie eben keine guten Erinnerungen mit ins Jenseits nehmen, selber schuld.

Bei einer ersten Ortsbesichtigung redete Evelyn von den letzten zehn Jahren, die er ihr versaut hatte, genauer gesagt, ihr ganzes Leben. Denn wenn sie ihn damals nicht geheiratet hätte, wäre alles ganz anders gekommen. Man bedenke doch nur, mit welcher Kaltblütigkeit er unschuldige Uferschnepfen killte, und wie stoffelig er zu dem charmanten Gerhard Schmitz gewesen war, und überhaupt, sie hatte dieser Reise nur zugestimmt, um mit ihm über die Scheidung zu reden, denn sie hielte ihn außerdem für ein Sexmonster und einen schlechten Autofahrer, und das Rumbumsen mit dem Lehrmädel ...

An dieser Stelle hatten sich ihre Wege getrennt, Evelyn wollte lieber allein rumlaufen, und Hartmut suchte sich beleidigt in der Großen Straße eine Kneipe, um den Kranenburger Schnaps *aus der echten Mühlenturm-Flasche* zu testen.

Ausgezeichnet, danach fühlte er sich beschwingt und zu allen Schandtaten bereit. Warum nicht einen strategisch sinnvollen Stadtrundgang machen? Er startete am Rütterswall und trug „E. von der Stadtmauer stürzen" in ein kleines Notizbuch ein, das er gerne auf Reisen benutzte. Es folgten „E. erwürgt(?) im Mühlenturm ablegen."
„Auch mit Backsteinen im spätgotischen Stil lässt sich zuschlagen. Von hinten."
Das bezog sich auf die Stiftskirche mit ihren zahlreichen Kunstschätzen. Das Wundertätige Kreuz würde er selbstverständlich nicht entweihen, aber da es angeblich aus einer unwürdig empfangenen Hostie entstanden war, die

sich in einem gespaltenen Baum zu einem schlichten Holzkreuz entwickelt hatte, ließ er sich zu einem knappen „Spaltaxt besorgen, einmal vorher üben“ inspirieren.

An der Südwestecke des Kirchplatzes stand der Kranenburger Lebensbaum, ein Bronzemonument, das laut Stadtführer zum Kreuzweg des Friedens gehörte. „Habe mit E. mein Kreuz lange genug getragen“ notierte Hartmut und machte fünf Ausrufezeichen in die nächste Zeile, bevor er sein neues Ziel, den Katharinenhof, ansteuerte. In dem ehemaligen Klostergebäude befanden sich Ausstellungen für ältere und zeitgenössische Kunst.

„E. zwecks Abschreckung in einer Vitrine ausstellen, haha.“ Aber so schlecht war diese Idee gar nicht, dachte er und schrieb: „In Kunstharz eingießen? Wenn, dann vorher zerstückeln. Knochensäge und scharfes Anglermesser besorgen. Dem Fleischer über die Schulter schauen ...“

Diese große, alte Truhe in der Ausstellung, die schrie doch förmlich danach, gefüllt zu werden. Wie lange dauerte es eigentlich, bis eine Leiche zu riechen anfing?

„Starkes Deo kaufen.“ Und was war mit der Madenbildung? Wenn die Tierchen aus der Truhe krabbelten und artfremd das Museum bevölkerten? „Beuys in die Schuhe schieben.“

Der Friedhof lag gleich neben dem Rathaus. „Wenn vorgetäuschter Unfall, E. vor Ort bestatten lassen, kostengünstige Variante wählen, am besten Urne, anonym. Totenschein für die Versicherung besorgen.“

Das musste planerisch genügen, Hartmut schlenderte in Hochstimmung an der inneren Seite der Stadtmauer entlang, dachte in der malerischen, engen Wandergasse noch kurz an eine Würgeschlinge, elegant um Evelyns Kopf geworfen und dann zugezogen, bis die Augäpfel hervortraten. Von ihm konnte der primitive Frauenschlitzer noch was lernen.

Wieder im Hotel angekommen, leerte Hartmut seine Taschen, hängte die Kleidung ordentlich über einen Stuhl und duschte lange und ausgiebig. „Wenn meine Frau sich auszieht", sang er schmetternd und meinte, eine Tür schlagen zu hören.

„Evelyn?" Hartmut trat nackt ins Zimmer, falls es Evelyn war, würde er sie vielleicht während eines spontanen Liebesspiels fesseln oder ersticken können, dann ein bisschen an ihr rumschnippeln – Mist, wo hatte er die Nagelschere und das Obstmesser für die Reise gelassen – und die Einweghandschuhe aus dem Erste Hilfe Pack musste er auch noch aus dem Wagen holen – immer dieser Stress wegen seiner Alten! Tinababy, mit dir wird alles ganz anders. Evelyn konnte nur ganz kurz dagewesen sein, immerhin hatte sie ihm einen Zettel hingelegt: *„Habe zufällig unseren neuen Bekannten wiedergetroffen. Er will mit mir einen Ausflug machen und den Lebensraum der Brachvögel erkunden. Ich nehme das Auto. E."*

Hoppe, hoppe Reiter mit dem arroganten Schnösel Gerhard Schmitz, daher wehte der Wind! Sauerei, dass sie das Auto genommen hatte. Er würde den beiden heimlich folgen und, wenn es sein musste, den ersten Doppelmord seines Lebens begehen. Dann dem frisch verblichenen Gero eine Tatwaffe in die Hand drücken, eine wirklich geniale Lösung.

Radfahren bei dieser Hitze war nicht sein Ding. Hartmut trat stöhnend in die Pedale, zum Glück hatte ihm die Wirtin außer dem Rad auch Wanderkarte und Fernglas geliehen. Sein mitgeführtes Waffenarsenal bestand leider nur aus einem Hosengürtel und Evelyns Stielkamm, aber Not machte erfinderisch, sicher gab es am potentiellen Tatort auch Feldsteine oder andere geeignete Hilfsmittel.

Zu seinem Ärger kam es kurz vor Frasselt zu einer Verzögerung, als er sich an einer Polizeisperre ausweisen musste. Nach der Kontrolle – *Finden Sie, dass ich wie der Frauenschlitzer aussehe? Nein? Lernen Sie erst mal meine Frau kennen* – erklärte ihm der Beamte freundlich den Weg ins Gebiet der Brachvögel. Oder waren es

Uferschnepfen gewesen? Nervös zog Hartmut am Rande einer Wiese den Brief aus der Tasche. Brachvögel, das war richtig, aber trotzdem stellten sich seine Nackenhaare auf. Evelyns Brief war auf einem Stück Papier geschrieben, das eindeutig aus *seinem* persönlichen Notizbuch stammte. Ob sie seine Notizen gelesen hatte?

Jedenfalls war sie nicht zur Polizei gegangen, denn in dem Moment entdeckte Hartmut mit dem Fernglas den Wagen am Rande einer Wiese. Also interessierte sich seine Frau weniger für die Mordpläne als für Reiterspielchen, denn Evelyn und Gerhard Schmitz lagen ineinander verknäult auf dem Gelände der Uferschnepfe, was an sich schon empörend war bei Evis Einstellung zum Naturschutz. Sie sah geschafft aus, stellte Hartmut fest, als er näher heran robbte, denn Evelyn rührte sich noch nicht einmal, als Gero sich jetzt mit einer Art Jagdmesser an ihrem Bauch zu schaffen machte. Er trug Handschuhe und schaute erst erschreckt auf, als sein Pferd unruhig wieherte. Hartmut war über einen Ast gestolpert und gab sich fluchend zu erkennen.

„Wir reden darüber, das geht schon in Ordnung“, rief er dem Mann, der ihm zuvorgekommen war, beruhigend zu. Frauenschlitzer waren in seinen Augen auch nur Menschen, wollte er noch sagen, aber schon flüchtete Gerhard zu seinem Pferd und überließ Hartmut die ganze Schweinerei mit der entleibten Evelyn. Ehe er noch die nächsten Schritte überlegen konnte, überwältigten ihn mehrere Polizisten, die sich vom Waldrand her genähert hatten.

„Ich weiß, wer der Frauenschlitzer ist“, rief Hartmut aufgeregt.

„Wir jetzt auch“, lautete die Antwort, und dann klickten die Handschellen.

Aus der Presse

Kalt erwischt in Kranenburg. Eine Gemeinde atmet auf. Hartmut R., der auch als ‚Frauenripper‘ bekannte Mörder, konnte dank der hiesigen Polizei endlich gestellt werden. Sein letztes Opfer, die eigene Gattin, trug ein Notizbuch bei sich.

„Weitere Morde waren bis ins letzte Detail schriftlich geplant, so konnten wir ihn überführen", bestätigte Hauptkommissar Udo V.

Einer der Zeugen, Reitlehrer Gerhard Schmitz: „Ich bin froh, dass man den Täter endlich gefasst hat. Wie gut, dass es kein Einheimischer war."

Kranenburg

Das über 750 Jahre alte Städtchen Kranenburg befindet sich auf der Rad- und Kulturroute Via Romana zwischen dem römischen Xanten und der Kaiserstadt Nijmegen an der Grenze zu den Niederlanden. Der Reichswald und die Düffelt, Felder, Wiesen und Weiden, Pappelalleen prägen hier die Landschaft. Das Wappen- und Wahrzeichen der Stadt ist der Mühlenturm.

In den Wintermonaten locken tausende Wildgänse viele Touristen in die Niederungen um Kranenburg, und die NABU-Naturschutzstation organisiert sogenannte „Gänseexkursionen".

Traditionsgemäß gibt es Wallfahrten zum „Wundertätigen Kreuz" in der Stifts- und Wallfahrtskirche St. Peter und Paul, die aus dem Jahr 1308 stammt und noch weitere Kunstschätze beherbergt. Auch die evangelische Kirche mit einer Kanzel aus dem Jahr 1622 ist ein beliebtes Touristenziel, nicht zuletzt wegen ihre modernen Glasfenster, die der Künstler Erich John gestaltet hat.

Das Museum Katharinenhof zeigt gleichermaßen historische und zeitgenössische Kunstexponate, natürlich auch Ausstellungsstücke von Josef Beuys.

Weitere Informationen, die für Touristen interessant sind, gibt es unter www.kranenburg.de

Übrigens: Kranenburg ist bei Reitern besonders beliebt und erhielt im Jahr 1998 die Auszeichnung „Pferdefreundliche Gemeinde".

Wie im Mittelalter

„Jetzt freu dich doch mal an der Sonne und der Landschaft und all dem Zeug", sag ich, als wir die Abfahrt nach Burg Linn runterfahren. Aber sie stiert nur aus dem Fenster.

Dabei mach ich das doch wegen ihr, zum Flachsmarkt fahren. Okay, nicht *nur* wegen ihr. Die Ritter und der ganze Handwerkskram, das möcht ich mir schon lange mal ansehen. Aber für sie ist ja auch ne Menge dabei - Sticken und Klöppeln und wie das alles heißt. Dankbar sollte sie mir sein, dass ich sie einfach ins Auto gepackt hab heut morgen.

Sie geht ja in letzter Zeit kaum noch vor die Tür. Schleicht lieber den ganzen Tag in der Wohnung rum und nervt mich mit ihren Blicken. Aber ist schon besser so, als wenn sie draußen rumlaufen würde. Da wundern sich die Nachbarn wenigstens nicht über die blauen Flecken.

Ich krieg natürlich keinen Parkplatz mehr beim Flachsmarkt, und wir müssen eine geschlagene halbe Stunde laufen.

„Jetzt trödel doch nicht so", sag ich. Aber sie murrt, dass ihr das Bein weh tut. „Blödsinn", sag ich. Das war schließlich schon letzte Woche, da soll sie sich jetzt bloß nicht mehr so anstellen.

Als ich den Eintritt bezahl, denk ich wieder mal, dass alles viel billiger wär ohne sie. Aber Scheidung ist nicht drin. Mein Kumpel Karl hat das voriges Jahr durchgezogen. Jetzt kriegt Ilse fast seine ganze Kohle. Dabei bräuchte er dringend ne Haushälterin, aber die kann er sich nicht leisten. Das ist ne ganze Menge Hausarbeit, was da so anfällt. War mir vor Karls Scheidung überhaupt nicht klar. Bügeln, putzen, einkaufen, kochen, Handwerker bestellen, Betten machen, staubsaugen, aufräumen . . . Da kommt echt was zusammen. Nee, Scheidung kommt nicht in Frage.

Vielleicht überleg ich mir mal ne andere Lösung. Die muss aber so gut sein, dass die Polizei nicht drauf kommen kann. Na ja, momentan ist das noch nicht so dringend. Die Hausarbeit erledigt sie ja ganz ordentlich. Aber wenn sie mich weiter so vorwurfsvoll anguckt, raste ich bestimmt irgendwann mal aus. Und das ist dann ganz allein ihre Schuld.

Im Mittelalter, da wussten die Frauen noch, wo ihr Platz ist. Und die Männer waren richtige Männer. Das sieht man auch auf dem Flachsmarkt. Sticken, nähen, Blumen binden, Kerzen gießen, weben und so was, das war der Job der Frauen. Die Männer haben den Eisenhammer geschwungen, an der Drehbank gestanden, Lanzen und Äxte gemacht.

„Guck dir das an", sag ich zu ihr, als wir am Seidenmalstand vorbeikommen. „Das wär doch mal ein Hobby für dich." Die Idee ist mir gerade erst gekommen, aber sie ist echt genial. Wenn sie was hätte, womit sie beschäftigt ist, wenn ich meine Ruhe haben will – das wär klasse.

Sie starrt mich an, als hätt ich was von Außerirdischen erzählt, bleibt aber stehen und guckt sich die Sache an. Wie eine Frau mit einem Stock Farbe auf so eine schleimige Flüssigkeit tropft und dann Muster macht und ein Stück Stoff drauflegt.

„Komm schon", sag ich, als ich seh, dass auf der Ritterwiese das Turnier losgeht. Aber sie rührt sich nicht, starrt weiter auf die Seidenfrau. Dabei fährt sie mit der Zunge über ihre Zähne. Macht sie immer, wenn sie sich konzentriert. Obwohl sie genau weiß, dass ich das ekelig finde.

Sie sagt, dass sie sich auch ein Tuch machen will, und guckt mich so von unten rauf an. Das macht mich wahnsinnig, aber wir sind hier ja nicht allein, und deshalb schluck ich den Ärger runter.

„In ner halben Stunde hol ich dich hier wieder ab", sag ich und lauf rüber zu den Rittern.

Ich hätt auch gern im Mittelalter gelebt. Ich wette, die Axrt und die Lanze könnt ich mindestens so weit werfen wie die Typen hier. Und was die jetzt machen – Sauhatz nennt sich das – das hätt mir auch gefallen. Früher hat keiner gejammert von wegen Tierschutz. Da konnte man eine Sau noch einfach abstechen, und alle fanden das toll, weil sie was zu essen hatten. Heute hast du ja schon die Polizei auf dem Hals, wenn du deine Frau mal etwas zu fest anfasst.

Überhaupt die Frauen: Die stehen hier in ihren Burgfräuleinkostümen am Rand rum und feuern die Ritter an. So muss das sein. Schließlich bringt der Mann das Fleisch auf den Tisch, da ist ein bisschen Dankbarkeit ja wohl nicht zu viel verlangt.

Als so ein Typ eine Schriftrolle rauszieht und was vorliest, guck ich mir die Frauen näher an. Sind ein paar ganz schöne Kracher drunter.

Aber dann seh ich *sie* plötzlich, wie sie mitten zwischen den Frauen steht und auf die Ritter starrt. Dabei hab ich ihr doch gesagt, sie soll am Seidenstand warten! Aber so ist sie: Kann sich nicht mal ne halbe Stunde allein beschäftigen.

Ich schäm mich richtig für sie. In den alten Klamotten fällt sie zwischen den tollen Kleidern da hinten ganz schön auf. Und sie macht schon wieder das mit der Zunge.

Jetzt hat sie mich auch gesehen und kommt rübergehumpelt, in der Hand eine Tüte. Sie meint, dass da das Tuch drin ist und dass sie mir dafür danken möcht und lächelt. Da hab ich plötzlich einen Anfall von Großzügigkeit. Ich drück ihr zwanzig Euro in die Hand. „Nimm und kauf dir was Schönes", sag ich.

Sie guckt den Schein ungläubig an.

„Na, geh schon", sag ich und dass wir uns in einer Stunde wieder hier treffen, am Bierstand.

Sie haut ab, und ich denk, dass ich es vielleicht doch

noch ne Weile mit ihr aushalte. Muss wohl an der frischen Luft und den Ritterspielen liegen, dass ich heute so gutmütig bin.

Als die Ritter ne Pause machen, trink ich mir erst mal zwei Bier. Dann schlender ich rum. Guck mir die Bogenbauer an, die Böttcher und Drechsler und Gerber. Als ich zu einem Bildhauer komm, seh ich *sie* vor dem Stand stehen. Erst wunder ich mich, weil sie so was doch gar nicht interessiert. Aber dann bemerk ich die vielen Kinder, die da auf dem Boden hocken und mit kleinen Hämmern kleine Steine behauen.

Deswegen steht sie also da wie angewurzelt. Ich hoff nur, auf der Rückfahrt fängt sie nicht wieder mit Kindern an. Kinder sind laut und kosten Geld, das hab ich ihr schon x-mal gesagt.

Sie ist pünktlich zurück. Ich trink mein Bier aus, und wir machen uns auf den Weg zum Auto. Ihre Tüte ist voll, und weil es so ein schöner Tag ist, will ich ihr tragen helfen. Da sagt sie doch glatt, dass sie das ruhig selber tragen kann, weil ich hätt ja schon genug Arbeit mit dem ganzen Autofahren.

Ich staune nicht schlecht. Der Ausflug hat sich echt gelohnt, wenn sie dadurch endlich kapiert, was ein Mann so alles leistet, um seine Familie zu ernähren. Da beschwer ich mich nicht mal, dass sie so langsam ist, und lass mir beim Spazierengehen die Nachmittagssonne auf den Pelz scheinen.

Auf der Rückfahrt quatscht sie dann plötzlich los. Wie toll das alles war auf dem Flachsmarkt, dass sie sich jetzt endlich für ein Hobby entschieden hat und dass sie sich freut, dass ich sie sozusagen gezwungen habe mitzukommen. Dabei guckt sie immer wieder ganz glücklich zu ihrer Tüte auf dem Rücksitz hin.

„Was ist da eigentlich alles drin?", frag ich.

Sie guckt erschrocken und lacht dann. Schöne Kerzen hätt sie gekauft, und der Rest wär ne Überraschung für heute Abend.

Ich lass ihr das durchgehen. Überraschungen hat es bei uns zu Hause schließlich schon lang nicht mehr gegeben. Wahrscheinlich hat sie sich bei den Fressständen eingedeckt – da gab's Senf und Honig und Gewürze und alles Mögliche – und heute Abend kocht sie mir was Schönes.

Mir läuft schon das Wasser im Mund zusammen, aber ich sag nicht, dass ich schon weiß, was sie vorhat. Soll sie auch mal ihren Spaß haben.

Zu Hause setzt sie mich mit einem Bier vor den Fernseher und sagt, ich soll es mir gemütlich machen. Sie würde jetzt die Überraschung vorbereiten.

Ich hör sie in der Küche werkeln und am Esstisch.

„Ich hab Hunger!", ruf ich irgendwann, als mein Magen anfängt zu knurren. Sie guckt kurz ins Zimmer und sagt, dass sie gleich so weit ist.

Ich schalte ein bisschen zwischen den Kanälen hin und her, aber überall läuft nur Scheiße. Sie ruft, dass sie gleich fertig wär und dass ich mich auf keinen Fall umdrehen soll, wegen der Überraschung.

Allmählich nervt sie mich wieder. Wenn sie jetzt jedes Mal so'n Bohei macht, wenn sie mir mal was Leckeres kocht, dann überleg ich mir das noch mal mit meinem Plan, wie ich sie unauffällig loswerden kann.

Da hör ich etwas direkt hinter mir. Ich dreh mich auf dem Sofa um, und da seh ich den Esstisch, mit Kerzen und allem Drum und Dran.

Da ist aber nur für einen gedeckt. Ich dreh mich zur anderen Seite, und da steht sie direkt vor mir, die Zunge fährt über die Zähne, die Hände mit dem Hammer drin sind nach oben gestreckt.

Das ist so einer, wie ihn die Bildhauer auf dem Flachsmarkt haben.

Krefeld-Linn

Das historische Örtchen Linn ist ein Stadtteil von Krefeld und liegt direkt an der A 57 (Abfahrt Krefeld-Centrum).

Im 12. Jahrhundert erbauten die Herren von Linn einen befestigten Wohnturm mit Wassergraben, der 100 Jahre später mit Ringmauern und sechs Ecktürmen zur kleveschen Landesburg ausgebaut wurde. 1702 wurde die *Burg Linn* im spanischen Erbfolgekrieg zerstört und diente fortan der Bevölkerung als Steinbruch. Erst 1957 wurde die ehemalige kurkölnische Landesburg, die sich im Besitz der Stadt Krefeld befindet, wieder aufgebaut und 1994 mit Dach und Turmaufbauten versehen.

Das kurfürstliche Jagdschloss, das sich in der ehemaligen Vorburg befindet, beherbergt eine seltene Sammlung mechanischer Musikinstrumente und Einrichtungsgegenstände aus den vergangenen Jahrhunderten.

Jedes Jahr zu Pfingsten erwacht hier mit dem traditionellen *Flachsmarkt* das Mittelalter zum Leben. Es werden Ritterspiele aufgeführt und Kunsthandwerker geben Kostproben ihres Könnens.

In unmittelbarer Nähe liegt das *Landschaftsmuseum des Niederrheins,* in dem archäologische Funde aus dem benachbarten Gräberfeld des ehemaligen römischen Kastells Gelduba ausgestellt sind. Prunkstück ist der Helm eines fränkischen Fürsten aus dem 6. Jahrhundert.

Auch das *Deutsche Textilmuseum* befindet sich in Linn. Es beherbergt 25.000 textile Exponate aus einem Zeitraum von 2.000 Jahren, die aus der ganzen Welt zusammengetragen wurden.

Übrigens: Die Leiterin des Textilmuseums, Brigitte Tietzel, schrieb den Krimi „Bei Ankauf Mord", der 1999 im Emons Verlag, Köln, erschien.

Tod in der Schwalm

Von Westen her peitschte der Sturm schwarze Gewitterwolken vor sich her. Sie trieben heran, zerrissen unter einem Donnerschlag und ließen für Sekunden das bleiche Licht des abnehmenden Mondes hinabgleiten. Dann fügten sie sich erneut in ekstatischem Tanz zusammen. Ein greller Blitz zerschnitt die zähe Dunkelheit und goss sein bläulich flackerndes Feuer über den alten Turm der Brüggener Burg.

Ein neuer Schlag! Doch diesmal war es nicht das Krachen des Donners. Es hallte vom Parkplatz am östlichen Ortseingang bei der Klosterstraße herüber, ein sattes Knallen, wie das Zuschlagen einer Autotür.

Wieder ließen die Wolken das fahle Dämmerlicht des Mondes durch ihre zerrissenen Leiber rinnen. Es brach sich im nachtschwarzen Wasser der Schwalm, huschte über das dichte Ufergestrüpp und streifte die dunkle Lücke zwischen zwei Akazien.

Und dann erfassten die Strahlen den schleichenden Schatten auf der Erde. Er hastete gebückt voran, wie unter einer schweren Last. Gehetzt blickte er sich um, verharrte kurz. Dann hob er schwer das dunkle Bündel auf, das er neben sich auf dem Boden abgesetzt hatte. Er hievte es über die rechte Schulter und bewegte sich schleppend auf die Lücke am Uferrand zu. Der Schatten verharrte erneut, sah sich noch einmal um, schaute hinauf zum schwarzen Himmel. Das Gewitter war jetzt direkt über ihm. Ein gigantischer Blitz zerriss den Nachthimmel und fast gleichzeitig krachte der Donner.

Noch einmal nach allen Seiten sichern! Wie ein Raubtier auf Beutefang! Ein Ruck! Ein Klatsch! Und das schwarze Bündel teilte das schäumende Wasser der Schwalm und versank.

Die Gestalt senkte den Kopf. Dann straffte sie sich und rannte zurück. Das neuerliche Knallen der Autotür vermischte sich mit dem wütenden Brüllen des Donners!

Dietrich Bergius hatte seiner Frau Susanne seit langem versprochen, einmal sonntags das niederrheinische Städtchen Brüggen nahe der deutsch-niederländischen Grenze zu besuchen. Mit seinem historischen Ortskern, der Burg aus dem 13. Jahrhundert und dem Kreuzherrenkloster war es schon eine Reise wert. Nicht zu vergessen die vielen gemütlichen Restaurants und die selbst am Sonntag geöffneten Läden.

Aber Dietrich musste sich zu solchen Unternehmungen erst einmal aufraffen. Er war dankbar für jede Minute, die er zu Hause einfach so nach Lust und Laune verbringen konnte, denn sein Beruf war wirklich aufreibend genug. Dietrich Bergius war Hauptkommissar der Kripo Nettetal-Kaldenkirchen.

Doch an diesem schönen Sonntagvormittag hatte Susanne es endlich geschafft, Dietrich nach Brüggen zu schleppen. Sie hatten sogar das Glück, dass sie sich einer Stadtführung anschließen konnten. Es handelte sich dabei nicht etwa um eine gewöhnliche Führung, sondern um eine sogenannte Kostümführung mit dem „echten" herzoglich jülichschen Amtmann Werner Huyn von Amstenradt. Der Gute befand sich zwar seit 380 Jahren im Ruhestand, trug aber original mittelalterliche Kleidung und berichtete den staunenden Teilnehmern der Führung in altertümlicher Sprache, welche geschichtlichen Ereignisse das Städtchen Brüggen seit seiner ersten urkundlichen Erwähnung im Jahre 1289 so mitgemacht hatte.

Mittelpunkt Brüggens ist die ebenfalls aus dem 13. Jahrhundert stammende Burg. Sehenswert ist aber auch das heute als Rathaus dienende Kreuzherrenkloster mit der Klosterkirche St. Nikolaus, die Brüggener Mühle mit dem sich noch immer drehenden Mühlrad und etliche weitere historische Gebäude. Brüggen hat eine bewegte Vergangenheit. Es bildete seit 1494 als Grenzfestung den nördlichsten Stützpunkt des Herzogtums Jülich. Von 1630 bis 1794 beherbergte das Brüggener Kloster die philosophische und theologische Fakultät der Kreuzherren-Universität. Im Dreißigjährigen Krieg brachten kroatische Reiter die Pest nach Brüggen und im Jahre 1642 plünderten protestantische hessische Soldaten in Brüggen und am gesamten Niederrhein. 1794 wurde Brüggen dann Teil des Französischen Reiches und gehörte zwischen 1801 und 1814 zum Roerdepartement.

Etwa eine Stunde dauerte die Führung, dann war die Gruppe wieder am Ausgangsort angekommen, dem Innenhof der Burg vor der Tourist-Information. Der „Amtmann“ verabschiedete sich in blumiger Sprache von seinen Zuhörern und wünschte allerseits einen angenehmen Tag und einen gesegneten Appetit beim anschließenden Mittagsmahl.

„Gute Idee“, brummte Dietrich Bergius, „mein Magen knurrt schon die ganze Zeit. Wo wollen wir denn zu Mittag essen?“

„Die Alte Brüggener Mühle“, schlug Susanne vor. „Die soll ein vorzügliches Restaurant beherbergen.“

„Du redest schon wie dieser komische Amtmann“, neckte Dietrich. „Aber mir soll's Recht sein. Da kann man wenigstens draußen sitzen und das Mühlrad beobachten.“

Sie schlenderten zurück durch den spitzbogigen Toreingang auf den Burgwall. Links von ihnen erstreckte sich die rote Backsteinmauer der Burg mit dem vorgelagerten Burggraben und direkt rechts über die Straße war schon das Restaurant „Alte Brüggener Mühle“.

Dietrich strebte schnurstracks auf den Haupteingang zu, doch Susanne hielt ihn zurück.

„Lass uns nur eben rasch einen Blick von der anderen Seite auf das Mühlrad werfe“, schlug sie vor.

„Das können wir uns auch angucken, wenn wir einen Sitzplatz auf der Terrasse ergattern“, erwiderte Dietrich ungeduldig.

„Aber da sieht man es nur von oben“, quengelte Susanne. „Ich möchte gern beobachten, wie das Wasser der Schwalm auf das Mühlrad zufließt."

Dietrich wusste, dass Susanne keine Ruhe geben würde. „Na schön. Du bist schuld, wenn ich verhungere."

Nach nur wenigen Schritten erreichten sie einen kleinen Parkplatz und bogen dann nach rechts auf eine hölzerne Fußgängerbrücke. Die Schwalm teilte sich hier in zwei Arme, von denen einer geradewegs auf das große Mühlrad zuhielt und der andere nach links abbog und unter einer weiteren Holzbrücke hindurch floss. Unter der linken Brücke lagen ein paar dicke Steine, über die das Wasser hinwegsprudelte.

„Was ist das denn?" Susanne packte Dietrich am Arm. „Dort, bei den Steinen!"

„Noch eine Sehenswürdigkeit?", stöhnte Bergius. Er hatte genug gesehen und wollte jetzt endlich sein verdientes Mittagessen.

„Nun schau doch mal!"

Etwas an Susannes Stimme alarmierte ihn.

Bergius hatte plötzlich dieses Gefühl, das immer dann kam, wenn . . . Ein graues Etwas hatte sich an den Steinen verfangen. Bergius sah genauer hin. Ein schmutzig grauer Plastiksack! Er war an der linken Seite aufgerissen, und das, was da heraus baumelte, war unverkennbar eine menschliche Hand.

Susanne schrie leise auf. Bergius drückte sie für eine Sekunde fest an sich. Dann drehte er sich um. Außer ihm und Susanne schien niemand das grässliche Ding bemerkt zu haben.

Bergius seufzte leise. Ging ihn das hier überhaupt etwas an? Sollte er nicht einfach seine Susanne schnappen und nach Hause fahren? Doch stattdessen nahm er sein Handy aus der Jackentasche und rief die Kollegen von der Kripo an.

Bekümmert sah er seine Frau an. „Ich fürchte, unser Mittagessen müssen wir verschieben. Fahr nach Hause, Susanne. Das hier dauert wahrscheinlich länger."

Sie wollte protestieren, doch dann nahm sie seufzend

seine Autoschlüssel. Zumindest hatten sie ein paar schöne Stunden in Brüggen verbracht.

Dietrich Bergius hatte zwanzig Dienstjahre auf dem Buckel und auch bereits etliche Leichen gesehen. Aber eine Wasserleiche war nun doch etwas, das selbst ihm eine grünliche Farbe ins Gesicht trieb.

Die Kollegen waren schnell da gewesen. Sie hatten die Fundstelle weitläufig abgesperrt und den Plastiksack aus dem Wasser gefischt und geöffnet. Es war eine Frau, ehemals jung, vielleicht hübsch, auf jeden Fall blond. Aber jetzt grässlich aufgedunsen, ein ekliges Bündel verrottendes Fleisch. Es trug Jeans und eine Bluse von undefinierbarer Farbe.

Irgend etwas klickte in Bergius Gehirn. Da war doch etwas! Doch es war gleich wieder weg. Bergius musste dem Impuls widerstehen, sich abzuwenden. Sein Magen rumorte gefährlich. Gut, dass er noch nicht zum Essen gekommen war.

Einer der Polizisten, die die Leiche aus dem Wasser gezogen hatten, kniete neben der Toten und inspizierte sie.

Er richtete sich auf „Die Bluse hat sie in Brüggen gekauft."

„Wieso?", fragte Bergius. Er ärgerte sich im selben Moment über diese dämliche Frage. Wasserleichen schienen sein Gehirn zu lähmen.

„Das Etikett", erklärte der Kollege. „Ein Brüggener Geschäft."

Schon am nächsten Morgen fuhr Kommissar Bergius wieder nach Brüggen, diesmal in Begleitung seines jungen Kollegen Jan Lüders, einem drahtigen Blonden, der erst vor einer Woche aus Norddeutschland hierher versetzt worden war. Gegen neun Uhr betraten sie das elegante Modegeschäft an der Klosterstraße. Eine perfekt geschminkte und gestylte Verkäuferin mittleren Alters schwebte ihnen lächelnd entgegen. „Sie wünschen?"

Bergius räusperte sich. „Kripo. Hauptkommissar Bergius. Das ist mein Kollege Lüders." Er hielt ihr seinen Dienstausweis hin. Das Lächeln verschwand schlagartig aus ihrem Gesicht. „Kripo?"

Bergius nickte unbehaglich. „Es geht um eine ihrer Kundinnen." Er zog ein Polaroidfoto der Toten aus der Tasche. Wieder klickte etwas in Bergius Gehirn und wieder schob er den Impuls bei Seite. „Kennen Sie diese Frau?", fragte er die Verkäuferin.

Sie warf einen Blick darauf. Dann starrte sie Bergius und Lüders entsetzt an. Ihre linke Hand fuhr zu ihrem Herzen. „Oh, Gott, nein!"

„Kennen Sie die Frau?", wiederholte Bergius geduldig.

Die Verkäuferin starrte noch immer auf das Foto. „Martina! Mein Gott! Ist sie tot?"

„Ja", nickte Bergius. „Sie wurde ermordet. Wer ist die Frau?"

„Sie arbeitete hier. Es ist meine Kollegin Martina Fortner. Wer kann nur so etwas Schreckliches getan haben?"

„Wo wohnte Frau Fortner?", fragte Bergius.

„Hier in Brüggen, in der Brachter Straße."

„Hatte sie Angehörige?"

Die Frau schüttelte den Kopf. „Sie lebte allein."

„Kein Freund?", fragte Lüders.

Die Verkäuferin sah ihn irritiert an. Anscheinend fragte sie sich gerade, ob dieser junge Polizist mit dem norddeutschen Slang hier überhaupt befugt war, Fragen zu stellen.

Bergius nickte ihr unauffällig zu und sie antwortete: „Doch, schon. Aber noch nicht lange. Sie hat ihn erst vor ein paar Monaten kennen gelernt."

„Wissen Sie seinen Namen?", fragte Bergius.

„Jürgen, glaube ich."

„Familienname? Adresse? Beruf?"

Sie zuckte mit den Schultern. „Weiß ich nicht. Wie schon gesagt, sie kannte ihn noch nicht so lange."

„War es etwas Ernstes?"

Die Stimme der Frau klang erstickt. „Von ihr aus schon. Sie war sehr verliebt."

Als nächstes inspizierten sie die Wohnung der ermordeten Martina Fortner. Sie lag im fünften Stock eines Mietshauses in der Brachter Straße und wirkte so normal wie nur irgend etwas auf der Welt. Möbel von Ikea, Accessoires aus dem Quelle-Katalog. Nur der Kleiderschrank hatte es in sich.

„Alles vom Feinsten", sagte Lüders bewundernd.

„Ich wusste gar nicht, dass die Polizisten an der Nordsee in ihrer Ausbildung etwas über Mode lernen", neckte Bergius. „Die Frau arbeitete in einem exklusiven Modegeschäft. Da kann sie keine billigen Fummel anziehen."

„Mag sein", nickte Lüders und durchsuchte weiter den Kleiderschrank.

Doch dann stutzte er. Er drehte sich zu Bergius um. „Und das hier?" Auf Lüders geöffneter Handfläche glitzerte eine Goldkette mit einem in Rubine gefassten Brillantanhänger.

„Vielleicht Modeschmuck", sagte Bergius, doch er wusste sofort, dass dies nicht zutraf.

Lüders schüttelte den Kopf. „Nee, die ist echt. Jede Wette."

Die Brillantkette sollte nicht das einzige Schmuckstück bleiben, das Lüders ans Tageslicht beförderte. Ketten, Ringe, Armbänder, Broschen bedeckten den billigen Kieferntisch in Martina Fortners Wohnzimmer.

„Ziemlich wertvoller Schmuck für eine kleine Verkäuferin", bemerkte Lüders.

„Vielleicht verdient man ja gut in so einem teuren Modeladen", sagte Dietrich Bergius, doch Lüders Blick ließ ihn sofort erkennen, dass auch diese Äußerung nicht gerade zu Bergius geistigen Höhenflügen zählte.

Und dann machte es wiederum Klick in seinem Kopf. Und plötzlich wusste er, wo er die Tote schon einmal gesehen hatte. Die Erkenntnis traf ihn mit solcher Wucht, dass er sich auf einen der Polsterstühle sinken ließ.

„Was ist los?", fragte Lüders.

„Ich kenne die Tote", stotterte Bergius. „Es ist erst wenige Wochen her. Sie war Geisel bei einem Banküberfall."

In seinem Büro zeigte Hauptkommissar Dietrich Bergius auf einen dünnen Hefter. „Das ist es. Überfall auf die Volksbank in Elmpt, vor fünf Wochen."

Lüders beugte sich über den Vorgang. „Was genau ist passiert?"

„Ein Mann mit einer schwarzen Maske betrat die Bank, fuchtelte mit einer Pistole herum und forderte den Kassierer auf, ihm sämtliches Bargeld in eine mitgebrachte Aktentasche zu packen. Zur Unterstreichung seiner Forderung nahm der Bankräuber eine der zufällig anwesenden Kundinnen als Geisel."

„Und diese Geisel war Martina Fortner, die wir jetzt tot aus der Schwalm in Brüggen gefischt haben?", fragte Lüders.

Bergius nickte. „Ich weiß gar nicht, warum mir das nicht gleich eingefallen ist."

„Wurde der Bankräuber geschnappt?", fragte Lüders.

Bergius schüttelte den Kopf. „Nein. Obwohl wir sofort eine Ringfahndung eingeleitet und alles abgeriegelt haben. Der Kerl war wie vom Erdboden verschwunden."

„Und die Geisel?"

„Der Räuber nahm sie mit und zwang sie, das Fluchtauto zu fahren. Er fuhr mit ihr bis Dülken. Dort warf er sie raus und fuhr allein weiter. Den Fluchtwagen haben wir später an der Nette gefunden."

„Und die Geisel?"

„Sie rief uns von einer Telefonzelle aus an. Wir schickten jemand hin, der sie hierher brachte. Die Frau war vollkommen fertig."

„Und fünf Wochen später tot", sinnierte Jan Lüders. Er hob den Kopf und sah Bergius fragend an. „Wie hoch war eigentlich die Beute bei diesem Banküberfall?"

Bergius blätterte in den Akten. Dann nickte er. „Der Gangster hatte sich gut informiert. So um den ersten des Monats herum haben die Banken meistens mehr Bargeld vorrätig als sonst. Er hat etwas über eine halbe Million erbeutet."

Martina Fortners Kollegin kam gleich auf die beiden Polizisten zu, als diese den Laden betraten.

„Wussten Sie, dass Ihre Kollegin Schmuckliebhaberin war?“, kam Lüders gleich zur Sache.

Sie nickte. „Ja, sie konnte an keinem Juwelierladen vorbeigehen, ohne ausgiebig die Schaufensterauslagen zu bewundern.“

„Sie besaß auch selbst wertvollen Schmuck“, sagte Lüders. „Verdient man hier so viel Geld, dass man sich das leisten kann?“

Sie senkte die Stimme. „Von dem Hungerlohn hier kann man mal gerade so das Allernötigste kaufen. Dazu gehört bestimmt kein echter Schmuck.“

„Wir haben aber welchen in Martinas Wohnung gefunden“, beharrte Lüders.

„Ich weiß.“ Es schien ihr unangenehm zu sein. „Sie ging öfter zur Spielbank.“

„Spielbank?“ Lüders sah sie skeptisch an. „Sie wollen sagen, Martina Fortner hat sich das Geld für den Schmuck bei der Spielbank besorgt?“

„Ja. So ungefähr einmal im Monat besuchte sie eine Spielbank. Nicht immer dieselbe. Sonst wäre es aufgefallen.“

„Was wäre aufgefallen?“, fragte Lüders lauernd.

„Nicht, was Sie denken“, beeilte sie sich zu sagen. „Es war alles völlig legal. Aber Martina hatte sowas wie ein fotografisches Gedächtnis. Sie hat beim Black Jack regelmäßig abgeräumt.“

„Nicht zu fassen!“, entfuhr es Bergius. „Und mit dem Geld wusste sie nichts anderes anzufangen, als sich teure Klunker zu kaufen?“

Die Verkäuferin wand sich. „Wahrscheinlich werden Sie es ja doch erfahren. Martina hatte noch eine andere Verwendung für das Geld.“

„Nämlich?“, fragte Bergius.

„Martina hat einen Bruder, an dem sie sehr hängt. Ein lieber Kerl, aber leider vollkommen lebensuntüchtig. Ich weiß gar nicht, was aus dem jetzt werden soll.“

„Und diesen Bruder hat Martina unterstützt?“
„Ja. Das ist aber noch nicht alles.“
„Was denn noch?“
„Er ist drogenabhängig.“
Bergius atmete tief durch. Er notierte sich die Adresse des Bruders. Dann fragte er: „Und was hat Ihnen Ihre Kollegin von dem Banküberfall erzählt?“
„Banküberfall?“ Die Frau schien nicht zu verstehen.
„Martina Fortner wurde vor fünf Wochen bei einem Banküberfall in Niederkrüchten-Elmpt als Geisel genommen“, sagte Lüders.
Sie schüttelte vehement den Kopf. „Nein, Sie müssen sich irren. Das hätte mir Martina doch erzählt.“

Martina Fortners Bruder Klaus fanden sie in einer verkommenen Absteige im Krefelder Bahnhofsviertel. Dietrich Bergius verabscheute Klischees. Aber dieser ausgemergelte junge Mann, der da vor ihnen auf der klapprigen Liege saß, entsprach genau dem Bild, das man sich gemeinhin vom einem Drogensüchtigen machte. Blass, dünn, teigige, aufgeschwemmte Haut, strähniges, halblanges, dunkelblondes Haar.
Der Mann zitterte. Er zitterte bereits seit einer Viertelstunde, seit Bergius und Lüders ihm eröffnet hatten, dass seine Schwester tot war.
„Haben Sie sonst niemanden, zu dem Sie gehen können?“, fragte Bergius. Der junge Mann tat ihm Leid. Bergius hatte selbst einen Sohn in dem Alter. Es musste schrecklich sein, mit anzusehen, wie ein Mensch sich selbst mehr und mehr verlor.
Klaus Fortner schüttelte den Kopf. „Das habe ich nicht gewollt“, schluchzte er.
Bergius wurde hellhörig. „Was wollten Sie nicht, Herr Fortner?“
„Dass sie stirbt. Ich liebe sie doch. Sie war der einzige Mensch, auf den ich mich verlassen konnte.“
„Hatten Sie Streit mit Ihrer Schwester?“, fragte Bergius vorsichtig.

Der junge Mann nickte. „Sie wollte mir keinen Stoff mehr besorgen. Sie wollte mich in die Entziehung stecken.“ Er sah Bergius ins Gesicht und in seinem Blick lag vollkommene Hoffnungslosigkeit. „Wissen Sie, was Entziehung bedeutet? Es bringt einen fast um. Sie wusste doch, dass ich das niemals schaffen würde. Warum hat sie bloß darauf bestanden?“ Er vergrub das Gesicht in seinen Händen.

„Sie hatten also Streit, weil Ihre Schwester auf einer Entziehung bestand?“, wiederholte Lüders. „Und was passierte dann?“

„Sie hat gesagt, ich soll ihre Wohnung verlassen. Hat mich einfach mit meinem Elend allein gelassen. Aber daran ist nur dieser Kerl schuld. Seit sie mit dem zusammen ist, hat sie sich völlig verändert. Ich war nur noch fünftes Rad am Wagen.“

„Sie meinen, der neue Freund Ihrer Schwester steckte dahinter?“

Klaus Fortner antwortete nicht. Er hatte die Hände vors Gesicht geschlagen und seine Schultern zuckten im Rhythmus seines Schluchzens.

Bergius und Lüders ließen ihm einen Moment Zeit, dann sagte Bergius behutsam: „Sie sind wahrscheinlich der einzige Mensch, der uns helfen kann, den Mörder Ihrer Schwester zu überführen. Sie wollen doch auch, dass dieser Mensch seine gerechte Strafe bekommt, oder?“

Fortner nahm die Hände vom Gesicht. In seine Augen war plötzlich der Ausdruck abgrundtiefen Hasses getreten. „Ich werde dieses Schwein mit meinen eigenen Händen erdrosseln und dann in die Schwalm werfen. Genau so, wie er es mit Martina gemacht hat.“

Bergius runzelte die Stirn. „Herr Fortner, wissen Sie etwa, wer Ihre Schwester getötet hat?“

Klaus Fortner stand auf und schlurfte zu dem kleinen Wandschrank. Er öffnete die Tür, kramte unter einem unordentlichen Stapel Wäsche und kam dann mit einem billigen Kassettenrecorder zurück. „Martina hat gesagt, ich soll ihre Wohnung verlassen, aber als ich im Treppenhaus war, hörte ich unten die Haustür und dann sah ich, wie dieser Jürgen hochkam. Ich wollte ihm nicht begegnen, deshalb bin ich zurück in Martinas Wohnung. Ich habe doch einen Schlüssel, sie hat gar nicht gemerkt, dass ich zurück gekommen bin. Ich habe mich im Schlafzimmer versteckt, notfalls wäre ich auch unters Bett gekrochen. Aber das brauchte ich dann nicht mehr."

Seine Stimme zitterte wieder verräterisch, als breche er jeden Moment erneut in Tränen aus. „Ich habe ihr nicht geholfen, ich bin ein entsetzlicher Feigling, ein Nichts, eine Null. Sie hatte ganz Recht, dass sie mir nicht mehr helfen wollte."

„Herr Fortner, was ist weiter geschehen?"

Fortner zeigte auf den Kassettenrekorder. „Martina hat ihn mir geschenkt. Sie sagte, sie braucht das alte Ding nicht mehr. Ich wollte mal ausprobieren, ob man damit noch aufnehmen kann."

„Sie haben die Unterredung zwischen Martina und ihrem Freund aufgenommen?", fragte Bergius ungläubig. Fortner drückte die Abspieltaste.

Man hörte die etwas schrille Stimme einer Frau. „Ich weiß Bescheid. Du hast mich betrogen."

Darauf eine männliche Stimme. „Was ist los? Sag mal, wovon redest du eigentlich?"

„Du bist wieder mit dieser Dorothea zusammen und ihr wollt mich bei den Bullen verpfeifen, weil ich meinem Bruder mal ab und zu Stoff besorge."

Der Mann lachte trocken. „Dein verkokster Bruder? Der geht doch sowieso vor die Hunde."

Ihre Stimme klang wütend. „Eins sage ich dir. Wenn ihr mich bei den Bullen verpfeift, dann packe ich aus."

Die männliche Stimme war sehr leise, aber deutlich zu verstehen. „Was willst du damit sagen?"

„Ich sage denen, dass du der Bankräuber warst. Dass du mich gezwungen hast, als angebliche Geisel bei diesem Coup mitzumachen. Dass ich die Beute am Körper trug, während mich die Bullen im Präsidium bedauerten, während du in aller Ruhe und unbehelligt durch sämtliche Polizeiabsperrungen kamst."

Die Aufnahme brach ab. „Er hat sie erwürgt", flüsterte Klaus Fortner. „Und ich stand in ihrem Schlafzimmer und war unfähig, mich zu bewegen."

„Wissen Sie den Namen des Mannes?", fragte Bergius sanft.

Fortner stand auf. „Jürgen Materns. Kommen Sie, ich bringe Sie zu ihm."

Kommissar Bergius sah Klaus Fortner versonnen an. „Sie sind also ganz sicher, dass dieser Jürgen Materns Ihre Schwester erwürgt hat?"

„Natürlich! Sie haben doch selbst gehört, wie die beiden sich gestritten haben. Martina hat diesem Schwein bei dem Banküberfall in Elmpt geholfen. Sie hat ihm gedroht, ihn zu verpfeifen, falls er oder seine neue Freundin sie wegen des Stoffs, den sie mir besorgt, anzeigen."
Bergius nickte. „Hm. Und deshalb hat er sie erwürgt."

„Genau! Das sage ich doch."

„Eine Sache ist bloß merkwürdig", sinnierte Bergius. „Die Obduktion hat ergeben, dass Ihre Schwester erschlagen wurde. Erschlagen, Herr Fortner, nicht erwürgt."

Klaus Fortners Blick flackerte. Er öffnete den Mund, um etwas zu sagen, dann schüttelte er den Kopf.

„Damit haben Sie nicht gerechnet, nicht wahr? An die Obduktion haben Sie überhaupt nicht gedacht."

Fortner ließ sich zurück auf seine Liege fallen. „Aber es stimmt! Sie haben sich gestritten." Seine Stimme klang weinerlich wie bei einem ertappten Kind.

Bergius setzte sich neben ihn und legte ihm eine Hand auf die Schulter. „Natürlich stimmt das, Herr Fortner, wir haben ja Ihre Tonbandaufzeichnung gehört. Dieser Herr Materns wird sich auch wegen des Banküberfalls verantworten müssen. Aber Ihre Schwester getötet hat er nicht. Das waren Sie."

Klaus Fortner brach in unkontrolliertes Schluchzen aus. „Aber das wollte ich nicht. Ich bin aus dem Schlafzimmer gekommen, nachdem Jürgen weg war. Martina hat sich furchtbar erschrocken, als sie mich sah. Sie ist rückwärts gegen den Tisch gelaufen. Und dann ist sie einfach umgefallen und war tot."

Bergius nickte. „Sie ist gestrauchelt und dann mit der Schläfe gegen die Tischkante gestoßen, das stimmt mit dem Ergebnis der Obduktion überein."

„Ich wollte das nicht", jammerte Fortner.

Kommissar Bergius stand auf und musterte Klaus Fortner nachdenklich. „Allerdings kann ich mir nicht vorstellen, wie Sie es allein geschafft haben sollen, die Leiche Ihrer Schwester in die Schwalm zu werfen. Wer hat Ihnen dabei geholfen?"

Fortner sah Bergius mit dem Ausdruck tiefsten Entsetzens an. „Er kam zurück. Jürgen Materns kam zurück. Er sah Martina da liegen und dachte, dass ich sie getötet hätte. Es tat ihm kein bisschen Leid, dass Martina tot war. Er sagte nur, sowas hätte er mir kaputtem Typen gar nicht zugetraut, und diese Lösung des Problems wäre gar nicht übel. Dann sagte er, dass ich für den Rest meines Lebens in den Knast muss, wenn das rauskommt. Und dass es da keinen Stoff für mich gibt."

Bergius schaute sich zu seinem Kollegen Lüders um.

„Tja, dann wollen wir uns doch mal mit diesem Herrn Materns unterhalten. Er hat die Frau zwar nicht getötet, aber ihr Tod kam ihm sehr gelegen. So konnte sie die Sache mit dem Banküberfall nicht mehr ausplaudern. Allerdings war ihm auch klar, dass wir bald auf ihn kommen würden, wenn wir die Tote hier finden."

Er sah Klaus Fortner an. „Deshalb half er Ihnen, die Leiche zu beseitigen. Sie hatten noch Glück, dass Herr Materns nicht daran dachte, dass Sie der Polizei ja ebenfalls wichtige Informationen liefern könnten. Sonst lägen Sie wahrscheinlich jetzt ebenfalls in der Schwalm."

Brüggen

Mitten im Naturpark Schwalm-Nette liegt Brüggen mit seinem historischen Ortskern und der Burg Brüggen, die erstmalig 1289 erwähnt wurde. Die viertürmige Anlage gehörte zu der Festung, die den Übergang über die Schwalm sicherte. Bis zum Ende des 18. Jahrhunderts wurden von hier aus die Besitzungen des Herzogtums Jülich zwischen Maas und Niers verwaltet.

Die neu gestaltete Ausstellung in der Burg Brüggen zeigt in Dioramen typische Ausschnitte der Naturparklandschaft. Auch für Konzerte, Theateraufführungen und andere Veranstaltungen dient die Burg als Hintergrund. Die Brüggener Mühle gehört zum Wirtschaftsbetrieb der Burg und beherbergt seit 1975 ein Restaurant.

Das Mittelalter hat in Brüggen mit winkligen Gässchen, Torbögen, Mühlen und historischen Gebäuden seine Spuren hinterlassen.

Seit über 60 Jahren prägt der Spargelanbau das landschaftliche Bild und das Gebiet Brüggen-Bracht hat sich mit fast 80 ha zur größten Spargelanbauregion etwickelt.

Weitere Attraktionen sind das ehemalige Kreuzherrenkloster mit der Katholischen Pfarrkirche St. Nikolaus, das erstmals 1479 Erwähnung fand und eine bedeutende Orgel beherbergt, sowie die Kirche St. Peter Born mit einem Taufstein aus dem 13. Jahrhundert.

Informationen, die für Touristen interessant sind, gibt es unter www.brueggen.de

Übrigens: Eine Sensation für Familien mit Kindern ist der Natur- und Tierpark Brüggen mit über 60 Tieren und einem riesigen Spielplatz.

Norbert aus Neukirchen

Der Presslufthammer dröhnte. Schweißüberströmt stemmte Jungbauer Norbert eine Steinmauer im ehemaligen Schweinestall auf. Viel Zeit blieb ihm nicht mehr. In drei Wochen würde die Kneipenausstattung geliefert werden, bis dahin musste alles sauber, die Balken gestrichen, die Wände verputzt sein. Erst vorgestern wurden die letzten Schweine aus dem Stall geholt, die er übers Internet zu einem Spottpreis versteigert hatte.

Endlich war Schluss mit der dahinvegetierenden Landwirtschaft, Schluss mit der Sorge, ob BSE oder die Maul- und Klauenseuche den niederrheinischen Bauernhof dichtmachen würde. Die anderen Bauern ringsum hatten schon längst reagiert und sich umgestellt. Nun waren die Touristen an der Reihe gemolken zu werden, und da gab es eine Menge zu holen. Er musste es nur richtig anstellen, dann bekam er die Geldbörse nicht mehr zu. Möglichst schnell und möglichst viel Geld musste kommen, aber ohne sich den Rücken krumm zu arbeiten, wie es seine Eltern noch getan hatten. Es ging auch anders! Fete, Stimmung, Lebenslust war angesagt.

Paul hatte es vorgemacht mit seinem Heuhotel. Einfach die Scheune mit den Heuballen öffnen, Limo, Cola und Bier bereithalten und abkassieren. Nach ihm folgte Karl mit den monatlichen Traktorpulling-Veranstaltungen. Ein Riesenradau, der Zaster in die Kasse brachte!

Endlich war etwas los in Neukirchen-Vluyn und er würde mit seiner Scheunenkneipe *„Bauernglück“* das Highlight setzen. Nicht Anton aus Tirol, sondern Norbert aus Neukirchen. Die Verhandlungen mit einem Reisebusunternehmen waren bereits zu seiner Zufriedenheit abgeschlossen. Nun mussten nur noch die Presse und das Fernsehen informiert werden – und das öfter. Voller Vorfreude schmiss er sich gegen die löchrig gestemmte Ziegelmauer, die auch prompt einstürzte. Schon wieder ein Stück weiter. Feiner Staub wirbelte durch die Luft und schwebte in einer Wolke durch das große grüne Scheunentor, als dieses plötzlich mit einem lauten Knirschen zur Seite geschoben wurde.

Herein trat ein nackter, hagerer Mann. In seiner Hand hielt er ein verknicktes Pappschild, auf dem in hastig gekritzelten Buchstaben „Ruhe!“ stand. Es war der Städter Janus Still.

„Ruhe!“, kreischte er zur Bekräftigung in den Raum und musste vom aufwirbelnden Staub husten. „Zurück zu den Wurzeln! Menschen - bleibt Menschen - nackt, wie Gott euch erschuf! Schluss mit dem Krach!“, schrie er in einer Tour. Er setzte sich auf die spitzen Abrisssteine und flüsterte: „Ruhe . . . Ruhe . . . Ruhe . . .“, kreiste dabei abwesend mit den Augen.

Dass ausgerechnet der Städter keinen Lärm vertrug, wollte nicht in Bauer Norberts Schädel. Es war ein selten blöder Fehler, ihm das ausgebaute „Wochenenddomizil im Landhausstil“ auf seinem Grundstück zu verkaufen. Seitdem hatte sich Janus Still, entgegen dem ursprünglichen Plan, jeden Tag auf dem Hof blicken lassen. Und noch viel schlimmer: es sich sogar erlaubt, ihm etwas von der Landwirtschaft zu erzählen, den Abtransport seiner letzten Schweine zu verhindern versucht und gegen den Umbau seines Hofes zum Gastronomiebetrieb demonstriert. Aber nackt war er dabei niemals gewesen.

„Komische Leute, die Schriftsteller! Was mach' ich mit dem?“, dachte Norbert, während er - um eine Antwort verlegen - beiläufig auf sein Handy schielte, als wenn er dort eine SMS zur Lösung des Problems erwartete.

„Rettet die Landwirtschaft! Ruhe für die Rinder!“ Rhythmisch bewegte der wieder im Weltlichen angekommene Janus Still sein Schild.

Norbert besah sich den Verrückten. Eine Stelle hinter der Theke brauchte er dem schon mal nicht anzubieten. Sollte er die Männer mit der weißen Jacke und den langen Ärmeln rufen oder ihm lieber eine Decke und eine Flasche Bier bringen? Eine Pause könnte auch er vertragen. Lautstark zog er die Nase hoch, hustete kurz davon auf.

„Das ist ja nicht zum Aushalten – dieser Krach!" Der Städter hielt sich die Ohren zu und führte weiter Selbstgespräche: „Auf der Weide: Traktorpulling! – Im Heuhotel: grölende Kegelclubs – alle besoffen – und hier? Lärm, Lärm, Lärm . . . und demnächst? Busse, Touristen, Volksmusik! Nicht zum Aushalten! Nirgendwo Ruhe!"

Er stand auf, schleuderte das Pappschild auf den Boden und schlug sich auf seine Hühnerbrust. „Ich mache Schluss! Ich habe keine Ruhe mehr auf dieser Welt!"

Janus Still schnappte sich das Fangseil für die Schweine und knotete es unbeholfen zu einem Galgenstrick. Er kletterte auf die Reste der Mauer der Stallabtrennung, warf den Sisalstrick über den Balken, knotete abermals am Seil herum und legte sich die Schlinge um den Hals.

Norbert zwang sich, nicht zu lachen. Zu grotesk war der Anblick des nackten Städters, der spindeldürr und durchgedreht, wie er nun mal war, da stand und in der nächsten Sekunde von der Mauer sprang. Beim Sprung griffen seine Hände ruckartig zum Hals, er würgte kurz, dann plumpste sein Körper ohnmächtig zu Boden.

„Noch nicht einmal richtige Knoten können die Städter", grunzte Norbert, ohne Eile auf ihn zugehend. Janus Stills nackter Brustkorb hob und senkte sich kaum merklich. Norbert überfiel plötzlich die Lösung aller Probleme. Letzte Skrupel ließen ihn für einen Moment zögern, aber schließlich nahm er die Strickenden in die Hände und zog zu. „So stimmt's . . . für uns beide."

Er fingerte sein Handy aus der Tasche und wählte die einprogrammierte Nummer des Privatsenders.

Es dauerte nicht lange, da hatte kein einziges Fahrzeug mehr Platz auf dem Innenhof des Bauernhauses. Sie alle waren gekommen: die Presse, Polizei, das Fernsehen und natürlich die Schaulustigen.

Nachdem Norbert einem Polizisten die Personalien gegeben hatte, stellte er sich wieder abseits und gab dem Fernsehen ein dramatisches Interview, wie er den Toten aufgefunden und was für einen Schrecken er dabei bekommen hatte.

Schnell nutzte er die Gelegenheit, Werbung für seinen nunmehr *„Tatort Bauernglück“* zu machen, selbst auf die Gefahr hin, dass sie es hinterher aus der Berichterstattung schneiden könnten. Zwischenzeitlich wurde die Scheune weiträumig mit rotweißem Flatterband abgesperrt. Im Hintergrund arbeiteten die Leute vom Erkennungsdienst in ihren weißen Overalls auf Hochtouren.

Norbert sah durch die Menge hindurch, wie sich nun ein Arzt vor den Leichnam hockte und mit dem Kopf schüttelte. Eine junge, sportlich aussehende Frau kam hinzu, zeigte auf die Strangulationsmarke und flüsterte etwas, dann trat sie an Norbert heran. Sie bat ihn zur Seite, damit sie einigermaßen ungestört reden konnten. Die nacheilenden Kameraleute wurden abgewiesen.

„Hauptkommissarin Schütz“ stellte sie sich vor, „darf ich mal Ihre Hände sehen?“ Ihr Blick ließ ihm keine andere Wahl. Sie drehte seine Handflächen zu sich, nickte und zupfte mit einem:

„Was haben wir denn da?“, eine Faser des Seiles unter seinem Siegelring hervor und tippte auf den rot unterlaufenen Abdruck.

Leugnen war zwecklos. Norbert war gefasst.

Aber auch an Pannen hatte er kurz gedacht, bevor er den Strick zugezogen hatte. Na gut, dann trat eben Plan B in Kraft. Wenn auch jetzt die Vermarktung des Tatortes, der mit Sicherheit noch mehr Touristen angelockt hätte, vorerst vorbei war, dann könnte er mindestens genauso viel Geld verdienen, wenn . . .

„Herr Norbert Weimers, Sie sind vorläufig festgenommen. Sie stehen unter Verdacht . . .“

Norbert hatte gar nicht hingehört, ging bereitwillig mit zum Auto der Schutzpolizei. Unterwegs blieb er kurz bei den Reportern, deren Zahl angewachsen war, stehen und rief ihnen zu: „Bleiben Sie dran! Sie wissen, wo Sie mich finden!“

Dann würde er eben die Exklusivrechte an den Meistbietenden verkaufen, auch gut. Zeit genug zum Schreiben bekam er ja jetzt und ... ja ... und ... die erforderliche Ruhe, die man als Schriftsteller wahrscheinlich dringend benötigte, um nicht durchzuknallen.

Neukirchen-Vluyn

Neukirchen-Vluyn hat rund 29 500 Einwohner und liegt nördlich von Krefeld. Über die A 40 oder die A 57 ist der Ort der von einer typisch niederrheinischen Landschaft mit Felder, Wiesen und Alleen umgeben ist, gut zu erreichen.

Sehenswert ist das Wasserschloss Bloemersheim, das im 16. Jahrhundert erbaut worden ist. Hier finden regelmäßig Klassik-Konzerte statt.

Die Mühle auf dem Rayener Berg ist im 18. Jahrhundert entstanden, die Windmühle Dong und die Neue Mühle Winck stammen beide aus dem 19. Jahrhundert.

Das Ortsgeschichtliche Museum in der Kulturhalle ist nur samstags, sonntags und mittwochs zu besichtigen.

In der Kulturhalle werden auch Musikmatineen, Kleinkunstabende, Kinder- und Jugendtheateraufführungen veranstaltet.

Interessant ist auch die Zechensiedlung "Alte Kolonie" (1917 bis 1925) und die "Neue Kolonie" (1926 bis 1930).

Der Sport- und Freizeitpark Klingerhuf wegen seiner Grillplätze und den Kinderspielplätzen bei Familien sehr beliebt.

Mehr Informationen finden Sie unter
www. neukirchen-vluyn.de

Übrigens: In Neukirchen-Vluyn gibt es ein reichhaltiges Sportangebot: Freizeit-Hallenbad mit Saunaanlage, Tennisplätze, Schießsportanlage, 18-Loch-Golfsportanlage, Ruderbootverleih und viele Reit-, Rad- und Wanderwege.

Operation Fetzer

Der Strom leuchtete. Koehler blickte von der Terrasse über den Fluss. Das träge Wasser glühte wie flüssiges Metall im Abendlicht. Koehler zündete sich eine Zigarette an und schüttelte die Streichholzflamme sorgfältig aus.

Aus dem Kultursalon kam Beckets heiseres Organ, die „Stimme voller Leben und Erfahrung“, wie Koehler für die Presse getextet hatte.

„Der Tatort lag auf einer kleinen Lichtung in einem Wäldchen nahe der Stadtgrenze“, las Becket. „Die Tote war hingeworfen ins trockene Laub der Erlen, die Beine halb unter einen wilden Brombeerbusch. Schweigende Routine bei den Mordermittlern, die sich um das Opfer scharten. Schmarotzer des Todes, die sich und andere glauben machten, mit ihrem Kratzen und Schaben nach Faserspuren, Haaren und Körperflüssigkeiten etwas zu tun, was der Gesellschaft nützte. Der Mediziner hatte sein Thermometer in den Anus der Leiche eingeführt, um die Körpertemperatur zu messen und den Todeszeitpunkt auf ungefähr halb sieben in der Frühe festzulegen. Blitzlichter froren das Gesicht der Frau wieder und wieder ein, die aufgeworfenen Lippen, das entblößte Zahnfleisch, die verzerrten Wangenbögen und den bläulich-blutunterlaufenen Hals, mit dem Einschnitt des Blumendrahtes, mit dem sie erdrosselt worden war. Eine Garotte, vermutete der ermittelnden Kommissar und sein Assistent machte eine Notiz für die Fallakte. Ein Stück Draht mit Griffhölzern an den Enden. Man warf ihn dem Opfer um den Hals und zog es an den Hölzern über Kreuz zusammen, löschte ein Leben aus, vernichtete eine Vergangenheit und eine Zukunft . . .“

Beckets Stimme wurde leiser. Koehler wandte sich um. Linda war auf die Terrasse des Kultursalons gekommen und hatte die Türflügel geschlossen. Ihr Pagenschnitt schimmerte hennaschwarz. Sie wirkte sehr zerbrechlich in ihrem schwarzen Etuileid und den schwarzen Nylons, aber Koehler wusste, dass der Eindruck täuschte, seit er sie bei ihrem Morgen-Workout im Hotel-Gym gesehen hatte. Eingespannt im Bodytrainer hatte sie ihre Einheiten mit zweimal 30 Kilo gestemmt.

Drinnen im Kultursalon wurde geklatscht. Becket bedankte sich. Koehler sah durchs Fenster. Becket gab den Superstar, signierte das Buch und lächelte nebenbei in die Blitzlichter der Lokalpresse.

Die rothaarige Buchhändlerin, die schon seit dem Pressetermin in ihrem Laden heute Nachmittag um ihn herumschwarwenzelte, suchte inzwischen schon Körperkontakt.

„Schlampe", murmelte Linda.

Koehler zog sie zur Seite. „Eine Affäre ist eine Affäre!" sagte er. „Sieh es einfach so."

„Wie schaffst du das bloß?" zischte Linda. „Wie kannst du hier stehen und zugucken, wie er diese Scheiße, die du geschrieben hast, als seine Scheiße verkauft?"

„Vielleicht, weil ich auch ein Scheißkerl bin", sagte Koehler.

Linda lehnte sich an die Brüstung und spielte mit ihren Perlen. „Er ist ein Killer, ja? Diese Geschichte über den Mord an seiner Freundin in dem Buch . . . Das kann nur einer schreiben, der . . ."

„Früher war ich mal Polizeireporter", sagte Koehler. „Da habe ich genug Leichen gesehen."

„Er hat sie umgebracht, ja?"

Koehler sagte nichts.

„Nun komm schon. Hat er dir was gesagt?"

„Du weißt, dass er ein Alibi für den Abend gehabt habt."

Linda stieß die Luft aus. „Von den anderen Scheißkerlen, mit denen er zusammengehangen und gesoffen hat! Vergiss es."

Koehler zuckte mit den Schultern. Das Gericht hatte an Beckets Alibi jedenfalls nichts auszusetzen gehabt und ihn nur wegen der Raubüberfälle auf die Geldtransporte verurteilt, nicht wegen des Mordes an seiner Freundin. „Nur fünf Jahre für den ‚Fetzer vom Niederrhein'!" hatte es in den Schlagzeilen von Duisburg bis Kleve geheißen. Drei Jahre davon hatte Becket abgesessen und sich die Besuchszeit damit vertrieben, Koehler die Geschichte seines Lebens zu erzählen, die er für eine knappe halbe Million an den Verlag verkauft hatte, für den Linda arbeitete. Vor zwei Monaten war er dann auf Dreiviertelstrafe entlassen worden, gerade richtig, um mit dem Buch, das Koehler ihm geschrieben hatte, auf Lesetour zu gehen.

„Der Fetzer - Hetzjagd am Niederrhein" stand auf dem Sprung in die Bestsellerliste, und wenn morgen Lindas „Operation Fetzer" mit einer Lese-Tour durch die Käffer im Landkreis anlief, würden die Verkäufe explodieren.

„Scheißkerl!" sagte Linda wieder, als die Buchhändlerin drinnen wie zufällig über Beckets Bizeps strich und er ihr sein Killer-Lächeln schenkte.

Die Affäre zwischen Linda und Becket hatte gleich nach seiner Entlassung angefangen, als Linda ihm vom Verlag als persönliche Betreuerin zugeteilt worden war, um ihm beizubringen, wie man aus einem Buch vorlas und mit Journalistenfragen umging.

Koehler nahm Linda an den Schultern. „Vergiss ihn einfach, okay?"

Sie nickte nur, und Koehler sagte sich, dass das feuchte Schimmern in ihren Augen nur vom Licht des aufsteigenden Mondes kam.

Becket hatte eine Bloody Mary bestellt, Koehler ein Mineralwasser. Die Hotelbar war schwül und schummerig, so wie der ganze mittlere Niederrhein, durch den sie nun schon seit einer Woche zogen. Aus den Lautsprechern säuselte Madonna „American Life".

Linda hatte Recht behalten: seit sie über die Dörfer tingelten, lief der Buchverkauf wie von selbst. Krefeld, Willich, Tönisvorst, Viersen, Kaarst, Korschenbroich. In den Buchhandlungen gab es ganze Regalmeter mit Heimatliteratur, und nach den Lesungen tauchten immer neue Buchhändlerinnen oder Kulturvereinsdamen auf, die Becket abends im Hotel mehr vom historischen Mathias Weber, dem echten „Fetzer“ erzählen wollten, dem Vogelfreien, der mit seiner Bande auf der Bönninghardt nördlich von Kamp-Lintfort gehaust hatte.

Der Keeper stellte ihnen die Getränke hin und legte eine neue CD in den Player. Sasha bettelte „Let me be the one“.

Linda kam herein. Sie sah blass aus. „Becket“, sagte sie, „kommst du? Morgen musst du fit sein.“

„Verzieh dich“, sagte Becket.

Am anderen Ende des Tresens tuschelten zwei Freizeitnutten bei Campari Soda und Caipirinha. Sie hatten Beckets Buch dabei. Auf dem Umschlag war ein halbes Dutzend Blutspritzer auf einer Niederrhein-Karte verteilt. Die Orte, an denen Becket und seine Bande die Geldtransporte ausgenommen hatten.

„Koehler!“, sagte Linda. „Pass auf ihn auf. Morgen muss er fit sein. Um halb neun sind wir beim Lokalradio, um elf treffen wir den Fernsehproduzenten wegen der Filmrechte und um eins . . .“

„Sorry, Linda“, sagte Koehler. „Aber ich bin nicht sein Kindermädchen!“

Der Keeper sah Linda fragend an. Sie wandte sich um und rauschte hinaus. Becket starrte in sein Glas. Sein stahlgraues Haar war kurz geschnitten, von der Knastblässe war nach einer Radikalkur auf der Sonnenbank nichts mehr zu sehen. Und weil Linda der Meinung gewesen war, dass ein Bestsellerautor nicht in Lederjacke und Jeans auftreten konnte, hatte sie ihren Schützling neu eingekleidet. Unter dem italienischen Schlabberdesign konnte man die Muskelpakete nur noch vermuten, die Becket sich auf seiner Zelle antrainiert hatte.

Becket stieß die Bloody Mary an Koehlers Wasser. „Langsam kann ich diesen Fetzer-Scheiß nicht mehr ab!“ Sein Blick streifte die beiden Nutten gegenüber. „Außerdem nervt Linda.“

„Klär das mit ihr und nicht mit mir", sagte Koehler.

„Red' du doch mal mit ihr", sagte Becket. „Ich kann sowas nicht. Du kennst mich, du hast mein Buch geschrieben. Ich hab dir alles von mir erzählt."

„Sicher", sagte Koehler. „Deine ganze beschissene Geschichte von dem armen Dachdecker, der keinen Bock mehr hat, von der Stütze zu leben und deswegen anfängt, mit ein paar Kumpels Geldtransporter zu überfallen. Von dem Vogelfreien am Niederrhein, dem wilden Leben im Wohnmobil und der großen Liebe auf der Flucht . . ."

„Von wegen große Liebe", sagte Becket. „Das hast du dir aus den Fingern gesaugt. Ich hab' dir gesagt, wie's war."

Koehler zuckte mit den Schultern. „Wenn dich Linda nervt, dann hör auf, jede Buchhändlerin zu vögeln, die nicht schnell genug aufs Regal kommt!"

Becket fixierte Koehler. Der psychiatrische Sachverständige hatte im Prozess „ausgeprägtes Geltungsbedürfnis auf Grund latenter Ich-Schwäche" festgestellt. Nach jedem Überfall hatte Becket ganze Geldbündel an die Türen von Kindergärten und Jugendzentren rund um Neuss genagelt. „Übersteigertes Streben nach Zuwendung", hieß es dazu im Gutachten.

Becket blinzelte. Die Nutten hielten es für ein Angebot und rückten näher. Becket stieß Koehler an. „Die stehn auf uns. Kommst du mit? Ich geb dir eine aus."

Die Leiche lag hingeworfen im trockenen Laub zwischen den Büschen. Die Luft roch nach Morgentau. Die Blitzlichter des Tatortfotografen froren die schmalen Wangen und den verschmierten Lippenstift der Toten ein. Die Büsche raschelten im Wind, Morgenkühle lag über der Szene. Neben den Büschen wies ein Schild den Weg zur Stadtmühle. In der hatte, erinnerte Koehler sich diffus, der originale Fetzer mal eingessesen. Die Mordkommission war herausgekommen, und einer der Kommissare versuchte gerade übers Handy einen Bestatter heranzuschaffen, damit die Tote so schnell wie möglich in die nächste Gerichtsmedizin kam.

Der Uniformierte, der Koehler und Becket aus dem Frühstücksraum des Hotels geholt hatte, hielt das Trassierband hoch, mit dem der Tatort abgesperrt war. Becket gähnte und rieb sich seine Bartstoppeln. Die Spurensicherer in ihren weißen Schutzanzügen krochen wie Aliens aus einem drittklassigen Sciencefictionfilm auf der Suche nach Fasern und Haaren um die tote Frau herum.

„Karin Kallenfels." Der ermittelnde Kommissar kratzte sich mit dem Personalausweis der Toten an seinem dünnen Haarkranz. Hinter dem Trassierband machte Koehler eine verheulte Blondine aus.

Ein Kripobeamter notierte, was sie sagte. „Wir haben ihre Freundin hier. Sie haben die beiden gestern in der Hotelbar aufgegabelt?"

Becket sah zu der verheulten Blondine. Koehler erinnerte sich, wie sie und ihre Freundin sich kichernd an ihn gedrückt hatte, nachdem er ihnen eine Runde Gin Tonic ausgegeben hatte.

„Ich habe niemanden aufgegabelt", sagte Koehler. Er war gegen elf auf sein Zimmer gegangen.

Die Spurentechniker hatten sich um die Tote versammelt und suchten ihren Hals mit ihren Vergrößerungsgläsern ab.

„Erdrosselt", sagte der Kommissar. „Mit einem Draht oder einer Schlinge." Er sah Becket an. „Sie haben dann gegen halb zwölf die Bar mit den beiden verlassen? Die Freundin sagt, sie wäre sich überflüssig vorgekommen, weil Sie mit dem Opfer noch einen Spaziergang zur Stadtmühle hätten machen wollen. Irgendwelche Kommentare dazu, Becket? Vielleicht auch zu dem Sperma, das wir bei ihr gefunden haben?"

Becket rieb sich wieder das Kinn. Seine Hand zitterte. Dann wandte er sich zur Seite und fing an zu würgen. Die Polizisten sprangen zurück, damit Becket ihnen nicht die Uniformen vollkotzte und machten ihm damit die Bahn frei. Becket rempelte den ersten Uniformierten mit einem Bodycheck zur Seite und rammte dem nächsten die Faust in den Leib. Weil Koehler nicht schnell zur Seite kam, ging er mit den Polizisten zu Boden. Becket raste in die Büsche, der Kommissar jagte seine Männer hinterher und Koehler rollte sich zur Seite, damit die Meute ihn nicht zertrampelte.

„Flüchtig!“ sagte Linda und winkte dem Hotelkellner. „Noch einen Espresso.“ Ihr Handy bimmelte, und aus dem, was sie sagte, schloss Koehler, dass der Fernsehproduzent gerade sein Angebot für die Filmrechte an Beckets Geschichte verdoppelte.

Im Hotelfoyer lungerten ein Pulk Reporter herum. Es war nur noch eine Frage von Stunden, bis die ersten Kamerateams von WDR, RTL und SAT1 aufkreuzten, und Koehler fragte sich, wer bei der Jagd nach Becket wohl das Rennen machen würde: die Polizei mit ihrer Großfahndung oder die Mediengeier. Linda würgte den Fernsehproduzenten ab und sah Koehler an. „Wieso hast du nicht auf ihn aufgepasst?“

„Weil ich nur sein Ghostwriter und nicht sein Kindermädchen bin!“

„Okay“, sagte Linda. „Was machen wir jetzt aus der Geschichte? Hat er sie umgebracht?“ Sie griff sich automatisch an den Hals, aber ausnahmweise trug sie heute ihre Perlen nicht.

Koehler hob die Schultern. Nach allem, was er bei der Journaille draußen aufgeschnappt hatte, sah nicht gut aus für Becket. „Es muss zwischen eins und zwei passiert sein“, sagte er. „Mit einem Draht oder etwas in der Art.“

„Scheiße!“, sagte Linda.

„Dazu noch die Spermaspuren“, sagte Koehler. „Allerdings keine Hinweise auf eine Vergewaltigung.“

Der Keller brachte Linda ihren Espresso. Sie wartete, bis er wieder gegangen war. „Das heißt, Becket hat sie gevögelt und dann umgebracht.“

„Nachdem er sie gevögelt hat?“, fragte Koehler. „Warum sollte er?“

„Weil er ein Scheißkerl ist“, sagte Linda. „Das sieht doch genauso aus wie bei seiner Freundin damals? Ich wette hundert zu eins mit dir, dass er die auch umgebracht hat. Er war eifersüchtig, weil sie sich mit ein paar anderen Kerlen amüsiert hatte, während er mit seiner Wohnmobil-Gang die Outlaw-Nummer abgezogen hat."

Draußen fuhr ein Streifenwagen vor und der Polizeipressesprecher stieg aus. Die Reportermeute stürmte sofort aus dem Hotel und nahm ihn in die Zange. Dass der ermittelnde Kommissar mit seinen Leuten unterdessen auf dem Hotelparkplatz aus einem Zivilwagen kletterte, kriegten sie in der Aufregung nicht mit. Die Kripobeamten steuerten auf das Hotel zu.

„Du hast Recht", sagte Koehler zu Linda. „Becket ist ein Scheißkerl, und er hat seine Freundin damals umgebracht. Er hat es mir erzählt, als wir an dem Buch gearbeitet haben. Aber das Mädel heute Nacht, das hat er nicht umgebracht."

Lindas Blick zuckte hoch und ihre Hand griff auf der Suche nach der Perlenkette wieder ins Leere.

„Genau", sagte Koehler. „Deine Kette. Die Perlen sind auf einen Nylonfaden gezogen, ja? Der ist genauso gut wie der Blumendraht, den Koehler bei seiner Freundin genommen hat.

Linda starrte ihn an. „Scheißkerl!"

„Du bist den beiden nachgegangen", vermutete Koehler. „Und als sie da oben mit ihrer Nummer im Gebüsch an der Stadtmühle fertig waren und Becket abgehauen ist, hast du dir das Mädel vorgenommen." Er holte die drei Perlen aus der Tasche, die er im Gras bei der Leiche gefunden hatte, als er bei Beckets Flucht zu Boden gegangen war. „Du hast sie nicht alle wieder gefunden, hinterher!"

Der Kommissar schob den Kellner am Eingang zum Restaurant zur Seite. Sein Kollege blieb an der Tür stehen, während der Kommissar herankam. Linda sah zur Seite. Ihre Hand fuhr wieder zum Hals. Der Kommissar zog sich einen Stuhl heran.

„Wir haben Becket", sagte er. Draußen verteilte der

Polizeipressesprecher Zettel. Linda schluckte. Der Kommissar räusperte sich. „Eine Streife hat ihn vor einer Stunde zwei Kilometer von hier gestellt. Er hatte sich in einem Ferienhaus verkrochen und ist mit einem Messer auf die Kollegen losgegangen. Die Kollegen mussten von der Schusswaffe Gebrauch machen. Becket ist tot."

Linda griff nach Koehlers Hand, schloss seine Finger um die Perlen und sah ihn an.

Der Fetzer – ein niederrheinischer Räuberhauptmann

Der Fetzer wurde 1778 als Mathias Weber in Grefrath geboren. Man ist sich nicht einig, ob es sich um Grefrath bei Büttgen oder bei Kempen handelt. Seine Eltern starben früh und der Scherenschleifer Francis Gerards, ein berüchtigter Betrüger, nahm ihn auf und bildete ihn zum Taschendieb aus. Er war kurzer auf Schloß Neersdonk als Knecht beschäftigt, wurde dann aber Soldat in Kempen.

Der linke Niederrhein war von den Franzosen besetzt und Diebesbanden machten die Gegend unsicher. Die Räuberbanden am Niederrhein hatten ihre Stützpunkte meist in Wirtshäusern und einsam gelegenen Herbergen.

Die Krefelder Bande, aus der später die Neusser und Neuwieder Bande hervorging, war besonders gefürchtet. Nachdem Mathias Weber desertiert war, kam er zur Krefelder Bande, wurde zum Anführer gewählt und erhielt den Namen „Fetzer".

Er war ausserordentlich geschickt im Öffnen von Schlössern und verübte mit seiner Bande Diebstähle in Uerdingen, in Schloß Millendonk bei Rheydt, in Schloss Benrad, in Gierath, in Korschenbroich und in Büderich.

Es wird des weiteren von einem Überfall auf das Neusser Rathaus am 12. September 1796 berichtet, bei dem er eine Schatzkiste aufbrach, Silber, eine Weltkugel und die Figur des heiligen Quirinius entwendete (die beiden letzteren tauchten nie wieder auf). Bei einem zweiten Einbruch holte der Fetzer die Reste aus der Schatztruhe, die heute noch im Neusser Stadtmuseum ausgestellt ist.

Nachdem der Fetzer in der Neusser Furth untergetaucht war, wurde er dort von einer holländischen Reitergruppe gefangen genommen, die glaubte, ihr sei der Schinderhannes - der zur selben Zeit im Hunsrück sein Unwesen trieb - ins Netz gegangen.

Der Fetzer und sein Freund Michel wurden im Neusser Windmühlenturm eingesperrt und obwohl noch nie jemandem die Flucht aus dem Untergeschoss der Mühle gelungen war, konnten sich die beiden befreien.

Ab 1796 machten Polizei und Militär verstärkt Jagd auf die Neusser Bande, die sich ans rechte Rheinufer zurückzog.

1802 gelang es dem in Köln amtierenden öffentlichen Ankläger Keil, den Schinderhannes in Frankfurt festzunehmen. Dieser identifizierte den Fetzer und sie wurden zusammen nach Mainz in den Holzturm gebracht.

Diesmal gelang dem Fetzer die Flucht nicht. In Köln wurde er fünfundzwanzigjährig zum Tode verurteilt und am 17. Februar 1803 auf dem Neumarkt auf der Guillotine hingerichtet.

Quelle: Unser Niederrhein, Mercator-Verlag, 1981

Der erste Besucher

„Ach, du liebe Zeit, wie kommen Sie denn hierher? Eingeschlossen . . . Wie konnte das denn passieren? Haben Sie etwa die ganze Nacht hier im Museum verbracht? Sie Ärmster . . . Und niemand hat Sie gehört. Haben Sie denn kein Handy? Die jungen Leute haben heutzutage doch alle eins . . . Geht mir genauso, ich komm mit dieser Technik auch nicht klar. Konnten Sie auf der Besucherbank überhaupt schlafen? Also, so etwas ist mir in den vierzig Jahren, in denen ich hier arbeite, noch nie passiert.

Wissen Sie was? Museum und Restaurant machen erst in einer Stunde auf. Ich lade Sie nachher zum Frühstück ein – als Entschädigung. Ziehen Sie mal in Ruhe Ihre Schuhe wieder an. Cowboystiefel! . . . und die tragen Sie immer? Nun ja, jeder nach seinem Geschmack.

Was halten Sie davon, wenn ich Sie ein bisschen herumführe? Ist zwar nicht mein Job, aber ich kenn mich hier überall aus. Ich bin nämlich Museumswärterin. Ein Traumberuf, ehrlich. Wissen Sie, ich mag altmodische Dinge und auch die fantastischen Bilder. Deswegen bin ich morgens immer schon als erste da, dann habe ich all die Schätze nur für mich. Und ich plaudere auch gerne mit den Besuchern. Hier passieren oft die verrücktesten Dinge . . . Ich sag immer zu meinem Hugo: „Eigentlich müsste ich für das, was ich hier erlebe, sogar noch was dazu zahlen."

Und das Beste daran ist, ich kann Arbeit und Hobby sogar verbinden. Jetzt raten Sie mal, was für ein Steckenpferd ich habe? Na? . . . Sie kommen nicht drauf: Krimis! Ich lese für mein Leben gern Krimis, im Fernsehen sehe ich mir am liebsten „Aktenzeichen XY ungelöst" oder „Tatort" an. Und in der Zeitung nehme ich mir immer erst den Lokalteil vor, damit ich gleich Bescheid weiß: Einbrüche, Banküberfall, Erpressung, Mord und Totschlag. Jetzt verstehen Sie vielleicht nicht sofort den Zusammenhang, aber ich sage Ihnen: Kunst und Krimi, die gehören einfach zusammen. Werde ich Ihnen gleich beweisen.

Was ist eigentlich Ihr Hobby? . . . Moderne Malerei . . . Für welchen Künstler interessieren Sie sich am meisten? Picasso? Dann sind Sie hier goldrichtig. Wir bereiten gerade eine Sonderausstellung vor: „Picasso und seine Weggefährten". Übermorgen ist Eröffnung.

Wir können uns aber schon mal alles ansehen . . . Haben Sie das auch in der Zeitung gelesen, von der Galerie in Bonn, wo mehrere Picassos gestohlen worden sind? Der Räuber soll auf der Flucht einen Wachmann niedergestochen haben . . . Furchtbar, so etwas. Die Polizei hat eine Belohnung von 2.000 Euro ausgesetzt.

Sehen Sie, schon sind wir wieder beim Thema, beim Kriminellen. Das erkläre ich Ihnen jetzt noch genauer. Am besten fangen wir mit der Antike an. Wir haben hier in Neuss die größte und bedeutendste Sammlung römischer Gläser am ganzen Niederrhein . . .

Kein Interesse? Nur Bilder? . . . Dann gehen wir eben zu den Niederländern. Da hatte ich letzte Woche Dienst. Wissen Sie, wir Kollegen wechseln uns regelmäßig in den Abteilungen ab. Da sieht man immer wieder mal was anderes, man hat mehr Abwechslung.

Ja, die konnten malen, die alten Holländer. Ich mag das Kinderbild am liebsten, dieses süße kleine Mädchen mit den roten Backen und der weißen Schürze . . . Oder sind Sie mehr für Stillleben? Immer wenn ich diese Früchte hier sehe, dann denke ich, das sieht ja aus wie echt. Genauso wie bei meiner Gemüsefrau auf dem Markt.

Übrigens, dieser Maler hier, der war ein Freund von Rembrandt, kennen Sie den? Dieser Rembrandt ist ziemlich berühmt. Das ist der mit der „Nachtwache" und dem „Mann mit dem Goldhelm". Aber dieses Bild soll gar nicht von ihm sein. Das soll in Wirklichkeit ein Schüler gemalt haben - haben die Wissenschaftler neulich rausgefunden.

Ja, ja . . . Picasso kommt noch, gleich, im übernächsten

Saal ... Jedenfalls, von diesem Bekannten von Rembrandt haben wir noch mehr Bilder. Im Magazin. Wir können nicht alles auf einmal zeigen, so viel Platz ist hier gar nicht. Und eines Tages ... Aber ich muss andersrum anfangen.

Es war mein Geburtstag, der 6. Juni, und ich hatte mich in der Mittagspause mit meinem Hugo zum Essen verabredet. Hugo ist seit fünf Jahren in Frührente, da hat er mittags immer Zeit. Hugo hatte mich in das Lokal gleich neben der Stadthalle eingeladen. Als ich vor dem Ausgang stehe, sehe ich einen Mann. Um die fünfzig, groß, schlank, blond, und obwohl es warm war, trug er einen Staubmantel. Und er hält so merkwürdig verschränkt ein Paket unter dem Arm. Dann rennt er plötzlich los, steigt in ein Auto und ist im Nu verschwunden.

„Wenn der mal nicht was auf dem Kerbholz hat", denke ich und präge mir vorsichtshalber sein Gesicht gut ein. Einige Tage später ist bei uns große Aufregung im Museum. Es fehlt ein Bild aus dem Magazin. Ein niederländisches Stillleben mit Früchten und Meerestieren aus dem 17. Jahrhundert. Ich also gleich von dem auffälligen Mann erzählt und eine genaue Personenbeschreibung geliefert. Und was stellte sich heraus? Der Mann war der Sekretär des holländischen Generalkonsuls in Düsseldorf. Der hatte sich das Bild für die Amtsstube seines Chefs ausgeliehen – weil doch Königin Beatrix auf Staatsbesuch in Deutschland war und in die Landeshauptstadt kommen wollte. Der Sachbearbeiter vom Magazin war in Kur gefahren und hatte vergessen, den anderen das mit dem Konsul zu erzählen.

Gut, ich bin da vielleicht etwas übers Ziel hinausgeschossen. Hörte dann auch so Kommentare wie „übersteigerte Fantasie" und „exzessives Geltungsbedürfnis".

Aber wenn nun wirklich was gestohlen worden wäre? Wäre schließlich nicht das erste Mal, dass was aus einem Museum verschwindet. Oder so wie neulich der Klau in der Bonner Galerie. Der Täter war ein junger Mann, Anfang zwanzig, groß, kräftig ... Irgendwas stand noch in der Zeitung, fällt mir jetzt nicht ein ... Wie dem auch sei, oft wird so ein Diebstahl gar nicht sofort bemerkt. Können Sie sich vorstellen, dass neulich in einem Museum bei einer Inventur festgestellt wurde, dass sechs mittelalterliche Gemälde fehlten? Und das schon seit mindestens zwei Jahren! Und wenn Sie jetzt denken, die Putzfrau hätte die vielleicht nur in eine andere Ecke geräumt, dann liegen Sie falsch. Die waren tatsächlich weg, und keiner wusste, wieso und wohin.

So, junger Mann, bevor Sie noch länger so unruhig auf- und abgehen - die Toiletten sind da hinten. Ach so, ich dachte nur ... Was machen Sie eigentlich beruflich? ... Arbeitslos ... Na, da sollten Sie sich aber mal was einfallen lassen. Wie wäre es mit Museumswärter? Vielleicht kriegen Sie sogar eine Stelle bei den modernen Bildern.

Unser Clemens-Sels-Museum hat ja von allem etwas: Altes, Mittelaltes und Neues. Es ist besonders berühmt für seine Sammlung von Nazarenern und Präraffaeliten. Sagt Ihnen das was? ... Den meisten nicht. So nennt man heute die Maler von damals. Deutsche waren dabei, Italiener, Franzosen und Engländer, alles durcheinander.

Und jetzt wird es wieder spannend. Einer von denen war damals schon ganz berühmt: Dante Gabriel Rosetti. Der hat am liebsten immer nur Frauen gemalt, so wie diese hier, die mit dem durchsichtigen Tüllkleid und den dunklen Locken. Die war auch Künstlerin.

Fällt Ihnen eigentlich dieser nachdenkliche Blick auf? Als ob sie was auf dem Herzen hat, was sie niemandem erzählen möchte. Diese Künstlerin hatte eine deutsche Freundin, Hermine Weber, und Rosetti hat die auch gemalt. Als antike Göttin, mit ziemlich wenig an. Die Zeichnungen von Rosetti wurden mal bei uns in einer Extra-Ausstellung gezeigt.

Als ich mir diese Halbnackte genauer ansehe, fällt mir ein großes Muttermal auf. Sieht aus wie ein Herz, und es sitzt unter der linken Schulter. Und jetzt passen Sie gut auf: Hermines Mann war auch Maler, Theodor Weber, und der war mit Rosetti verfeindet. Aus künstlerischen und privaten Gründen, wie es heißt.

Dieser Weber war ein ziemlich aufbrausender Typ und rasend eifersüchtig. Und seine Frau Hermine ist kurz vor der Geburt ihres ersten Kindes verunglückt. Sie saß gerade zusammen mit Rosetti in einer Kutsche, als plötzlich die Pferde durchgingen. Die Kutsche überschlug sich. Rosetti überlebte schwer verletzt, aber Hermine war sofort tot.

Jetzt passen Sie auf. Mir fiel ein, dass wir im Museum den Nachlass von diesem Weber haben. Ich gehe also in meiner Mittagspause ins Archiv, blättere die Mappen durch, und was sehe ich da? Eine Zeichnung „Selbstporträt mit Hermine". Sofort erkenne ich das herzförmige Muttermal wieder. Und daneben steht geschrieben: „Für Hermine von Theodor in ewiger Liebe. Bis dass der Tod uns scheidet".

Jetzt frage ich Sie – was macht so ein hitzköpfiger Typ, wenn er rauskriegt, dass sein Erzfeind mit seiner Ehefrau durch London kutschiert und sie dann auch noch fast nackt malt? . . . Für mich ist die Sache klar: Dieser Theodor Weber hat seine Frau auf dem Gewissen.

Und deswegen ist die Künstlerin mit der tollen Frisur auch so in sich gekehrt. Weil sie wegen der Sache mit ihrer Freundin Bescheid wusste. Vermutlich überlegt sie gerade, ob sie sich die ganze Geschichte von der Seele schreiben soll. Warum hält sie wohl sonst eine Feder in der Hand? Vielleicht haben wir von der Künstlerin sogar ein Tagebuch im Archiv, oder Briefe? Das muss ich unbedingt mal klären.

Jedenfalls habe ich auch schon öfters an so was gedacht. Alles mal aufzuschreiben, was ich hier in den Jahren so erlebt habe. Das mach ich aber erst, wenn ich in Rente bin.

So, und jetzt ist die Sonderausstellung dran . . . Das ist aber merkwürdig. Warum ist denn diese Tür zu? Muss wohl in der Nacht versehentlich zugefallen sein . . . Das ist nämlich eine Sicherheitstür, man kommt zwar raus aus dem Saal, aber nicht wieder rein. Gut, dass ich einen Schlüssel habe . . .

Nun kommen wir auch endlich zu Ihren Picassos ...

Das versteh ich nicht, was macht denn die Leiter unter dem Oberlicht? Hat die Putzfrau bestimmt die Scheiben gewischt und dann die Leiter vergessen.

Ob Sie mir mal beim Tragen helfen? Dann räumen wir die ganz schnell in die Besenkammer, damit die Kollegin keinen Ärger kriegt ... Und das Kabuff hat sie auch noch offen gelassen ...

Nun sehen Sie sich das an. Was sollen denn die Bilder in der Kammer? Die gehören doch in die Ausstellung – Vorsicht bei der Tür! Halten Sie mal gerade Ihren Fuß dazwischen ... Ihren Schuh ... ich meine ... mir fällt da ein ... Halt, erst die Leiter noch ein wenig nach hinten in die Ecke ... Uff, gut, dass ich einen Schlüssel habe.

Junger Mann, können Sie mich hören? Jetzt haben Sie endlich Ihre Picassos. Eigentlich hätte mir schon eher was dämmern müssen ... Zum Glück ist mir wieder eingefallen, was noch in der Zeitung über den Gangster stand: „Besondere Kennzeichen: Cowboystiefel ...“

Ein paar Minütchen noch, dann kommen Sie wieder raus der Besenkammer – in eine andere Zelle ... und ich krieg sogar die 2.000 Euro Belohnung.

Ich sag's ja immer: Kunst und Krimi gehören einfach zusammen.

Neuss

Acht Städte und Gemeinden haben sich mit 440.000 Einwohnern zum Kreis Neuss zusammen geschlossen.

Wie Funde aus der Altsteinzeit belegen, hat auf dem Liedberger Sandsteinhorst vor 100.000 Jahren der Neandertaler gelebt.

Neuss wurde als Novaesium 16 v. Chr. als römisches Legionslager gegründet.

Im Mittelalter sind im Kreis Neuss die historischen Ortskerne von Zons, Liedberg und Hülchrath entstanden.

Mehr als 50 Burgen, Schlösser und Hoffesten begeistern Historiker und Touristen gleichermassen. Schloss Dyck ist eine der bedeutendsten Wasserburgen des Rheinlandes. Die Parkanlage wurde im 18. und 19. Jahrhundert zu einem Landschaftsgarten im englischen Stil umgestaltet.

Sehenswert sind auch Burg Dyckhof, Schloss Hülchrath, Burg Liedberg und Schloss Myllendonk.

Das Kreismuseum in Zons zeigt unter anderem eine der größten Jugendstil-Zinnsammlungen Europas.

Die Skulpturen-Hallen Ulrich Rückriem und das Kreislandwirtschaftsmuseum in Rommerskirchen-Sinsteden sind attraktive Touristenmagnete. Hier werden traditionelle und moderne Kunst präsentiert.

Informationen finden Sie unter
www.kreis-neuss.de

Übrigens: Der Kriminalroman „Die Quiriniusbrüder", den Heinz Schmitz im Emons Verlag herausgab, spielt in Neuss.

Minne, Rache und Tod

„Ich finde, wir sollten mal wieder etwas für unsere Figur tun“, hatte Brunhilde gesagt, während sie genüsslich ihr Himbeereis vom Löffel ableckte. Ihr Blick schweifte über die Terrasse der Eisdiele und verweilte musternd auf einem jungem Mädchen in einem leichten Sommerkleid.

„Findest du?“, fragte ich, denn ich war der Überzeugung, Brunhilde hatte das nicht nötig. Sie sah toll aus mit ihrer wilden, blonden Mähne und ihrer schlanken Taille, die sie mit einem breiten, mit Silberornamenten verzierten Gürtel betonte. Er sei ein Familienerbstück, der Gürtel habe magische Kräfte, hatte sie mir einmal erzählt und gelacht. Brunhilde kam aus Island und war meine beste Freundin. Der einzige Makel, den ich an ihr erkennen konnte, war ihre Weitsichtigkeit. Sie setzte ihre Brille fast nie auf, auch vertrug sie keine Kontaktlinsen. Dadurch übersah sie des öfteren Hindernisse, stolperte oder stürzte. Brunhilde versuchte den Mangel an Sehkraft mit Belladonna-Tropfen zu beheben. Die Pupillen ihrer nachtblauen Augen waren vergrößert und verliehen ihnen einen geheimnisvollen Glanz, der eine faszinierende Wirkung nicht nur auf fast jeden Mann, sondern auch auf einige Frauen ausübte.

Mit diesen Reizen konnte ich nicht konkurrieren, denn ich war zwanzig Zentimeter kleiner, etwas rundlich und nicht so muskulös wie Brunhilde, aber ich sagte zu mir: „Hilde, du tust schon eine ganze Menge für deine Figur.“ Wie zum Beispiel im Augenblick, asketisch ein Glas Mineralwasser trinken.

„Mal was anderes als Fitnessstudio, so etwas wie eine Radtour“, entgegnete meine Freundin, die inzwischen ihren Eisbecher ausgelöffelt hatte und sich bequem in ihren Stuhl zurückfallen ließ.

„Nicht schon wieder", stöhnte ich. Die letzte Radtour war mir, wegen meines wunden Hinterteils, noch in schmerzhafter Erinnerung geblieben.

„Keine Angst, die Strecke ist schön flach und geht bergab, von Xanten den Niederrhein runter, nach Kleve, vielleicht auch bis Holland. Das schaffst du!" erklärte mir meine Freundin leicht ironisch. „Stell dir vor, Brunhilde und Hildchen on the road. Wie Thelma und Louise."

„Waren die nicht mit einem Auto unterwegs", fragte ich leicht irritiert. Brunhilde überhörte meinen Einwand. „Außerdem können wir dann zwei Fliegen mit einer Klappe schlagen."

„Welche Fliegen?" Ich verstand nur Bahnhof.

„Ich habe dir doch erzählt, dass ich so einen interessanten Typ im Chat-Room kennen gelernt habe und dass wir uns jetzt treffen wollen. Ich muss ihn mir aber unbedingt vor dem Date anschauen. Sozusagen inkognito. Seine Adresse in Kleve kenne ich."

Brunhilde hatte ich vor zwei Jahren kennen gelernt, da ihr geschiedener Mann und der mir Angetraute in ähnlichen Positionen in derselben Firma beschäftigt waren. Im Laufe unserer Bekanntschaft hatte ich herausgefunden, dass sie wieder jemanden suchte, der so vermögend war wie ihr Verflossener, der ihr nach der Scheidung eine hohe monatliche Summe zukommen ließ.

Dies hätte ihr ein sorgenfreies Leben ermöglichen können. Da aber Brunhildes Lieblingsbeschäftigung Shopping war, litt sie unter chronischem Geldmangel. Eine Stelle anzunehmen und zu arbeiten, um diesen Zustand zu beheben, kam für Brunhilde nicht in Frage. Wahrscheinlich befürchtete sie, ihre perfekt manikürten Fingernägel zu ruinieren.

„Ich brauche wirklich deine Unterstützung. Du weißt doch, ich mit meinem Pech bei Männern", entgegnete meine Freundin leicht genervt über meine Vergesslichkeit. Klar, ich wusste Bescheid über Brunhildes Ansprüche, nicht nur wenn es um das andere Geschlecht ging. Seitdem sie wieder frei und auf der Suche nach einem Mannsbild war, geriet sie ständig an die Falschen. Entweder waren die Kandidaten schon verheiratet oder Muttersöhnchen ohne die nötigen Geldreserven. Oder, im schlimmsten Fall, Psychopathen.

Parallel zu ihrer Suche lief auch etwas mit einem Unbekannten, um den Brunhilde ein großes Geheimnis machte. Sie hatte mir nur verraten, dass er gebunden sei, und sich nicht zwischen ihr und seiner Frau entscheiden könnte. Brunhilde war richtig sauer darüber.

„Der braucht nicht zu denken, dass er der Einzige ist. Ich bin auf den nicht angewiesen!", erklärte sie mir, obwohl ihr der Unentschlossene die Wartezeit mit kostbaren Morgengaben versüßte. Erst neulich hatte Brunhilde sein letztes Geschenk, einen sündhaft teuren Ring mit einem riesigen Klunker, triumphierend vor meinem Gesicht hin und hergeschwenkt.

„Wo hast du den Neuen kennen gelernt? Im Chat-Room? Ach, du meinst Gunter, hieß der nicht so?", erinnerte ich mich und kicherte.

Brunhilde und Gunter schienen wie für einander geschaffen zu sein. „Und dein Passwort ist sicher Walkuere", prustete ich los. „Für dich als Wagnerfan ziemlich naheliegend." Ich intonierte aus Lohengrin: *‚Treulich geführt, ziehet dahin'*.

„Wenn du das lächerlich findest, erzähle ich dir überhaupt nichts mehr", entgegnete meine Freundin und verzog beleidigt ihr Gesicht. „Kommst du jetzt mit oder muss ich allein fahren?", fragte sie. „Ich habe schon alles im Internet gecheckt. Bahnfahrt bis Xanten, dann nehmen wir die die Fahrrad-Route bis Kleve. Dort habe ich ein exklusives Hotel herausgesucht. Wir können unser Gepäck vorausschicken!" Ich konnte mir vorstellen, dass Brunhildes Gepäckvolumen unmöglich auf ein Fahrrad passen würde.

Ich überlegte kurz, ob ich mir das nötige Kleingeld für die Tour von meinem gesetzlich zustehenden Taschengeld abzwacken konnte. Vom Haushaltsbudget etwas zu nehmen, war unmöglich, da mein Ehemann Siegfried von mir doppelte Buchführung verlangte und die täglichen Ausgaben kontrollierte.

„Hört sich gut an. Ich komme mit“, beruhigte ich meine Freundin. Zeit hatte ich, denn mein Sohn war mit der Schulklasse auf Studienfahrt und mein Mann auf einem firmeninternen Managerseminar, das eine Woche dauern sollte.

„Aber wir nehmen nur mein Handy mit, deins bleibt zu Hause“, befahl Brunhilde. „Sonst haben wir vor deinem Göttergatten keine Ruhe.“

Wie recht sie hatte. Wenn ich allein unterwegs war, telefonierte Siegfried ständig hinter mir her. „Wo bist du? Was machst du? Mit wem bist du zusammen? Kenne ich den?“

Ganz schön nervig war das. Dabei hatte mein Mann überhaupt keinen Grund eifersüchtig zu sein. Den hätte ich viel eher haben können, da ich in letzter Zeit oft nicht wusste, wo er bis spät in die Nacht war. Und wenn ich fragte, bekam ich immer die gleiche Antwort. „Ich war geschäftlich unterwegs. Was meinst du, wer das ganze Geld hier verdient?“

Mal raus aus dem Alltag würde mir und unserer Ehe gut tun. Und Siegfried würde ich eine Nachricht auf dem Anrufbeantworter hinterlassen. Dass ich mit Brunhilde unterwegs sein würde, wollte ich verschweigen, denn mein Mann konnte sie nicht ausstehen und sprach von ihr immer als „arrogantes Luxusweibchen.“

Wer viel fragt, kriegt nicht immer die richtige Antwort, hatte ich mir gesagt, und wieder einmal an Siegfrieds Gereiztheit in den letzten Monaten gedacht.

Brunhilde und ich waren nun schon den dritten Tag auf der Radroute Via Romana unterwegs, vorbei an histoschen Städten, Überresten mittelalterlicher und römischer Baukunst. Wir saßen am rauschendem Mühlenbach und bewunderten malerische Burgen und Schlösser, rasteten an idyllischen Plätzen des Altrheins und übernachteten in verträumten Dörfern mit urigen Gasthäusern.

Während der Tour hatte mir Brunhilde dauernd in den Ohren gelegen und von „Gunter aus dem Internet" geschwärmt. „Er ist gebildet, gut aussehend und erfolgreich, ein verwitweter Hotelier, ohne Anhang. Und in den besten Jahren!"

„Warum muss er sich dann Frauen im Chat-Room suchen?", hatte ich skeptisch vor mich hingemurmelt.

Ich war erleichtert, als wir endlich Kleve erreichten und ich aus meinen verschwitzten Fahrradhosen herauskam. Ich hatte Bedenken, mit meinem alten Drahtesel vor dem Schlosshotel, das in einem weitläufigen Park gelegen war, vorzufahren.

Brunhilde beruhigte mich selbstsicher. „Hier ist man an Fahrradtouristen gewöhnt, und außerdem sind unsere Koffer mit den Nobelklamotten schon längst in unserer Suite."

Suite? Wow, dachte ich, von Brunhilde kannst du wirklich etwas lernen in punkto Lebensart!

An der Rezeption stand eine gepflegte Mittvierzigerin. Ich schrieb Nibeling auf das Anmeldeformular, meine Freundin trug sich mit ihrem Mädchennamen Brunhilde Brunadottier ein. „Ach übrigens", fragte sie beiläufig die Hotelangestellte. „Kennen Sie Herrn Gunter von Worms?"

„Natürlich. Soll ich den Chef rufen?" Diensteifrig griff die Dame nach dem Telefon.

„Nein, nicht nötig, das hat Zeit bis heute Abend", antwortete Brunhilde. „Ich wäre Ihnen dankbar, wenn Sie Herrn von Worms noch nicht darüber informieren würden, dass ich da bin - es soll eine Überraschung werden."

„Natürlich, ganz wie Sie wollen", versicherte ihr die Empfangsdame.

Ich staunte nicht schlecht, sollte der Besitzer dieser Nobelherberge vielleicht der Chat- Room- Benutzer Gunter sein? Ein adliger Schlossherr? Dann hätte Brunhilde diesmal wirklich einen dicken Fisch an der Angel . . .

„Als erstes werde ich mich pflegen. Räumst du meine

Sachen auch mit ein?“, rief Brunhilde resolut, als wir unsere Suite betraten. Sie beschlagnahmte das Marmorbad mit zahlreichen Tuben, Töpfchen und Tiegeln, die neben ihrer Designerkleidung, den Handtaschen und Schuhen einen großen Teil des Inhalts ihres Schrankkoffers ausgemacht hatte.

Ich schlüpfte schnell in eine Leinenhose und zog ein T-Shirt über, hängte mein erprobtes Reisekostüm mit den zwei Blusen in den riesigen Biedermeierschrank und stellte resigniert mein einziges Paar Pumps auf die Ablage darunter. Meine Ausgaben für Kleidung wurden schon seit Jahren von Siegfried gekürzt.

Während Brunhilde endlos lange im Bad verweilte, machte ich es mir auf einem weißem Zweisitzer bequem um mich mit dem Stadtplan von Kleve und seinen Sehenswürdigkeiten vertraut zu machen. Neben den barokken Parkanlagen, und dem Museum schien die Schwanenburg ein weiteres Highlight zu sein. Lohengrins Heimat, dachte ich, als mich die Klingeltöne - es war der Walkürenritt - von Brunhildes Handy aus meinen Überlegungen riss, dass im Leben nichts zufällig passiert.

„Brunhilde, Telefon“, rief ich, suchte und fand das winzige Ding. Es hatte sich in ihrer, schon fürs Ausgehen bereitgestellten, pinkfarbenen Gucci-Handtasche verkrochen. Bevor ich das Handy ins Bad bringen konnte, verstummte es und auf dem Display erschien eine Nummer, die mir erstaunlich bekannt vorkam. Es war unsere Nummer. Vermutlich war Siegfried vorzeitig von dem Seminar zurückgekehrt und hatte, da er mich nicht erreichen konnte, einfach Brunhildes Nummer gewählt. Das Zeichen für eine Nachricht in der Mailbox erschien. Freudig drückte ich die Taste.

„Hallo Liebling“, flötete Siegfried in mein Ohr. „Du fehlst mir. Sei nicht mehr böse. Ich werde mich scheiden lassen. Denkst du auch noch immer an unsere letzte Nacht? Brunhilde, ich kann es kaum erwarten von deinen süßen Lippen zu naschen.“

Mir verschwamm alles vor den Augen, und wenn ich

nicht gesessen hätte, wäre ich vor Schreck umgekippt. So war das also. Dieser Süßholzraspler, wann hatte er mir das letzte Mal etwas Nettes gesagt? Nicht der Umstand, dass Siegfried mich betrog, verletzte mich und machte mich wütend, sondern die Tatsache, dass es Brunhilde war, mit der er es trieb. Brunhilde, die Schöne, die Starke. Das Luxusweibchen, das er angeblich nicht leiden konnte.

Jetzt verstand ich alles und es schien mir, als ob ich es schon die ganze Zeit geahnt hätte. Ihre Geheimniskrämerei um den verheirateten Mann. Ihre Parteinahme für Siegfried, wenn ich mich über ihn beschwerte. Ihre unverhohlene Bewunderung für ihn, die mir nicht verborgen geblieben war. Auch Siegfrieds ständige Kontrollanrufe konnte ich mir jetzt erklären. Er hatte Angst, Brunhilde würde mir vorzeitig die Geschichte beichten, und er würde keine Zeit haben, mit einem Anwalt die bestmöglichen Scheidungskonditionen für sich auszuhecken. Aber am demütigendsten fand ich die Tatsache, dass ich mir von Siegfried Vorschriften hatte machen lassen und jeden Cent umdrehen musste. Gleichzeitig machte er seiner Geliebten teure Geschenke. Jetzt würde Brunhilde obendrein noch diesen phänomenalen Gunter abschleppen. Das konnte ich nicht zulassen. Dieser Frau gönnte ich keinen einzigen Verehrer mehr.

Ich atmete tief durch und versuchte mich mit Hilfe von autogenem Training zu beruhigen. Meinen Hass und die Rachegedanken zu unterdrücken gelang mir nicht.

Als Brunhilde nach einer dreiviertel Stunde strahlend und frisch gestylt aus dem Badezimmer kam, hatte ich das Handy abgeschaltet und zusammen mit ihrem Gürtel und der Brille hinter einem Sofakissen versteckt.

„Hat da nicht eben ein Telefon geklingelt“, fragte meine Nebenbuhlerin und ich verneinte scheinheilig. „Wo sind denn mein Gürtel und die Brille? Ach was, ich brauche beides erst heute Abend, wenn ich mich mit Gunter treffe. Du, ich muss mir unbedingt noch pinkfarbenen Nagellack besorgen. Lass uns gleich einkaufen gehen.“

„Klar doch, aber zuerst ist Sightseeing angesagt. Die hiesige Schwanenburg wäre für dich bestimmt interessant. Wagner hat angeblich den Ritter Elias, auch Schwanenritter genannt, als Vorbild für seine Oper genommen. Man kann den Turm besteigen und hat auf den Zinnen einen herrlichen Panoramablick über die Rheinebene. Den kannst du auch ohne Brille genießen. Ein bisschen Kultur muss sein!“, entschied ich mit Nachdruck.

Brunhilde maulte, aber ich schob sie mit einer mir unbekannten Entschlossenheit aus dem Hotelzimmer. Ja, so ein Turm mit steiler Wendeltreppe und Aussichtsplattform schien mir bestens geeignet, um mein erstes Problem los zu werden. Stolperte oder stürzte Brunhilde nicht manchmal, weil sie schlecht sah? Dazu ein nachhelfender Schubs von mir – und die Sache wäre endgültig erledigt.

Um mein zweites Problem würde ich mich später kümmern. Erst musste die Beerdigung und meine öffentliche Trauer um meine beste „Freundin“ eine Weile verstrichen sein. Auch musste ich herausfinden, wo Siegfrieds einzige verwundbare Stelle unter dem Lindenblatt lag.

Kleve

Die Kreisstadt liegt an der Grenze zu den Niederlanden, grenzt an den Reichswald und ist über die B 9 und die B 57 zu erreichen.

Das Wahrzeichen von Kleve ist die Schwanenburg, deren Schwanenturm und Spiegelturm mit Gewölbekeller und Rittersaal täglich besichtigt werden können.

Das Panorama von Kleve ist seit dem Mittelalter fast unverändert geblieben und wird vom niederrheinischen Höhenzug, dessen höchste Erhebung der Klever Berg ist, dominiert.

Die barocken Parkanlagen am Museum des Kurhaus Kleve wurden im 17. Jahrhundert vom klevischen Stadthalter Johann Moritz von Nassau-Siegen erbaut.

Das Museum Kurhaus bietet eine einmalige Kollektion moderner Kunst. Der Forstgarten ist bekannt durch seine klassischen Konzerte, die im Sommer Touristen locken. Der niederländische Maler Barend Cornelius Koekkoek liess sich hier 1845 ein klassisches Künstlerpalais erbauen, das heute mit seinen Werken und Bildern seiner Schüler und Verwandten ausgestattet ist und einen Eindruck der Wohnkultur des 19. Jahrhunderts wiedergibt.

Weitere Informationen, die für Touristen interessant sind, findet man unter www.kleve.de

Übrigens: Mit „Lohengrins Grabgesang" schrieb Edgar Noske 2001 einen historischen Krimi, der im mittelalterlichen Kleve spielt und im Emons Verlag erschien.

Die Autoren Leenders, Bay, Leenders lassen ihre Kommissare seit 1992 von einem fiktiven Kommissariat in Kleve aus ermitteln.

Odins Gefährten

Margalies Fockenberg zog ihre Eintrittsermächtigung nur noch pro Forma aus der Jackentasche. Niemand würde sie dazu auffordern, denn jede Kassenaufsicht im Eingangsbereich von Schloss Moyland kannte sie, die drahtige Frau mittleren Alters mit offen wehendem schulterlangem Haar und dem kessen Grübchen am Kinn. Sie kam nicht nur wegen der berühmten Beuys-Sammlung, sondern verfolgte ein spezielles Augenmerk. Im Frühjahr und Sommer galt ihr Hauptinteresse dem Treiben außerhalb der Schlossmauern. Sie saß stundenlang auf einer der Teakbänke, die rund um den Schlossteich plaziert waren und verschiedene Blickwinkel auf das neugotische Gebäude ermöglichten. Die Aufmerksamkeit von Margalies konzentrierte sich auf drei der vier Seitentürme, genauer gesagt auf das Leben in den Nischen des Gemäuers. Der größte, der Nordturm, war aufgrund seiner anderen Bauweise davon ausgenommen.

An diesem Tag ließ sie sich auf einer sonnenbeschienen Bank im Rondell nieder, mit ungehindertem Blick auf den Ostturm. Im vorspringenden Rand des flachen Turmes, unterhalb der Zinnen, war jede dieser Mauertiefen bewohnt. Aufgeregt hell glucksende Dohlenpaare besserten ihre Nester aus. Eine unüberhörbare Gemeinschaft des liebenswerten, fliegenden Gesindels beanspruchte in der x-ten Generation die gebotenen Vorzüge dieser luftigen Eigenheime. An der portalzugewandten Seite des Turmes hatte sich ein Falke eingenistet, der, am Rand seiner Bruststätte hockend, sein aufgeplustertes Brustgefieder in die Sonne hielt.

Das Schloss hatte zweiundvierzig Jahre unseligen Dornröschenschlafes hinter sich bringen müssen. Währenddessen wurden uralte Bauelemente wie Balken oder

Steinfragmente geraubt, Schabernack getrieben und zaghaft Kunst gestaltet, bevor ein weitere zehn Jahre langer Weg des Erwachens begann.

Nie waren die schwarzgefiederten Bewohner dem Gemäuer untreu geworden. Schon auf alten Ölgemälden waren sie, im Anflug auf das Schloss, verewigt. Selbst die unruhige Phase des Wiederaufbaues und die stark frequentierte Nutzung als Museum konnte die Dohlen nicht vertreiben. Margalies gehörte zu den ersten Mitgliedern des Fördervereines und war im Besitz einer dauerhaft gültigen Eintrittskarte, die ihr so viele Besuche ermöglichte wie ihre Zeit erlaubte. Als Kunstlehrerin verfügte sie über viele freie Nachmittage. Seit der Eröffnung im Mai 1997 beschritt sie den Weg zum Hauptgebäude stets auf die gleiche Weise. Sie blieb auf der Brücke des vorgelagerten Wassergrabens stehen und schaute an den halbrunden Seitentürmen empor zu den bewohnten Nischen.

„Hallo, alles und alle," lächelte sie, „da bin ich wieder."

Margalies fröstelte leicht - es war erst Mitte März - und sie entschied sich, nach einem wärmenden Kakao im Museumscafe wieder nach Hause zu fahren. Sie konnte nicht ahnen, was der Tag noch Böses barg.

An den Schultern unnatürlich weit überspannt, hing er, ausgestreckt angebunden, zwischen zwei in den Boden gerammten Pfählen. Der Kopf lag seitlich herabhängend auf der Brust, die Beine überkreuzten sich leicht. Die dunklen Augen offen, starr und stumpf.

Es befanden sich noch sechs weitere dieser Hinrichtungsstätten auf dem Feld, alle von der Bundesstraße aus erkennbar.

Bei diesem Anblick glaubte Margalies, ihr Herz bliebe stehen. Mit offenem Mund verharrte sie am Feldrand und blickte ungläubig auf das Feld. Ihr Wagen stand mit laufendem Motor auf dem Randstreifen. Sie hatte während der Fahrt beiläufig hinter dem Gelände des Golfclubs nach links geblickt und wäre um ein Haar vor Schreck gegen einen der Alleebäume geprallt. Mord! Heimtückische Tat! Sieben tote Raben, zwischen Himmel und Erde aufgeknüpft. Warum gerade friedliche Raben, die niemandem Leid zufügen? Vögel, die bei Margalies im alten Schornstein nisten durften. Margalies, die Rabenmama, der man seit Jahren aus dem Nest gefallene Jungvögel zum Aufpäppeln brachte. Die von ihrer Schulter aus die Welt kennen lernten und deren erste Flugversuche sie mit mütterlicher Wehmut betrachtete. Sie liebte diese mystischen Wesen, die durch Jahrhunderte und in unterschiedlichen Kulturen ihre Geschichten hatten. Hugin und Munin, Gedanke und Gedächtnis in Gestalt zweier Raben, Begleiter des nordischen Gottes Odin.

Odin, tu was!

Die Presse musste her, der Mörder gehörte an den Pranger. Im Wagen lag ihr Handy. Sie kramte es aus dem Handschuhfach.

Der Redakteur schicke umgehend einen Kollegen mit Kamera los, sie möge warten. Margalies starrte auf die toten Vögel. „Wer auch immer euch das angetan hat, er wird dafür büßen!"

Der Reporter war in ihrem Alter, mittelschwerer Bauchansatz, kräftige Schultern, sympathisches Lächeln. Er stellte sich als Konrad Mäderer vor. Angesichts der toten Tiere fehlten ihm die Worte. Netter Mann, entschied Margalies, als er mit viel Verständnis für ihr Entsetzen mehrere Fotos schoss. Er versprach, zu ermitteln, wer dafür verantwortlich sei. Er würde eine Story daraus machen, die es in sich hätte. Hier, seine Karte. Die Handynummer unten rechts, unter der sei er immer zu erreichen. Seine Betroffenheit war echt, das spürte Margalies. Sympathischer Mann.

„Wenn das ein Delikt ist, dass man zur Anzeige bringen kann, machen wir das, in Ordnung? Ich kann mich daran erinnern, dass es früher mehr von diesen unappetitlichen Vogelscheuchen gegeben hat. Alter Aberglaube, denn angeblich halten tote Krähen ihre Artgenossen vom Feld fern. Das Widersinnige ist, die Tiere richten überhaupt keinen Schaden an, sondern picken schädliche

Larven aus dem Boden. Außerdem stehen diese Saatkrähen unter Artenschutz."

Margalies war beeindruckt. Schlauer Mann.

„Sie kennen sich aber gut aus."

„Ich engagiere mich seit meiner Jugend für den Naturschutz. Dies hier, Frau Fockenberg, prangern wir dermaßen an, dass dem Kerl die Spucke weg bleibt. Nach meinem Artikel wird der nicht einmal mehr eine Mücke erschlagen."

Odin hatte wahrscheinlich einen entfernten Verwandten geschickt, dachte Margalies und spürte die leichte Gänsehaut auf ihren Armen.

Heinrich Scholten verstand die Welt nicht mehr. War doch billig und effektiv, die blöden Krähen zur Abschreckung aufzuknüpfen. Das hatte sein Vater schon so gemacht. Seit morgens kamen dauernd Leute vorbei, die sich darüber aufregten und ihn beschimpften. Die Fotos in der Zeitung hatten seine toten Vogelscheuchen gezeigt und seinen Hof, von der Straße aus. Der Artikel war ganz schön unverschämt.

„Widerliche Tat erschüttert die Region. Heinrich S. und seine mittelalterlichen Methoden."

So ein überzogener Quatsch. Keiner war hier erschüttert, höchstens so ein Weichei, wie dieser Gazettenschreiber. Und dann dieser Scheißer vom Amt für Tierschutz. Heinrich wusste bis gestern gar nicht, das es so was überhaupt gab. Wofür auch. Da hatte dieser Sesselfurzer vor ihm gestanden und sich aufgeplustert. Verboten, alles verboten und entfernen Sie die Kadaver umgehend, sonst drohen Ihnen Anzeige und Geldbuße.

Unschlüssig stand er in schmuddeliger Arbeitshose, Kappe in die Stirn gezogen, neben seinem Traktor, als sein Nachbar, Robert Terschlysen, grinsend neben ihm hielt.

„Na, Henn, warst in der Zeitung heut früh. Nicht gerade schmeichelhaft. Vorhin hab ich den Jupp getroffen. Der ist ganz schön sauer auf dich. Würdest unseren Ruf versauen, wo se doch alle kritisch auf uns gucken: die Naturschützer, die Landschaftsplaner, die Nachbarn. Sieh zu, das du das wieder hinkriegst!"

Solche Sprüche konnte Heinrich gar nicht leiden.

„Mach dich vom Acker, du Klugscheißer! Ruf versauen! Bestell Jupp nen Gruß: Soll sich an den eigenen Hintern packen."

Er schleuderte Robert den toten Vogel, den er gerade abgenommen hatte, hinterher. Was die immer hatten? Von irgend jemandem wurde er ständig angepöbelt. Sollten ihn einfach in Ruhe lassen. Alle.

Selbst die Autofahrer gafften ihn heute an. Und was machte die Alte auf der anderen Straßenseite mit der Kamera? Mürrisch warf er die schwarzgefiederten Leichen ins Gebüsch.

Margalies Fockenberg telefonierte drei Mal mit Konrad Mäderer und trank schließlich in Haus Horst einen Kaffee mit ihm, um genauestens auf dem Laufenden zu sein. Vielleicht auch, um klammheimlich zu überprüfen, ob dieser Mann nur einen netten Eindruck bei ihr hinterlassen hatte, oder ob etwas tieferes sie anrührte.

Mit Spannung hatte sie am frühen Morgen seinen Artikel erwartet, deutliche Worte, bissig geschrieben. Anscheinend beherrschte Konrad die Kunst der Recherche und hatte herausgefunden, dass dieser Frevel tatsächlich gegen geltendes Recht verstieß, jedoch nicht so hoch bestraft werden konnte, wie ihre Fantasie es sich wünschte.

Nun saß sie wieder am Straßenrand in ihrem Auto und wollte per Foto dokumentieren, ob der Bauer diese gruselige Totenausstellung beendete.

Da war er, dieses Ekelpaket. Hager, mit verdreckter Arbeitskleidung, dunkelgrüne, verkrustete Gummistiefel an den krummen Beinen, dreckig-blasse Kappe auf dem Kopf. Wettergegerbtes Gesicht, rot-blaue Nase. Aha, trinkt gerne mal einen. Nüchtern kann man so ein Unheil nicht anrichten.

Was machte er da? Der bewarf doch tatsächlich einen

anderen Landwirt mit einem Krähenkörper. Der hat weder vor dem Leben noch vor dem Tod Respekt. Jetzt warf er sie nacheinander einfach ins Gebüsch. Fertig. Nein, Heinrich S., noch lange nicht fertig. Jedenfalls nicht mit Margalies Fockenberg.

Sie wartete, bis er weiterfuhr. Ihre Wut verursachte ihr Magenschmerzen. Heute nachmittag würde sie sich ein Stündchen im Schloss gönnen. Kraft tanken. Danach war Zeit für Vergeltung.

Zunächst wollte sie die Rabenleichen einsammeln und angemessen bestatten.

Nach der dritten Runde beim Stammtisch der Landwirte wurde Robert Terschlysen laut. „Da schmeißt dieser Irre mir tatsächlich einen toten Vogel hinterher. Ist doch nicht mehr normal, der Henn. Wenn das so weiter geht, können die ihn bald einweisen, um de Eck in die Landesklinik, zu den anderen Bekloppten."

Jupp Boertjes lehnte sich mit seinem stattlichen Gewicht in den Stuhl zurück, der gefährlich ächzte. „Genau, besser heut als morgen. Da kann er uns wenigstens nicht mehr schaden. Die Zeitung hat jeder gelesen. Die Kinder sind schon in der Schule gefragt worden, ob se den Fiesling kennen. Und ob der Papa auch so was ekliges macht. Mich haben heute ein paar Fremde gefragt, ob ich wüsste, wo der Hof von Heinrich S. ist. Sie wollten ihm die Meinung sagen."

Robert bestellte die nächste Runde und ereiferte sich.

„Dem kann keiner die Meinung sagen. Das geht links rein und rechts wieder raus. Wisst ihr noch, als er die Gülle auf den Schnee gekippt hat. Beschimpft hat er uns. Oder als er die toten Ferkel auf den Mist geworfen hat. Wäre auch fast in die Zeitung gekommen, wenn wir uns nicht durchgesetzt hätten. Wem hat er dabei ein Veilchen verpasst? Du warst das, nicht, Jupp? "

„Ist mir heut noch schleierhaft, wie er es geschafft hat, mich zu treffen."

„Das ist der Jähzorn. Jupp, glaub et mir, der verleiht

Bärenkräfte und man muss sich gehörig davor in acht nehmen.“

„Oder die Sache mit dem durchgerosteten Altölfass. Weißt du noch, als das Wasser in deinem Weiher anfing zu schillern?“

So ging es hin und her, je mehr Bier mit Klarem, desto wilder die Geschichten. Und es gab einige davon. Man müsste ihm endlich mal einen Denkzettel ans Scheunentor nageln. Erhitzte Häupter steckten zusammen, brüteten verbissen über einem Plan.

Margalies war eben zurück aus ihrer Apfelplantage, wo sie sieben kleine Grabstätten angelegt hatte, als das Telefon klingelte.

„Konrad hier!“

„Ich habe die Raben gerade beerdigt. Die hat dieser Bauer heute morgen einfach ins Gebüsch geworfen.“

„So einer lernt nie. Wusstest du, dass der schon öfter mit Natur und Gesetz in Konflikt geraten ist?“

„Nein, woher denn? Bis heute früh wusste ich nicht einmal, wie er aussieht. Du musst mir unbedingt mehr erzählen. Wie wäre es heute abend, bei mir?“

„Gerne, dann bis später. Ich freu mich.“

Den Rest des Nachmittags verbrachte Margalies mit Gedanken an zwei völlig gegensätzliche Männer. Der eine war Konrad, in den sie sich gehörig verguckt hatte. Den zweiten nannte sie „Heinrich, der Schreckliche“. Der erste brachte sie zum Lächeln, der zweite ließ ihre Gefühle in rachlüsterne Abgründe stürzen und beflügelte das Dunkle ihrer Fantasie. So hatte sie keine Zeit für einen Abstecher zum Schloss. Sie würde Konrad bei nächster Gelegenheit mitnehmen und ihm ihren Lieblingsplatz zeigen.

Der Abend wurde lang und sie verplauderten die Zeit. Sie verabredeten für den nächsten Tag eine private Führung durch „mein Schloss“, wie Margalies es nannte. Zu fortgeschrittener Stunde, bei Anbruch der zweiten Flasche machten sie aneinandergekuschelt und angesäuselt kichernd, einen Ausflug ins Mittelalter. Sie stellten sich Heinrich den Schrecklichen vor, wie er, an den Pranger gekettet, auf dem Marktplatz vorgeführt wurde. Mit Rabenfedern in den Ohren.

Danach blieben sie ganz bei sich. Bis spät in die Nacht herrschte im Häuschen am Apfelhain genüssliches Schweigen mit kleinen Glucksern und wohligen Stöhnern, die, weit von weltlichem entrückt, aus anderen Gefilden stammten.

Aus dem gelben Auto dröhnte das Neueste von Einslive, als es rasant auf den Kiesweg zu Heinrich Scholtens Hof einbog. Es geschah selten genug, das Horst Beyerle hier ausliefern musste. Rechnungen und Werbung, aber es gab kaum Privatpost für den alten Scholten. Kein Wunder, wer sollte so einem Widerling auch schreiben?

Abrupt trat der Postbote auf die Bremse. Die Reifen rutschten knirschend durch den Kies, bis der Wagen zum Stillstand kam. Horst Beyerle sprang aus dem Auto, rang nach Luft und musste sich übergeben. So etwas Abscheuliches hatte er noch nie gesehen. Zögernd drehte er sich um, vergewisserte sich, ob er diesen Anblick nicht nur geträumt habe.

Heinrich Scholten stand, festgebunden, vor seinem Scheuentor. An seinen Handgelenken waren Taue verknotet, die seine Arme überdehnt schräg nach oben zogen. Sein Kopf hing mit dem Kinn auf der Brust, die Knie waren leicht eingeknickt. Kopf und Oberkörper waren mit einer stinkenden schwarzen Masse bedeckt, in der weiße Daunenfedern klebten.

„Geteert und gefedert," schrie Horst Beyerle, als er den Notruf über sein Handy erreichte, „der Mann hängt an seinem Scheunentor."

„Wie geht es dir heute, mein Margarittenlieschen?" Konrad lächelte Margalies von weitem entgegen, als er sie auf einer Bank im Rondell entdeckte.

„Das weiß ich nicht genau. Eigentlich gut, wenn da

nicht diese furchtbare Sache mit Heinrich Scholten wäre."

„Hat es sich bereits rumgesprochen? Geht schnell auf dem platten Land."

„Ich hab's am Nachmittag beim Bäcker gehört. Konrad, gerade heraus, hast du etwas damit zu tun?"

„Außer das ich darüber berichten werde, nein. Wie kommst du da drauf?"

„Na, heute früh um sechs warst du so stickum verschwunden."

Konrad lachte. „Und da hast du dir ernsthaft Gedanken über mein Vergeltungspotential gemacht? Mit Worten, Margalies, ich agiere ausschließlich mit Worten. Heute früh musste ich dringend bei Wanja vorbei."

Margalies spürte einen Kloß im Hals. Wanja, ach so, es gab also noch jemanden.

„Ich lasse sie abends nur kurz vor die Tür, aber morgens erwartet sie von mir einen ordentlichen Spaziergang, sonst schaut sie mich tagelang nicht mehr an."

„Wanja ist . . ."

„Meine alte Hündin. Ich stelle sie dir beim nächsten Mal vor."

Sie lachten und neigten zärtlich die Köpfe zueinander. Wie das Dohlenpaar in der Turmnische.

„Ein Freund von der Kripo rief mich an und erzählte vom Fall Scholten."

Konrad berichtete, dass zwei Landwirte verhaftet worden waren. Sternhagelvoll vom Stammtisch kommend, wollten sie Scholten mitten in der Nacht einen Denkzettel verpassen.

Im Hof stand der Bitumenvorrat, mit dem der Bauer eine bereits freigelegte Kellerwand einstreichen wollte. Einer von beiden kam auf die Idee des Teerens und Federns. Sie holten Scholten aus dem Bett, verbanden ihm die Augen, fesselten ihn an das Scheunentor und gossen ihm den Papp über den Kopf. Einer holte ein Kopfkissen aus dem Haus und ließ Federn regnen. Scholten muss noch gelebt haben, als sie ihn verließen.

Margalies schwieg vor Entsetzen.

„Irgendwann erlitt er eine Herzattacke. Er hatte keine Chance ohne seine Medizin."

„Wie konnte das so schnell aufgeklärt werden?"

„Bei der Routinebefragung der Nachbarn fielen einem Beamten Bitumenspuren an Autoreifen auf. Die müssen ziemlich mit dem Zeug rumgesaut haben, so blau wie die waren."

Sie schauten betroffen in die Ferne.

„Sag mal, meine Liebe, du hattest doch ebenfalls Vergeltungsgedanken. Was hättest du getan?"

„Ihm eine paar Denkzettel verpasst, was sonst? In meinem Kofferraum liegen hundert Fotokopien und zwei Rollen Kreppband. Ich wollte heute Nacht sein Auto damit zukleben."

„Und was steht da drauf?"

„Nur ein Wort: Rabenmörder! Er hätte Stunden gebraucht, um das wieder zu entfernen."

„Und das mit seinem angeknackten Herz."

„Ich wusste nur von seiner defekten Moral."

Es wurde langsam kühl. Auf Konrads Wunsch hin gingen sie ins Schloss, hinauf zu der Beuys-Sammlung. Sie betrachteten die eigenwilligen Exponate, verharrten bei einzelnen Stücken, diskutierten lebhaft, lachten. Manchmal schlenderten sie kopfschüttelnd weiter. Sie vergaßen die Zeit und wurden dezent auf das Ende der Öffnungszeit hingewiesen.

Von der Brücke über dem Schlossteich aus blickte Margalies noch einmal hoch zu dem Treiben in den Mauernischen.

„Die Dohlen bewachten schon immer die Seele des Schlosses. Jetzt achten sie auf das Erbe von Beuys. In Odins Auftrag sehr wahrscheinlich."

„Ich kann verstehen, dass du sie magst."

„Da, guck, richtig emsig."

„Und sie behandeln einander so fürsorglich."

Einfühlsamer Mann, dachte Margalies und hakte sich bei ihm unter.

Bedburg-Hau

In unmittelbarer Nähe von Kleve, zwischen der B 9 und der B 57 liegt die Gemeinde Bedburg-Hau, umgeben von Wasserläufen des Altrheins. Erst 1969 entstand diese Gemeinde mit ca. 13.000 Einwohnern aus sieben historischen Ortschaften.

Schloss Moyland mit seinen historischen Gartenanlagen wurde erstmals 1307 erwähnt und beherbergt heute ein Museum für moderne Kunst.

Rittergut Haus Eyl, das ehemalige Gut der Kreuzritter von Eyl wurde um 1341 erbaut, befindet sich heute in Privatbesitz und ist nur von außen zu besichtigen.

Sehenswert ist auch Louisendorf, eine angelegte Pfälzersiedlung von 1820, die nach der preußischen Königin benannt wurde.

Die Abteikiche St. Markus in Bedburg, ein Zentralbau aus Tuffstein ist ein ehemaliges Prämonstratenser-Kloster und wurde um 1124 errichtet.

Das Grabmal des Prinzen Moritz von Nassau aus dem Jahr 1678 ist eine offene Grabanlage des ehemaligen Statthalters von Kleve.

Quadriburgium heißt das spätrömische Kastell, das um 359 erbaut wurde, die heutige Ortschaft Qualburg.

Das landwirtschaftliche Anwesen Haus Rosendahl ist der Herrensitz der Familie von der Mosel, wurde um 1433 erbaut und kann nach Absprache mit dem Besitzer besichtigt werden.

Interessante Informationen unter
www.bedburg-hau.de

Übrigens: Der „Alte Postweg" von Moers über Rheinberg, Xanten, Kalkar nach Kleve ist ein Forstweg entlang der Via Romana. Die Inschriften auf alten Buchen sind Zeugen der Vergangenheit.

Letzte Nacht in Zons ...

An diesem Samstag wollte ich nicht arbeiten. Ich wachte spät auf – gegen Mittag – zog meinen Bademantel an und bereitete mir ein richtiges Frühstück zu, dass ich im Bett einnehmen wollte. Ich richtete alles liebevoll auf einem Frühstückstablett an, holte die Zeitung hoch, legte Chopins Klavierkonzerte auf und krabbelte wieder in mein Bett. Ich lehnte mich in die dicken kuscheligen Kissen, genoss meinen frisch gepressten Orangensaft und schlürfte den ersten heißen Schluck Milchkaffee.

Was für eine wunderbare Vorstellung. Ich würde den ganzen Tag zu Hause bleiben, lesen, Musik hören und ab und zu in den silbrig verhangenen Himmel schauen.

Ich strich gerade Honig auf ein knusprig aufgebackenes Brötchen, als es klingelte. Ich griff nach meinem schwarzen Mobilfon, das für den Job. „Auf keinen Fall", sagte ich. „Nein."

„Was, nein?" krächzte es zurück.

„Ich habe frei, dieses Wochenende."

Ich hörte, wie Christa, meine Chefin, sich eine Zigarette ansteckte, tief inhalierte und dann in mein Ohr ausatmete. „Hör zu, das ist ein cooler Samstagabend-Job: ein Aperitiv, Abendessen in Zons, vielleicht noch ein Bar-Besuch in Köln oder Düsseldorf. Um zwei liegst du wieder in deinem Bettchen und hast noch den ganzen Sonntag." Etwas Honig lief von dem Brötchen, das ich immer noch in der Hand hielt, und tropfte auf meine schöne dunkelblaue Bettwäsche. Ich versuchte, den Honig mit dem Messer abzukratzen. Es blieb ein kleiner Fleck.

„Mist", sagte ich.

„Ach, komm", sagte Christa, „dafür gebe ich dir Montag frei."

Ich schwieg, sie rauchte mir ins Ohr.

„Okay, und das nächste Wochenende. Zufrieden?“

„Zons“, sagte ich, „warum Zons?“

„Was weiß ich“, erwiderte meine Chefin, „vielleicht wohnt er dort im Hotel. Vielleicht hat er’s gern romantisch. Jedenfalls will er sich mit dir um 20.00 Uhr treffen, im Gartenlokal vom Hotel Friedestrom.“

Sie inhalierte wieder, atmete aus und qualmte ins Telefon. Gut, dass ich das nicht mitbekam, nur ihren rasselnden Atem. „Ist nicht mal eine halbe Stunde von Köln. Kennst du Zons?“

„Ja“, sagte ich, „kenne ich. Hübsche kleine Festungsstadt.“ Es hatte angefangen zu regnen. Regentropfen rollten wie dicke Tränen über die großblättrigen Pflanzen auf meiner Terrasse. „Was ist verabredet?“

„Das Übliche“, sagte Christa. „Auch das übliche Erkennungszeichen.“

„Um zwei mache ich Schluss. Das muss klar sein.“

„Ja, klar“, lenkte Christa ein. „Kein Problem. Der hat eine Tagung, ich glaube nicht, dass er die ganze Nacht durchmachen will.“

„Blond oder Braun?“ fragte ich noch.

„Blond“, sagte sie. „Ich setze 20 Euro auf Blond.“

„Zu blöd“, sagte ich, „meine Perücke ist in der Wäsche.“

„Kauf dir ’ne neue“, meinte Christa gänzlich humorlos, „kannst du auf deine Spesenrechnung setzen.“

Ich widmete mich ausgiebig meinem Frühstück und gönnte mir noch ein paar Stunden im Bett, lauschte dem Regen und der Musik meines Lieblingskomponisten.

Gegen sechs Uhr stand ich auf, duschte und zog mich sorgfältig an. Gehe ich also blond, dachte ich und zog mich entsprechend an: ein schulterfreies Top unter dem schmalgeschnittenen roten Kostüm mit kurzem Rock, und hochhackige Schuhe. Vor dem Spiegel trug ich schimmerndes Make-up, Wimperntusche und roten Lippenstift auf und stülpte die blonde Perücke über meine dunkelbraunen Haare.

Wie immer spürte ich diese Mischung aus Erwartung und Vorahnung. Noch überwog eine freudige Spannung. Wenn eines Tages die Angst überwiegen sollte, würde ich aufhören. In ein paar Monaten hatte ich meine kleine, feine Wohnung abbezahlt. Und was ich auf die hohe Kante gelegt hatte, sollte für ein paar Jahre reichen.

Ich überprüfte den Inhalt meiner Handtasche, außer einem falschen Führerschein und einer Kreditkarte auf den gleichen falschen Namen nahm ich keine Papiere mit. Ich war gerüstet für alle Fälle. War ich aufgeregter als sonst? Nein, das bildete ich mir nur ein. Ich holte mein mitternachtsblaues BMW-Cabrio aus der Tiefgarage und steuerte es durch die Stadt Richtung Autobahn. Nicht mal eine Viertelstunde später verließ ich die A 57 und fuhr auf der Landstraße durch die flache Rheinebene. Es hatte aufgehört zu regnen. Ein schwerer Duft von feuchtem, warmem Gras und Lindenblüten hing in der Luft.

Ich parkte am Rheindeich auf dem großen Parkplatz vor dem Rheintor, dem wuchtigen, kantigen Stadttor des mittelalterlichen Städtchens.

Ich war eine halbe Stunde zu früh, wie es meine Gewohnheit war, und entschied mich, zum Rhein zu gehen. Ich stieg die Treppen zum Deich hoch. Es war fast, als könnte dahinter das Meer sein, doch da war der Fluss mit seinen hellen Sandbuchten und den dichten Baumreihen. Ich schaute den langsamen Binnenschiffen nach, wie sie rhein-aufwärts gegen die starke Strömung ankämpften und rheinabwärts nach Rotterdam, zur Nordsee, fast über das graugrüne Wasser zu gleiten schienen.

Pünktlich um acht war ich am Ort meiner Verabredung. Im Gartenlokal des Hotels saß nur ein Mann allein, mit dem Rücken zu mir. Ich sah die rote Rose auf dem Tisch. Ich hasse rote Rosen, diesen langstieligen Kitsch. Ich sehe sie dauernd, weil den meisten unserer Kunden nichts anderes einfällt als unverfängliches Erkennungszeichen. Ich tippte ihm leicht auf die Schulter und er drehte sich zu mir um.

Ein gut gekleideter Mann, distinguiert, wie man so sagt. Ende dreißig, schlank, dunkelhaarig. Aber sein Gesicht war zu glatt, um wirklich attraktiv zu sein, der Mund ein wenig zu verkniffen, die Augen kalt und jetzt auch misstrauisch, verständlich in dieser Situation.

Ich kannte ihn. Ich atmete tief durch, dennoch konnte ich ein leichtes Zittern kaum unterdrücken.

Ich wartete darauf, wie er das Spiel eröffnete. Er schaute mich prüfend an, während ich mich setzte und lässig die Beine übereinander schlug. Ihm schien zu gefallen, was er sah.

„Einen Aperitiv?" fragte er. Auch seine Stimme hätte ich erkannt, mit dieser leichten hessischen Färbung.

„Einen trockenen Martini", sagte ich „und jetzt bitte nicht die James-Bond-Nummer."

Er grinste, nun merklich entspannter.

Sein Handy klingelte. „Ja", antwortete er. Dann weiter, leicht von mir abgewandt: „Nein . . . doch . . . ich rufe dich morgen an . . . ich dich auch."

Er steckte das Handy wieder ein. Mit einer verlegenen und gleichzeitig eitlen Geste strich er seine Haare zurück. Auch das erkannte ich wieder. Ich nahm mich zusammen und schenkte ihm ein hingebungsvolles Lächeln.

„Lassen Sie mich raten", sagte ich. Er schaute mich fragend an. „Verheiratet, zwei Kinder, ein Haus, eine süße Frau, die sich um alles kümmert, auch um Ihr reges, gesellschaftliches Leben, dass Sie als Chefarzt einer großen Klinik . . ."

Er lachte, geschmeichelt. „Wie haben Sie das herausgefunden?"

„Nun", sagte ich. „Das letzte war nicht schwer, in Düsseldorf ist ein medizinischer Kongress."

Er entschied, dass wir draußen essen sollten. Der Abend war warm und die Luft weich nach dem Regen. Er stellte das Menü zusammen mit eindeutiger Autorität. Er wählte den Wein, auch da fragte er mich nicht, aber seine Wahl war nicht schlecht. Das war es also, was er brauchte – Dominanz. Sollst du haben, dachte ich.

Ich zog meine Jacke aus, damit er mich in meinem Top bewundern konnte. „Zons erinnert mich an die Stadt, in der ich mal gearbeitet habe“, sagte ich beiläufig während des Essens. „Marburg an der Lahn.“

Er blickte hoch, prüfend, mit einer leichten Anspannung, einer gewissen Wachsamkeit. „Da habe ich auch mal gearbeitet“, sagte er dann.

„Vielleicht sind wir uns dort mal begegnet? Im Milly Vanilly, in der kleinsten rundesten Disco?“

„Nein, das glaube ich nicht“, meinte er. „Ich war nicht der Discotyp.“

Noch mal ein prüfender Blick. Dann wechselte er das Thema. Der Kellner räumte die Rose vom Tisch, die ich völlig zerrupft hatte.

Nein, er erkennt mich nicht, dachte ich. Wie denn auch? Ich vergaß immer wieder, wie sehr ich mich seit damals verändert hatte, wie gut mir meine Verwandlung gelungen war. Zumindest äußerlich. Ich hatte eine sportliche Figur mit gut ausgebildeter Muskulatur, eine gerade Nase und vermeintlich blonde Haare. Nichts erinnerte mehr an das blässliche, dünne Mädchen mit der leicht gekrümmten Nase und den schlichten, braunen Haaren, die achtzehnjährige Studentin.

Ich war so jung und hoffnungsvoll gewesen, so voller Elan und Neugierde. Ich genoss dieses karge studentische Leben, mein Zimmerchen unter dem Spitzdach eines Fachwerkhauses am Schuhmarkt. Ich mochte diese kleinstädtisch-studentische Idylle in Marburg an der Lahn. Auch eines dieser mittelalterlichen Städtchen, die wirken wie übrig geblieben aus einer anderen Zeit.

Er war schon ein richtiger Mann, groß und gut gebaut, gut gekleidet und gepflegt, weltläufig und gewandt, nicht einer dieser flusigen, unsicheren Kommilitonen. Ich verliebte mich, wie man so schön sagt, Hals über Kopf in ihn. Ich war so glücklich, so vertrauensselig. Damals, vor zwölf Jahren. Wir kannten uns ein paar Wochen, als ich Geld erbte. Meine kinderlose Patentante starb und vermachte mir fast hunderttausend Mark. Mehr als genug, um mir einen Traum zu erfüllen. Ein Jahr, zwei Jahre, es reichte für eine Weltreise.

„Wir könnten zusammen reisen“, schlug ich vor.

„Ja“, meinte er, „warum nicht.“

Er schaute mich nachdenklich an.

„Schau.“ Ich zeigte ihm das Sparbuch, „wenn wir uns zwischendurch ein paar Jobs suchen, dann reicht es für uns beide.“

Er nickte. Er küsste mich. „Wir sollten Champagner trinken“, sagte er. Er kam wieder, mit einer Flasche Champagner unter dem Arm und einem Strauß roter Rosen. Diese langstieligen, perfekten Rosen, die ich schon damals nicht mochte, aber ich war einfach hingerissen von seiner Geste. Ich war wie verzaubert. In ein paar Wochen würde ich verreisen, die Welt entdecken, zusammen mit diesem wunderbaren Mann.

Der Duft der Rosen erfüllte mein kleines Zimmer. Diese Nacht werde ich nie vergessen, hatte ich gedacht, als er mich in die Arme nahm und zum Bett zog. Mit dem Finger fuhr er über meinen Körper wie über eine Landkarte, von Norden nach Süden.

Als ich aufwachte, war er nicht da. Ich machte mir keine Gedanken. Sicher besorgte er was für's Frühstück, mein aufmerksamer Geliebter.

Es war sehr heiß und stickig in meinem Zimmer unter dem Dach. Die Rosen ließen die Köpfe hängen. Durstig und benommen stand ich auf. Ich schwankte leicht, als ich die Vorhänge aufzog und die Fenster öffnete. Das Kopfsteinpflaster zwischen den Fachwerkhäusern glänzte im grellen Sommerlicht. Ich schaute auf meinen kleinen Wecker, es war zwei Uhr. So lange hatte ich geschlafen?

Ich lächelte und dann schaute ich auf den Datumsanzeiger. Nein, das konnte nicht sein: 15. Juli. Heute war doch der 14! Ich stellte den Datumsanzeiger zurück. Ich legte den Telefonhörer, der neben der Gabel lag, wieder richtig auf. Ich trank eine riesige Menge Wasser.

Wo blieb mein Liebster so lange? Unter der kalten Dusche versuchte ich, den Schwindel loszuwerden und mich zu erinnern, was letzte Nacht gewesen war, aber ich konnte immer nur Fetzen greifen.

Ich hatte die Rosen in einen Kochtopf gestellt, weil ich keine Vase hatte, die groß genug war für den Strauß. Er hatte den Champagner geöffnet, die Wassergläser gefüllt, ich hatte keine anderen. Wir hatten angestoßen und „Auf unsere Reise“ getrunken. Ich erinnerte mich an den herben, nussigen Geschmack des Champagners. Ich konnte mich auch noch daran erinnern, dass er mich in die Arme genommen hatte. Und dann? Was war dann geschehen? Das Bett roch nach Schweiß und Sex.

Ich verschlief noch mal einige Stunden. Am späten Nachmittag rief eine Studienfreundin an.

„Wo warst du heute morgen?“

„Wieso heute morgen?“ Auch das Sprechen fiel mir schwer.

„Mensch, was ist los?“ Sie klang alarmiert. „Du hast die Zwischenprüfung verpasst.“

Dann war also doch schon Freitag, der 15. Juli.

Gegen Abend ging ich zu seinem Zimmer. Er wohnte etwas außerhalb, in Marbach, in einer netten kleinen Souterrainwohnung. Ich klingelte und klingelte, klopfte an die Tür, gegen die geschlossenen Rolläden. Niemand öffnete.

Ich wusste so wenig von ihm. Aus welcher Stadt kam er, wo wohnten seine Eltern? Er hatte so einen Allerweltsnamen, wie sollte ich das je herausfinden? Ich ging zur Universitätsklinik, keiner konnte oder wollte mir Auskunft geben.

Ich verstand das alles nicht. Ich machte mir Sorgen, dann suchte ich den Fehler bei mir. Was hatte ich falsch gemacht? War ich zu offensiv gewesen, zu gönnerhaft, zu besitzergreifend? Hatte mein Angebot ihm Angst gemacht? Fürchtete er Verantwortung, zu viel Nähe, Verpflichtungen?

Und dann erst dachte ich an mein Sparbuch.

Ich rannte nach Hause, zog die Schublade an meinem Schreibtisch auf - und da war es nicht. Wo hatte ich es hingetan, vorgestern Abend. Ich suchte hinter meinen Büchern, dort versteckte ich meine kleinen Barschaften, wenn ich verreiste. Nichts.

Abends saß ich in einem Chaos von Büchern, Schnellheftern, Kissen, Kleiderhaufen und auseinander genommenen Möbeln. Nichts, das Sparbuch blieb verschwunden.

Dennoch war ich guter Dinge, als ich am nächsten Tag zur Sparkasse ging. Dort würde sich die Sache aufklären. Sie klärte sich auf. Jemand hatte mit meiner Vollmacht und meinem Ausweis das Geld abgehoben, bis auf fünf Mark. Damit das Konto nicht gelöscht werden musste.

Ich brach mein Studium ab, jeden Kontakt mit meinen Kommilitonen und Freunden und zog in eine andere Stadt. Verzweifelt versuchte ich immer wieder zu rekonstruieren, was in jener Nacht geschehen war. Hatte ich ihm das Sparbuch gegeben und diese Vollmacht? War ich so dumm und vertrauensvoll verliebt gewesen? Hatte er Zwang ausgeübt oder war ich so sinnlos betrunken gewesen? Ich erinnerte mich nur an eine Flasche, aber in meiner Küche hatten drei Flaschen gestanden und nur ein einziges Glas. Gespült.

Später las ich es zufällig in einer Zeitschrift. Er hatte sich in den USA zu einem Spezialisten ausbilden lassen, war durch ein paar Patente reich und bekannt geworden. Wie sollte ich je beweisen, dass er sich mit meinem Geld davongemacht und seine Karriere finanziert hatte. Ich, eine Frau mit einem zweifelhaften Beruf, er, ein angesehener Arzt, eine Kapazität, ein ehrenwertes Mitglied der Gesellschaft.

„Gehen wir spazieren", schlug er nach dem Essen vor. Wir schlenderten durch die Gassen, vorbei an den alten Backstein- und Fachwerkhäusern mit ihren grünen Fensterläden und den Blumenkästen mit rotblühenden Geranien. An einem der alten Wehrtürme in der Stadtmauer blieben wir stehen. Ich las die Inschrift auf der kleinen Tafel. „Früher haben sie das richtig gemacht", sagte ich. „Pech und Schwefel, kochendes Wasser und brennende Holzscheite auf die Feinde der Stadt."

Was aber, dachte ich, wenn der Feind schon innerhalb der Mauern ist, als Freund getarnt oder als Geliebter?

„Lieben Sie es ein wenig grausam?" fragte er mit anzüglichem Unterton.

„Kommt drauf an", erwiderte ich.

„Worauf?"

„Auf den Partner", sagte ich.

Er lachte. Wir waren wieder am Hotel. Nun musste ich handeln. Ich trat ganz nah an ihn heran und biss ihn leicht ins Ohrläppchen.

„Lassen Sie uns zum Rheinufer gehen," sagte ich, „mit einer Flasche Champagner." Ich reichte ihm meine Kreditkarte. „ Nehmen Sie den besten."

Es war sicher diese ungewöhnliche Geste, die ihn überrumpelte und neugierig machte. Mit einer Flasche Champagner in einem Eiskübel und zwei Sektgläsern kam er aus dem Hotel zurück.

Am Rheinufer legten wir uns unter einer Weide ins Gras. Er öffnete die Flasche und füllte die Gläser.

„Romantisch," sagte er.

„Alle Frauen lieben ein wenig Romantik."

„Auch Frauen wie Sie?" fragte er.

„Auch Frauen wie ich."

Er war nicht abgeneigt, ganz und gar nicht. Und ich war gut vorbereitet. Nun glitt seine Hand über meinen nackten Rücken.

„Gute Muskulatur", sagte er.

„Nicht nur da," sagte ich und warf ihm einen entsprechenden Blick zu, den er erwiderte.

„Fünfhundert Euro", sagte ich.

Ich sah die Verachtung, aber auch die Lüsternheit in seinem Blick, als er zustimmend nickte.

Sex war in meinem Job die Ausnahme. Wir konnten

das selbst entscheiden. Die meisten unserer Klienten wollten sich mit Geld die unkomplizierte Gesellschaft einer Frau kaufen.

„Oje“, sagte ich, „ich habe gerade einen Ohrring verloren.“

Er hielt mir sein Glas hin. „Ich finde ihn“, meinte er. „Ich habe gute Augen.“

Jahrelang schämte ich mich für das, was mir passiert war. Ausgeraubt werden, getäuscht werden, das war nicht so schlimm wie eine Vergewaltigung, aber hinterließ eine ähnlich lähmende Hilflosigkeit und Wut und das Bedürfnis, eine Festung um meine Seele zu bauen, wehrhaft wie die mittelalterliche Stadtmauer in Zons.

Rosa war die einzige, mit der ich mich anfreundete. Rosa, meine Kollegin. Sie arbeitete schon lange in der Agentur. Die schöne, kluge, verstörte Rosa, die vergewaltigt worden war und mir von der Droge erzählte, die man ihr verabreicht hatte. Rohypnol.

Auch sie hatte Jahre gebraucht, bis sie herausgefunden hatte, was auf jener wilden Party mit ihr geschehen war. Sie hatte sich damit abgefunden, dass sie niemals wieder genug Vertrauen zu einem Mann haben würde.

Rosa half mir, als professionelle Begleiterin zurecht zu kommen. In jeder Situation. In unserem Job musste man auf alles gefasst sein, immer und überall. Diese Lektion hatten wir beide gelernt.

Es war nicht schwer für sie, ein paar Pillen Rohypnol zu beschaffen. Seither hatte ich sie immer dabei, in meiner großen Handtasche, wie die Gaspistole, die Handschellen und den kleinen Stab für die kleinen, aber wirksamen Elektroschocks.

Wie oft hatte ich geübt, die Pille schnell in einen Drink zu mischen, umzurühren und das Glas weiter zu reichen.

Er reichte mir den Ohrring und nahm sein Glas.

„Auf die Romantik“, sagte ich.

„Auf die Romantik“, erwiderte er und trank. Er hatte

den gleichen Blick wie damals, als er mir die gemeinsame Reise versprochen hatte. Seinen Lügenblick. Was würde er mir dieses Mal antun wollen? Ich spürte den herrischen Griff seiner Hand um meine Schulter.

Auf diesen Augenblick, dachte ich, habe ich gewartet. Seit zwölf Jahren. Ich spürte eine tiefe Befriedigung. Es war still in den Gassen von Zons, als wir zum Hotel zurückgingen. Nur vereinzelt hörte man Stimmen, Schritte und das Lachen der letzten Zecher.

Er schwankte leicht an meinem Arm.

„Gleich sind wir da“ sagte ich. „ Schatz.“

Im Torbogen des Rheinturms drängte ich ihn gegen die Mauer. Er wollte mich küssen, aber ich drehte mein Gesicht weg.

„Zieh dich aus“, flüsterte ich ihm ins Ohr.

„ Was, jetzt gleich?“

Er kicherte und fing unbeholfen an, sich auszuziehen. Ich half ihm, während eine Katze mit neugierigen grünen Augen zuschaute.

„Brav“, flüsterte ich, „ganz brav“, und half ihm aus den seidenen Boxershorts.

Einen Moment stand er da in stolzer, erregter Nacktheit. Er griff nach meinen Haaren und zog mich zu sich heran, so fest, dass ich fürchtete, er könnte mir die Perücke vom Kopf reißen.

„Diese Nacht wirst du nie vergessen, Süße“, lallte er.

„Das verspreche ich dir.“

Ich stieß ihn gegen das Gittertor.

„He, was machst du mit mir?“ Er blinzelte irritiert.

„Wird dir Spaß machen“, sagte ich und ließ die Handschellen um sein Handgelenk und am Gittertor einschnappen. „Rolf. Dr. Rolf Möller“, zischte ich ihm ins Ohr.

Er blinzelte, er war schon ziemlich weggetreten. Ich nahm seine Kleidung unter den Arm, blickte mich noch einmal um und ging gemächlich durch den Torbogen, am Hotel vorbei, zum Parkplatz. Ich stieg in meinen Wagen, öffnete das Schiebedach und fuhr zurück nach Köln. Zuhause schenkte ich mir ein großes Bier ein.

Ich konnte natürlich nicht dabei sein, wenn er gefunden würde, am nächsten Tag. Aber ich konnte in der Vorstellung schwelgen.

Ich hatte eine schöne Serie von Fotos gemacht mit meiner digitalen Kamera, die ihn deutlich zeigten, splitterfasernackt, angekettet, mit verdrehten Augen und einem dämlichen Grinsen. Man würde ein paar Briefchen Koks finden und einen Mann ohne Gedächtnis. Ich mailte die Fotos einem Reporter vom Express und einem von der Bildzeitung. Ein hübscher kleiner Skandal um Sex und Drogen für die Saure-Gurken-Zeit.

Morgen würde ich ein paar Abzüge der Fotos an seine Frau schicken, an seine Eltern, an die Klinikverwaltung und vielleicht noch an den einen oder anderen aus der Adressenliste seines Handys.

Zons

Kaum ein Ort wurde von der Geschichte so gebeutelt wie dieser kleine Ort. Schon im 1. bis 3. Jahrhundert siedelten hier die Römer, was Funde von Urnengräbern und Villenresten belegen. Im 7. Jahrhundert war hier eine fränkische Siedlung, aus dieser Zeit stammen Grabbeilagen, die im Burgbereich gefunden wurden. Im 11. und 12. Jahrhundert entstanden Kirche und Friedhofsanlage im Burghof. Die Burg wurde 1289 in der Schlacht bei Worringen zerstört. 1372 wurde Zons zur Stadt erhoben und der Rheinzoll wurde von Neuss nach Zons verlegt. Während des Neusser Krieges 1475 weilte Kaiser Friedrich III. in Zons. Der große Stadtbrand 1620 zerstörte fast alle Häuser und drei Jahre später wurde die Stadt von der Pest heimgesucht, der über 600 Bürger zum Opfer fielen. 1642 im Dreißigjährigen Krieg hielt sich Jan van Werth im Heerlager bei Zons auf und am 28. September 1646 wurde die Stadt von den Hessen mit 671 Kanonenkugeln beschossen. 1784 kam es zu einer verheerenden Hochwasserkatastrophe und 10 Jahre später marschierten die Franzosen ein. 15 Jahre lang waren auch die Zonser französische Staatsbürger. 1802 endete die Herrschaft des Kölner Domkapitels über die Stadt, Burg und Zollhaus wurden verkauft. 1975 wurde Zoms zu Dormagen eingemeindet, 601 Jahre nach der Ernennung zur „Feste Zons" (später Stadt Zons).

Empfehlenswert ist ein Rundgang durch die Befestigungsanlage mit ihren vier Wehrtürmen, die Burg und Stadt einschließt.

Interessant sind das Heimatmuseum in der Turmstraße und das Kreismuseum Zons in der Schlossstraße, wo sich auch das Internationale Mundartarchiv „Ludwig Soumagne" befindet.

Wissenswerte Informationen gibt es unter www.zons.de

Treffpunkt Narrenmühle

Na, klar. Klar war das. Immer auf die Kleinen. Haut se, haut se, haut se auf die Schnauze! Aber hier ging es nicht um einen sportlichen Wettkampf. Wütend drückte Michael die Nachrichten weg. Unter die Gürtellinie trafen die, immer wieder. Das Arbeitslosengeld auf achtzehn Monate. So was konnten auch nur Leute planen, denen die Arbeitslosigkeit nicht mal in ihren Albträumen begegnete. Die Unkündbaren, so würde er sie ab jetzt nennen. Ein Schimpfwort war das ab sofort für ihn, jawohl!

Er ließ sich auf den Küchenstuhl am Fenster plumpsen und starrte auf die Straße. Die führte nach Süchteln, dahin wo seine Frau mit dem Kind entschwunden war, nachdem er seinen Job verloren hatte. Jetzt hatte sie einen Macker mit Arbeit, das war heutzutage die Hauptsache.

Liebe, ha, ha, wer kann sich davon schon was kaufen. Liebe ohne Kraft kann nichts ausrichten ... Wer war das noch? Ach, ja *de Maeztu y* ich weiß nicht mehr ... *Windmühlen für Riesen zu halten, ist nicht nur eine Halluzination, sondern eine Sünde ...* Verdammt noch mal, er hatte diesen Gedanken doch selbst für richtig gehalten, warum hatte er ihn nicht beherzigt? In dem Punkt hatte er seiner Ex recht geben müssen. „Du liest zu viel, mach' was!" hatte sie zum Schluss nur noch gemeckert und gar nicht mehr hingehört, wenn er ihr was vorlas, um darüber zu quatschen. Dabei hätte der *Maeztu* ihr ja den Rücken gestärkt.

Michael rieb sich die Nasenspitze. Er musste sich was überlegen. Bald würde er sich die Wohnung nicht mehr leisten können. Die Abfindung von Draftex war inzwischen aufgebraucht. Anderthalb Jahre Umschulung. Er hatte als Bester seines Kurses abgeschlossen. 80 Bewerbungsschreiben und letzten Montag schon wieder eine Absage. Nach Duisburg, Arhus, Köln und wer weiß wohin hatte er seine Briefe geschickt, nichts und wieder nichts. Manchmal wusste er gar nicht, wie er das schaffte mit den zweihundert Eiern im Monat, die ihm nach Abzug sämtlicher Fixkosten zum Leben blieben. Auf jeden Fall legte er immer was zur Seite für die Ausflüge mit seinem Sohn. Das zweite und vierte Wochenende im Monat. Morgen wäre es mal wieder soweit. Diesmal leider erst Sonntag, wegen der Feiertage.

„Nein, drei Tage! Das ist mir zu lang." Die Stimme seiner Frau hatte den Näselton bekommen, den er schon nicht leiden konnte, als sie noch zusammen waren. Hätte ihm doch auch mal zugestanden. Drei Tage. Bei dem Wetter wollte er auf jeden Fall rausgehen. Schwimmen ging leider nicht. Florian hatte gerade eine Bronchitis hinter sich. Michael runzelte die Stirn. Irgendwie geisterte ihm Don Quijote durchs Hirn. Die Narrenmühle in Dülken, ob das der Hit war für einen Zehnjährigen? Aber er konnte Flo ja von dem traurigen Ritter erzählen, dem Kämpfer gegen die Mühlenflügel. Mit der echten Mühle vor der Nase würde ihn das bestimmt interessieren. Außerdem gab es da ganz originelle Sachen zu sehen, daran konnte er sich noch erinnern, obwohl das schon ewig her war seit seinem letzten Besuch.

Michael stand auf. Die Hitze war kaum auszuhalten, und das vor Pfingsten. Er ging nach hinten und lehnte sich aus dem Schlafzimmerfenster, dessen Flügel weit offen stand. Er müsste sich nach den Öffnungszeiten der Mühle erkundigen. Am besten gleich heute. Aber bei den Temperaturen aufs Rad? Eigentlich hatte er so ein Wetter immer ideal gefunden, heute schien es ihn zu lähmen. Aber alles war besser als Herumhängen und Grübeln. Er würde Nina anrufen, vielleicht hatte die ja Lust mitzukommen.

Die junge Frau, die als letzte in der Schlange vor dem Eiscafé wartete, schrie auf. Die ältere Dame vor ihr drehte sich empört um. „Ja, was ist denn mit Ihnen? Da bekommt man ja einen Schock!“

Aber die Angesprochene hörte sie nicht mehr. Sie war schon losgelaufen, einem Mann entgegen, der, die Arme vor der Brust gekreuzt, durch die Fußgängerzone torkelte. Kurz bevor sie ihn erreichte, brach er zusammen. Die Leute vor dem Eisladen gafften.

Die Frau kniete sich neben den Mann. Dann zog sie ein Handy aus der Tasche.

„Hast du das mitgekriegt?“ Marek haute Hellwig auf den Arm. Der verriss leicht das Steuer des alten Kombis.

„Hast du den Arsch auf oder was?“ Hellwig war knallrot angelaufen und spuckte beim Reden.

„Tut mir leid“, Marek lehnte sich zurück. „Aber hört sich doch an wie eine Ente: Der Möllemann beim Fallschirmspringen abgekratzt!“

„Und? Was geht uns das an? Denkst du vielleicht mal an uns? Ich dreh’ durch und du hörst Nachrichten.“

„Aber hast du doch selbst gewollt!“

„Ja, um mitzukriegen, ob die schon was über uns bringen, du Idiot!“

Marek schwieg beleidigt. Hätte er gewusst, was der Hellwig für ein aufbrausender Typ war, hätte er sich nie auf die Geschichte eingelassen. Dabei hatte es sich so gut angehört, Schmiere stehen bei einer völlig sicheren Sache. War ja auch nichts passiert, zumindest nicht, soweit er es beurteilen konnte. Aber er war ja leicht beschränkt, das fand zumindest Hellwig.

„Mensch mach’ das Gejaule aus! Ich muss mich konzentrieren.“

Marek stellte das Autoradio aus. Er mochte die Songs von Madonna. Hellwig, der hörte fast nie Musik. Komischer Typ. Hätte ihm eigentlich direkt auffallen müssen.

„Was war denn im Laden?“ fragte er schließlich.

„Nichts“, antwortete Hellwig unwirsch, „auf jeden Fall nichts, was dich etwas anginge.“

Das waren so Sätze, wie Marek sie hasste. Er wusste

jetzt genau, dass etwas Unvorhergesehenes passiert war, und Hellwig würde ihm nicht sagen was. Marek betrachtete seinen Kumpel von der Seite. Der wischte sich gerade mit einer ungeduldigen Bewegung den Schweiß von der Stirn. Dann spürte er Mareks Blick.

„Glotz nicht so!“, fauchte er ihn an. Das Auto fuhr eine Schlangenlinie. Marek biss sich auf die Lippen. Er würde kein Wort mehr von sich geben, er hatte schließlich keine Lust, mit dem Irren im Straßengraben zu landen. Er fragte sich nur, wo Hellwig hinwollte. Ursprünglich hatte er was gefaselt von gleich bei Bockert raus und ab nach Holland. Soweit Marek das beurteilen konnte, knatterten sie jetzt aber Richtung Anrath.

Ziemlich verunsichert versuchte er, einen unauffälligen Blick auf seinen Kumpel zu werfen. Der trat im selben Moment auf die Bremse und wendete mitten auf der Straße. Marek klammerte sich an den Griff der Beifahrertür. Das grelle Hupen des rasend schnell herangekommenen Rovers verstärkte den Druck auf seinen Magen. Wusste Hellwig überhaupt noch was er tat?

Michael zerrte das Rad aus dem Fahrradständer. Heute schien alles so widerständig. Nina würde vielleicht noch kommen, erst musste sie der Polizei noch ein paar Angaben machen. Er hatte erst gedacht, sie machte einen ihrer üblichen Scherze, aber dann kapierte er, dass es sich um eine ernste Sache handelte. Er hatte ihr angeboten, sie abzuholen. Aber sie hatte abgelehnt, sie würde lieber gleich zur Mühle kommen, sie wusste ja nicht, wie lange sie noch brauchte. Länger als bis zwei sollte er in Dülken nicht auf sie warten. Wäre doch viel schöner gewesen, gleich zusammen hinzuradeln.

Er hatte Nina während der Umschulung kennen gelernt. Sie waren richtige Kumpel geworden, hatten zusammen geübt und so. Aber Nina war immer auf Distanz geblieben. Hatte keinen Bock auf Beziehung, na, ja, er eigentlich auch nicht. Aus seiner ersten Ehe waren eigentlich nur Verpflichtungen geblieben, selbst wenn er seinen Sohn für nichts in der Welt hergeben wollte. Das Materielle wog so scheißschwer, wenn man keinen Job hatte. Nina verzweifelte auch langsam daran. Wenn nicht bald was passierte, konnten sie sich eigentlich nur noch den Strick nehmen. Oder vielleicht sollten sie es mal als Berber versuchen. Michael grinste bei dem Gedanken, dass Nina und er mit einem Einkaufswagen voller Plastiktüten durch die Gegend zogen, so wie die Alte, die ihm den Radweg versperrte, als er auf die Freiheitsstraße einbog. Wollte die was von ihm? Die musterte ihn so streng mit ihren dunklen Augen. Er hatte keine Lust auf irgendein Geplänkel, deshalb wich er der Frau zur Straße hin aus. Die hob entsetzt die Arme, und aus den Augenwinkeln sah Michael den Ford Kombi, der bei Rot über die Kreuzung geprescht sein musste, und bedenklich nah am Straßenrand entlang schlingerte. Michael stemmte sich entsetzt in die Pedalen und fuhr blindlings auf den Radweg zurück, wo er gegen den Einkaufswagen stieß und samt Fahrrad umkippte.

„Vieh", murmelte die Berberin.

„Na, hören Sie mal", meinte Michael, als er sich mühsam aufrappelte, „ich hab' ja wohl die geringste Schuld an dem Zusammenstoß."

„VIE-H", buchstabierte die Alte, „das Nummernschild!"

„Ach so", Michael sah die Freiheitsstraße hoch, aber das Auto war schon verschwunden. „Feiger Hund."

Die Berberin nickte. „Das Kennzeichen sollten Sie sich merken, junger Mann." Sie schob den Einkaufswagen zurecht und schlurfte dann gemächlich Richtung Dülken.

„Das glaubst du nicht!" Nina zog den Helm von ihren dunklen Locken. Das Rad lehnte sie gegen Michaels. „Ups", meinte sie, „ganz nett."

Michael kapierte nicht so schnell. Ninas Gedanken machten oft Hüpfer, die er nicht nachvollziehen konnte. Als er ihren Blick auf die rotgrün gestreifte Mühle gerichtet sah, wusste er was sie meinte.

„Trotzdem. Erst muss ich was loswerden", wandte sie

sich wieder an Michael. „Der Typ, den ich da halb aufgefangen hab', war ein Kunde von dem Juwelenshop auf der Hauptstraße. Der hatte den Überfall mitgekriegt, als er vor der Ladentür stand. Leider konnte er nicht viel machen, der Täter rannte ihn über den Haufen, und sein Herz spielte ihm einen Streich. Erst als der Notarzt ihn wieder fit gemacht hatte, konnte er was von sich geben, und das hat die Polizei dann so beeindruckt, dass ich auch gleich aussagen musste, obwohl ich ja kaum was mitgekriegt hatte. Ich hab' im Prinzip nur den Notarzt für den Zeugen bestellt."

„Was war denn? Kannst du mal der Reihe nach erzählen?"

„Och, nee, komm, lass' uns lieber die Mühle anschauen, die ist doch cool." Sie zog Michael am Ärmel hinter sich her auf den Eingang unter dem Mühlenrad zu.

„Ja, ganz ansehnlich. Von innen kannst du sie leider nur sonntags zwischen 11 und 12 Uhr mittags bestaunen."

„Na, die halten einen ja echt zum Narren." In ihrem Enthusiasmus abgebremst, stoppte Nina.

„Morgen will ich mit Florian reingehen. Du kannst ja mitkommen." Michael sah sie erwartungsvoll an.

Nina spielte am Verschluss ihres Fahrradhelms. „Mal sehen. Ist ja toll, sich hier zu treffen, wenn das Ding gar nicht auf hat."

„Hatte ich doch gesagt . . ."

„Schon gut, schon gut. Komm lass' uns wenigstens mal herumgehen." Ohne Michaels Antwort abzuwarten, marschierte sie über die Wiese auf die andere Seite der Mühle. Sie bewunderte die geschnitzte Holztreppe, die zum Obergeschoss hoch führte. Michael folgte ihr, aber statt zur Treppe ging er plötzlich nach links zur Straße hin. Nina sah ihm erstaunt hinterher und lief ihm dann nach. Michael umkreiste ein Auto, dass am Straßenrand geparkt war.

„Das ist die Kiste von dem feigen Hund", rief er ihr zu.

„Welcher feige Hund?"

„Na, der mich auf der Freiheitsstraße beinahe über den

Haufen gefahren hätte und dann einfach abgehauen ist."

Nina sah ihn erstaunt an. „Na, du scheinst ja inzwischen auch was erlebt zu haben. Komm, wir fahren nach hause, ich erzähl dir dann das mit dem Schmuckdiebstahl."

Michael nickte. Zugleich zog er aber einen Kassenbon aus der Hosentasche und notierte mit einem Bleistiftstummel das KFZ - Zeichen des grauen Kombis.

„Und was soll das jetzt? Willst du ihn anzeigen?"

Michael hob die Schultern. „Weiß noch nicht, aber die Berberin hat gesagt, ich soll mir die Nummer merken."

Nina sah ihn von der Seite her an. „Aha." Sonst war es an ihr, in Rätseln zu sprechen.

„Ja!" betonte Michael und steckte den Zettel zurück in die Hosentasche. „Die hatte so was Wissendes."

Hellwig blieb so abrupt stehen, dass Marek ihm in die Hacken rannte.

„Pass doch auf!" Nicht die Worte, aber der Zischlaut mit dem sie ausgestoßen wurden, sorgte dafür, dass sich Mareks Nackenhaare aufstellten. „Du bist ein Tölpel, weißt du das. Ich hätte die Sache alleine durchziehen sollen, wie immer. Bisher hat man mich noch nicht schnappen können, nicht mal bei dem . . ." Hellwig hielt mitten im Satz inne. „Ist ja auch scheißegal", fuhr er schließlich fort, „nur dass ich jetzt eine Niete am Bein hab', das zählt. Das macht mich echt fertig!" Hellwig brüllte fast. Dann schien er abgelenkt, er warf einen vorsichtigen Blick um die Hausecke.

„Weißt du, wer sich da an unserer Karre zu schaffen macht?" Marek trat neugierig einen Schritt vor, aber Hellwig stieß ihn zurück. „Bleib da, Blödkopp. Das ist der Typ, den wir beinahe umrasiert hätten."

Marek durchlief es heiß und kalt. Wenn der sie jetzt anzeigte.

„Jetzt guck nicht so belämmert, ist doch nichts passiert, mit 'nem bisschen Zeitverschiebung gibt das noch ein astreines Alibi. Das schadet nie, wenn man wo gesehen wurde ...“ den Rest murmelte Hellwig sich in den Bart. Marek verstand nichts, aber das war ihm egal, Hauptsache sein schräger Chef beruhigte sich wieder. Er folgte Hellwig, der jetzt auf dem Gehweg der größeren Straße stehen blieb. Sie beobachteten, wie die Frau den Helm unter dem Kinn befestigte. Als sie fertig war, stiegen sie und ihr Begleiter aufs Rad und radelten gemächlich die Rheindahlener Straße hoch. Die kannten sich hier aus, die nahmen auch den kürzeren Weg nach Viersen.

„Jetzt komm', Idiot, wir müssen noch sehen, wohin mit dem Zeug. Das Blaulicht auf der Krefelder hat mir voll und ganz gereicht. Ich schlepp' das keinesfalls bis morgen mit mir rum.“

Marek schwieg. Wenn er was sagte, wäre es doch falsch. Sollte Hellwig machen, was er wollte. Freundlich winkte er der Stadtstreicherin zu, die es sich auf einem der Mühlsteine direkt neben dem Mühlentor bequem gemacht hatte. Sie streckte die Beine aus und blinzelte in die Sonne. Als Hellwigs Blick auf sie fiel, rastete er beinahe aus. „Was macht denn die Alte da? Gibt es hier keinen Wächter oder so was? Dass die solche Elemente dulden!“ schnaubte er.

Marek sah ihn erstaunt an. „Wieso? Guck' doch mal: N-a-r-r-e-n-m-ü-h-l-e“, buchstabierte er. „Eine alte Frau in schwarzweißem Pelzmantel - bei der Hitze. Das ist doch närrisch. Vielleicht gehört die ja hier hin.“

„Wann sind wir da?“ Florians Gesicht unter dem blauen Fahrradhelm war ganz rot. Michael legte eine Hand auf den Rücken seines Sohnes und schob ihn ein Stück.

„Lass' das Papa! Ich schaff' das schon! Ich wollte doch nur wissen, wann wir da sind!“

Michael lachte. Tatsächlich reichten die zwanzig Minuten, die er für die Fahrt zur Mühle veranschlagt hatte, für einen Zehnjährigen auf einem 26er Rad nicht ganz. Und Florian nahm Zeitangaben ziemlich genau, deshalb hatte er erwartet, nach zwanzig Minuten die Mühle vor der Nase zu haben.

„Noch fünf Minuten“, munterte Nina den Jungen auf, der aber schon wieder eifrig in die Pedalen trat. Michael grübelte, ob Florians freudige Erwartung auch erfüllt werden würde, aber das „cooool“ , dass Flo ausrief, als sie in die Lange Straße einbogen und die Mühle sichtbar wurde, enthob ihn dieser Sorge.

„Die sieht ja voll schön aus, so bunt und frisch gestrichen!“ Florian konnte sein Rad gar nicht schnell genug los werden, um gleich einmal um die Windmühle herumzurennen. Nina überraschte dieser Begeisterungsausbruch dann doch.

„Wahrscheinlich hatte er die abbruchreife Mühle in Holland vor Augen, in der wir mal Ferien gemacht haben, dagegen ist das hier natürlich ein Prachtstück“, meinte Michael. Florian kam schon wieder angeschossen.

„Kommt, da kann man hoch!“

„He, junger Mann!“ rief ein Herr aus dem Mühleneingang. Florian blieb wie angewachsen stehen. „Wenn du da oben gucken willst, da muss ich schon mitkommen, die Tür ist nämlich abgeschlossen.“

Michael und Nina gingen zu dem Mann hinüber. „Guten Tag, wir würden auch gerne mal schauen.“ Mit einer einladenden Geste winkte der Mann sie hinein.

„Aber gern, dann sehen sie sich doch erst mal die Exponate und Kuriositäten an. Hinterher gehen wir dann noch nach oben, in den alten Weisheitssaal.“

Florian hüpfte den Erwachsenen hinterher.

„Das ist jetzt nicht wahr, oder?“ Entgeistert blickte Hellwig auf das Treiben vor der Mühle.

„Du wusstest doch, dass heute von elf bis zwölf Besichtigung ist.“ Marek ging die Dummheit seines Möchtegernchefs auf die Nerven.

„Aber dass gerade die wieder hier sind!“

Marek lehnte sich an die Hauswand. „Hätten wir eben früher kommen müssen. Jetzt geht es erst wieder nach zwölf.“

„Ja, du Klugscheißer. Du könntest deine tollen Ideen

auch mal eher zum Besten geben.“ Hellwig kaute an der Haut seines Mittelfingers und wurde plötzlich blass. „Die auch schon wieder!“

Neugierig lugte Marek um die Mauerecke und sah die alte Berberin, die wie gestern in dem schwarzweißen Fellmantel gekleidet, mit einem Einkaufswagen voller Plastiktüten auf die Mühle zuschob. Fasziniert beobachtete Marek, wie sie sich auf den Mühlstein plumpsen ließ. Genau auf den Mühlstein. Ein gurgelndes Geräusch löste sich von seinen Magenwänden, und wenn er die Hände nicht fest vor die Lippen gepresst hätte, wäre er mit einem unglaublichen Lacher herausgeplatzt.

Plötzlich kam der Junge aus der Mühle gelaufen. Er blieb vor der Berberin stehen, die ihn offensichtlich angesprochen hatte. Er nickte zögernd, dann rannte er um die Mühle und blieb verschwunden. Die Alte stand auf und schlurfte hinüber zum Gehweg an der Straße, wo sie den Einkaufswagen hatte stehen lassen. Sie stützte sich auf den Griff und hielt die Mühle im Blick. Gerade traten die Erwachsenen vor die Tür. Der Mann, den sie gestern beinahe umgefahren hatten, winkte der Alten zu, als sei sie eine alte Bekannte. Dann ging er mit der Frau und dem Typen von der Mühle um das Gebäude herum.

Marek warf einen Blick auf Hellwig, der vor Wut zitterte. Offensichtlich hatte er nicht vor, unter den Augen der merkwürdigen Frau am Mühlstein herumzufummeln.

Da kam schon wieder der Junge an und ... Marek hielt die Luft an. Das Kind marschierte schnurstracks auf den Mühlstein zu, legte sich bäuchlings drauf und schob den Arm so tief unter den Stein, dass er mit Kopf und Schulter den Boden berührte. Schließlich erhob er sich mit einem Jutebeutel in der Hand.

Hellwig brüllte wie ein Tier und raste auf den Jungen zu. Er schleuderte ihn auf die Wiese und zerrte an dem Stoffsack. Der Junge stieß spitze, schrille Schreie aus, als der Mühlenbesucher, offensichtlich der Vater des Kindes, um das Haus gerannt kam und sich mit einem gewaltigen Sprung auf Hellwig stürzte. Der kam aus dem Gleichgewicht und fiel rücklings zu Boden. Als der Mann sich mit seinem ganzen Gesicht auf Hellwigs Brustkorb fallen ließ, zog Marek sich langsam zurück.

Als Hellwig die Luft knapp wurde, ließ er den Jutebeutel endlich los. Florian, der noch immer am anderen Ende hing, fiel auf den Hintern. Der Inhalt des Beutels regnete auf ihn herab. Um ihn herum blitzte und blinkerte es, in seinem Haar glänzte der Edelstein eines besonders schönen Ringes.

Nina riss den Mund auf, dann hatte sie auch schon wieder ihr Mobiltelefon am Ohr. Sie redete wie ein Wasserfall auf den Hörer ein und schnitt ungeduldige Grimassen, als man sie offensichtlich nicht verstehen wollte.

„Ja, doch!" brüllte sie schließlich, „das muss mit dem Überfall auf der Hauptstraße zu tun haben!" Aufatmend steckte sie das Handy wieder ein. „Die Polizei kommt sofort", sagte sie und schaute triumphierend auf Hellwig hinunter.

„Ihr könnt den Schmuck behalten, lasst mich gehen", japste der.

„Nichts da!" Die erhobene Stimme der Berberin ließ alle herumfahren. Sie zog gerade ein paar Handschellen aus einer der Plastiktüten. Damit schlurfte sie heran und übergab sie dem Herrn von der Mühle.

„Bitte legen Sie die dem Mann an, sicher ist sicher."

Michael ließ Hellwig gerade soweit Bewegungsfreiheit, dass ihm die Hände auf den Rücken gelegt werden konnten. Als das Schloss der Handschellen eingerastete war, nickte die Frau im schwarzweißen Fell zufrieden und ging zurück zu ihrem Einkaufswagen. Florian sortierte andächtig die Schmuckstücke in den Beutel, Nina und Michael bewachten Hellwig und der Herr von der Mühle schloss die Eingangstür ab, denn die Kirchenglocken läuteten zwölf Uhr.

„Ich geh' aber lieber in den Imbiss", maulte Florian.

„Aber du hast doch Pommes", versuchte Michael ihn zu beschwichtigen. „So eine Sache muss doch angemessen gefeiert werden." Er sah Nina an. „Oder?"

Nina ließ sich gerade genüsslich das frische Gemüse der Saison mit Sauce Hollandaise auf der Zunge zergehen. Sie sah richtig peppig aus in der modisch geschnittenen Baumwollhose und dem dazu passenden Top. Sie nickte zustimmend.

„Jede Gelegenheit braucht ihren passenden Rahmen. Schau' dich doch mal um. Die schön gedeckten Tische, die gepflegte Rasenfläche im Garten, da kann mal innerlich und äußerlich mal ausruhen. So tun, als hätte man keine Sorgen."

„Aber da ist kein Spielplatz!" Florian wies mit der Gabel durch die Fenster, die zur Terrasse hin lagen. Plötzlich machte er runde Augen. „Guckt mal, wer da steht!"

Michael verschluckte sich beinahe an seinem Boeuf Stroganoff, als er die wohlbekannte Gestalt im Fellmantel entdeckte. Gerade sah er den Geschäftsführer mit energischen Schritten auf sie zugehen. Michael sprang auf und lief im Slalom durch die Tische hinaus in den Garten, Nina und Florian waren beinahe so schnell wie er.

„Wir kennen die Dame, wir werden uns um sie kümmern."

Der Geschäftsführer zog die Augenbrauen zusammen, aber dann ließ er von der Berberin ab und ging zurück ins Restaurant. Michael wandte sich der Frau zu.

„Warum sind sie denn einfach verschwunden? Wissen Sie, dass der Juwelendieb ein lang gesuchter Totschläger war? Bei einem Überfall in Krefeld hat er vor Jahren den Besitzer eines Uhrenladens erstochen. Jetzt hatte man endlich Fingerabdrücke zum Vergleich. Die Belohnung, die damals ausgesetzt wurde, ist ziemlich hoch. Die teilen wir natürlich!"

Die alte Frau schüttelte den Kopf. „Geld brauche ich nicht, junger Mann. Das habe ich lange hinter mir. Gerechtigkeit ist das, was ich noch erleben möchte. Die ist zumindest in diesem Fall hergestellt. Auch wenn sie mir meinen Klockebaas nicht wiedergibt. Ich wünsch' Ihnen Glück, vielleicht trifft man sich ja wieder." Sie verzog den

Mund zu einem schiefen Lächeln. „Wer weiß, was es noch zu tun gibt, nicht wahr?“

Mit diesen Worten drehte sie ihren Metallwagen auf dem knirschenden Kies und ließ die drei einfach stehen. Sie schauten ihr nach, bis sie um die Hausecke verschwunden war.

Viersen

Diese junge Kreisstadt am linken Niederrhein hat rund 77.000 Einwohner und liegt im Naturpark Schwalm-Nette mit seinen zahlreichen Wasserläufen und Wasserrinnen. Auch die ausgedehnten Wälder an der deutsch-niederländischen Grenze entlang laden zu Wanderungen und Spaziergängen ein und bieten vielfältige Erholungsmöglichkeiten in der naturnahen Kulturlandschaft.

Für interessante Radtouren auf dem flachen Land sind die Alleen und Wirtschaftswege besonders geeignet. Es werden Mehrtages-Pauschalangebote und spezielle Gepäcktransporte von Hotel zu Hotel offeriert.

Lohnenswert für Familien mit Kindern ist ein Besuch im Niederrheinischen Freilichtmuseum in Grefrath mit seinem Spielzeugmuseum. Außerdem befindet sich hier ein origineller „Tante-Emma-Laden" und in der Dorenburg gibt es wechselnde Ausstellungen.

Interessant sind Ausflüge zur Narrenmühle mit Narrenmuseum in Viersen-Dülken, zum Kramer-Museum in Kempen und zum Museum „Die Scheune" in Alt Kämpken in Nettetal-Hinsbeck, das Exponate aus der Entwicklungsgeschichte der Textilmanufaktur zeigt.

In Neersen finden in den Sommermonaten die Schlossfestspiele statt.

Weitere Informationen, die für Touristen interessant sind, gibt es unter www.WFG-kreis-viersen.de

Übrigens: Der Niederrhein bietet mit über 2000 km die längste ausgeschilderte Radroute Deutschlands. In mehreren Gemeinden sind Fahrradverleihstationen vorhanden.

Kleiner Grenzverkehr

oder
Stoßgebet zum Gott der Diebe

Im Krankenhaus in Venlo hatten sie mir gesagt, dass man nichts tun kann als abwarten, beten und hoffen. Ich solle mir keine Sorgen machen, im künstlichen Koma ginge es ihm den Umständen entsprechend gut, und bei seinen Werten sei es durchaus wahrscheinlich, dass man rechtzeitig einen Spender finden würde, hieß es. Das klang wie Hohn in meinen Ohren, liebend gerne hätte ich meinem Vater nach seinem Unfall eine meiner Nieren geschenkt, aber, das geht ja nicht. Denn er ist nicht mein biologischer Erzeuger, und meine Werte scheinen ungefähr so exotisch wie meine Geschichte. Was blieb mir also übrig, als auf ein Wunder zu hoffen wie das, dem ich mein Leben verdanke? Nun, ich konnte versuchen, dem nachzuhelfen . . . also beschloss ich, mich aufzumachen auf meine ganz persönliche Pilgerfahrt zu Ehren des Gottes der Diebe.

Entschuldigen Sie, wenn ich Sie jetzt mit all dem überfalle, und dann auch noch vergesse, mich vorzustellen. Also, mein Name ist Hermes Eugene. Das jedenfalls steht in all den Papieren, die mich zum Adoptivsohn meines Vaters machen. Er ist ein wahrer Künstler, obwohl er das höchstens für seine Diebeswerke und vielleicht noch für einige seiner Arbeiten auf Papier und Leinwand gelten lassen würde. Gefälschte Papiere hatten ihn seine erste Familie gekostet, war doch seine Frau mit den beiden Mädchen auf Nimmerwiedersehen verschwunden, als man ihn wegen eben solcher Papiere verhaftete und einsperrte. Das mit mir, sagt er immer, das war was anderes. Das war sowas wie Notwehr, glaub ich, und genauso seh ich meinen Besuch bei Ihnen jetzt auch.

Mein Vater ist sehr konsequent. Nach seiner Haftentlassung zog er von Deutschland ins holländische Arcen, änderte seinen Namen, sein Leben, einfach alles. Aber er ist auch gut darin, die Entscheidungen anderer zu respektieren. Ich bin mir sicher, er wird verstehen, warum ich das hier jetzt mache, es machen muss.

Jedenfalls, ich brach nicht einfach von Venlo aus zu meiner Pilgerfahrt nach Straelen auf. Nein, zuerst fuhr ich nach Hause. Ich brauchte ja das Werkzeug und auch ein paar andere Sachen.

Die Papiere, die hatten eher was von einem Talisman. Kein Mensch kontrolliert einen achtzehnjährigen Schüler, der die Fossa Eugenia entlang radelt, schon gar nicht in den Osterferien. Aber eine Pilgerfahrt, selbst eine so persönliche, sollte gewissen Regeln folgen, finde ich. Und schließlich verdanke ich einen Teil meines Namens diesem Weg, den so viele Niederrheiner wie Niederländer für ihre Sonntagsausflüge nutzen.

Ich gebe zu, ich war aufgeregt, ausgerechnet diesen Weg nach Straelen zu nehmen. Sicher, ich war schon oft hier unterwegs, aber nie mit diesem Ziel und nie allein. Selten am Tag, meist abends oder gleich in der Nacht. Für meinen Vater – und auch für mich, jedenfalls, wenn ich am nächsten Tag keine Schule habe – ist dieser Radweg entlang des gescheiterten, barocken Kanalprojekts gleichen Namens so etwas wie der Weg zur Arbeit.

Ja, auch bei Dieben und Einbrechern gibt es so etwas wie Routine, wie Alltag. Mein Vater muss immer lachen, wenn im Fernsehkrimi mal wieder ein behäbiger Kommissar gewichtig erklärt, dass alle Verbrecher an den Ort ihrer Taten zurückkehren. Weil, für meinen Vater ist das vollkommen logisch. Nicht nur, dass man sich ein Objekt natürlich zuerst mal gründlich anschauen muss – am Niederrhein gibt es schließlich neben den Häusern reicher Bauern und Gartenbaumeistern noch die Domizile der nicht weniger wohlhabenden Großstadtflüchtlinge. Nein, wenn man es richtig anstellt, eben so wie mein Vater, dann ist ein Objekt eine Kuh, die man mehrfach melken kann, und nicht einfach ein Stück Schlachtvieh - ex und hopp, das gibt es bei ihm nicht. Er ist halt ein Künstler: Beim ersten Bruch schaut er sich um und nimmt nur mit, was nicht so schnell vermisst wird und leicht loszuschlagen ist. Was am Rest interessant sein könnte - antike Möbel, schwere Teppiche, Gemälde, auch Pelze und dergleichen - hält er in Skizzen fest, per Hand. Mein Vater ist durch und durch Handwerker, und er ist stolz darauf, dass ich sein Talent zwar nicht über die Gene bekommen haben kann, es aber dennoch inzwischen teile.

Genau wie er spreche ich akzentfrei Deutsch und Niederländisch, genau wie er brauche ich nur Minuten, um einen Gegenstand aufs Papier zu bannen. Wenn ich nächsten Monat mein Abi in der Tasche habe und er wieder zu Hause ist, werde ich die Kunst des unsichtbaren Schlösserknackens auch noch von ihm lernen. Und all das andere auch.

Sie fragen sich jetzt vielleicht, was soll das mit den Skizzen, dem Wiederkommen, was hat all das mit Straelen und mit mir zu tun. Seien Sie nicht so ungeduldig. Das hier ist schließlich ein Pilgerfahrt, und wir haben die ganze Nacht Zeit.

Die Skizzen also. Wie das leichtbewegliche Diebesgut, das man locker auf einem Fahrrad, eventuell noch mit einem kleinen Anhänger, transportieren kann, landen sie auf den Antik- und Flohmärkten in meiner holländischen Heimat. Zwischen den anderen Bildern meines Vaters, Landschaften und so, fallen diese Interieurs kaum auf. Aber inzwischen gibt es genügend Menschen, die wissen, dass die Skizzen viel mehr als nur kleine, flüchtige Kunstwerke, mehr auch als Vorstufen eines Gemäldes sind. Die Kenner schauen sich die Möbel, Teppiche und anderen Gegenstände darauf an. Wenn ihnen etwas gefällt, bestellen sie ganz offiziell ‚ein richtiges Bild'. Mein Vater erklärt ihnen dann, wie lang er ungefähr brauchen wird, um das ‚Werk' fertigzustellen und bekommt entsprechend des zu erwartenden Aufwandes eine ordentliche Anzahlung. Tja, und dann heißt es abwarten, bis das Objekt, um das es geht, mal wieder verlassen ist, weil die Besitzer auf einer Familienfeier oder im Urlaub oder sonstwo sind. Und da die meisten Menschen, deren Häuser mein Vater nachts besucht, vom ersten Bruch gar nichts mitbekommen, weil da nichts verschwindet außer etwas Bargeld oder dem Familienschmuck, der eh nur unten in der Schatulle vor sich hingammelt, ist der zweite Bruch meist ein Spaziergang. Wir gehen rein, wir tragen die Bestellungen raus, und fertig. So leicht geht das.

Nur an einen Ort ist er nie wieder zurückgekehrt, nämlich in Ihr Haus. Und auch zu anderen Objekten hier in Straelen hat er mich nie mitgenommen. Ich glaube, manchmal ist er ein bißchen abergläubisch, anders kann ich mir das nicht erklären. Ich meine, Ihre kleine Stadt hier, die ist niedlich, aber doch kein Stück bedrohlich, oder? Alles ist so klein, und in der Wirklichkeit noch viel kleiner - gut, auch schöner, das gebe ich ja zu - als etwa auf den Seiten im Internet. Ich hab mich natürlich informiert, bevor ich aufgebrochen bin, ich bin ja nicht blöd. Und ich dachte, die grüne Couch vor dem Rathaus, das wäre 'ne Fotomontage. So 'ne große Hecke kann's ja gar nicht geben, sagte ich mir - dass das Ding zwar überlebensgroß, das Rathaus dahinter jedoch eher puppenstadtklein ist, sah man auf den digitalen Bildern nicht.

Okay, Sie verstehen immer noch nicht, warum ich hier bin. Also, vor vielen Jahren, ich war damals noch ein Kleinkind, ein Baby fast, kam meine Mutter nach Straelen. Nein, mein Vater wusste damals nichts von ihr, er wusste weder, dass es mich gab noch sie. Er lebte sein Leben - halb als Dieb, halb als Maler und obendrein stand er halt mit den Erzeugnissen aus beiden Berufen auf den Flohmärkten. Ihm ging es gut mit seinem Leben, er scherte sich nicht um andere und die nicht um ihn. Vielleicht sind die Niederländer da toleranter als die Deutschen, ich weiß es nicht.

Meine Mutter muss ganz anders gewesen sein. Sie wollte normal sein, normal um jeden Preis. Wann das für sie so wichtig wurde, weiß ich nicht. In ihrer Jugend war sie bestimmt noch nicht so, da hat sie das nicht gekümmert, glaube ich. Ich kann mir nicht vorstellen, dass sie als Junkie viel Zeit auf irgendwelche ‚Normalitätsüberlegungen' verschwendete. Aber dann wurden sie und ihr Freund beim Dealen erwischt. Er ging in den Knast, sie nach Bedburg-Hau, wo man feststellte, dass sie schwanger war.

Wer mein Vater ist, biologisch betrachtet, wollen Sie wissen? Gute Frage. Der Freund meiner Mutter war es nicht, dann wäre meine Haut braun oder wenigstens dunkler, und meine Haare wären nicht blond, wie Ihre oder die meiner Mutter. Auf der Geburtsurkunde steht jedenfalls ‚Vater unbekannt'. Mein Vater – ja, in meinen Augen ist er mein Vater, es spielt keine Rolle, dass er meine Mutter nicht mal kannte – hat alles, was er an Papieren von ihr finden konnte, für mich, nun, sagen wir: zusammengetragen. Er wollte immer in der Lage sein, meine Fragen nach meiner Herkunft so gut wie möglich beantworten zu können. Nur, ganz eindeutig sind diese Dokumente nicht. Sie hatte stets darauf bestanden, dass sie noch nicht schwanger war, als sie in die Klinik kam, sondern dort erst auf meinen Erzeuger stieß.

Wer das war – ein anderer Patient, ein Pfleger, ein Arzt oder sonst wer in Bedburg-Hau – davon stand nichts in den Klinikberichten. Jedenfalls, sie zog die Klinik einer Freiheitsstrafe vor, und letztlich ist es egal, ob sie damit das Kind in ihrem Bauch, also mich, schützen oder nur ihre eigene Haut retten wollte. Meine ersten Monate verbrachte ich dort, in den Rheinischen Kliniken. Sie hat sich Mühe gegeben, eine gute Mutter zu sein, dessen bin ich sicher. Und vor allem wollte sie eines: Gärtnerin werden und ein ganz normales Leben führen.

Den Beruf hat sie in der Klinik kennen- und liebengelernt. Zugleich musste sie aufpassen, es ging ja auch um mich. Die hätten ihr doch ein Kind sicher weggenommen, wenn sie einen Rückfall gehabt hätte. Und so kam sie nach Straelen, denn sie wollte nicht zurück in die Großstadt, das schien zu gefährlich, für sie wie für mich. Leider hat sie viel geweint beim Tagebuchschreiben, so dass ich nicht alles, was mein Vater für mich von ihr aufbewahrt hat, entziffern kann.

Oh, Sie müssen nicht unruhig werden, nur weil Ihnen dämmert, wer meine Mutter war und dass Sie sie kannten. Ich werde Ihnen nichts tun, Ehrenwort. Erste Lektion für Diebe und Einbrecher: Geh niemals bewaffnet zur Arbeit. Das bringt nur Ärger. Tut mir Leid, Sie sind vorhin auf Ihre eigene Angst reingefallen. Was Sie im Rücken gespürt haben, als Sie nachschauten, wer oder was da an der Hintertür Ihrer Küche rumort, und ich plötzlich hinter Ihnen stand, tja, das war nur mein Finger. Jetzt regen Sie sich mal nicht auf. Wenn Sie weiter so an den Fesseln zerren, fallen Sie noch mit dem Stuhl um - übrigens eine wirklich schöne Jugendstilarbeit, sowas zu erkennen hat mir mein Vater schon als Kind beigebracht - und das wollen Sie doch nicht, oder? Ich könnte Sie nicht aufheben, dafür sind Sie zu schwer. Es dürfte eh nicht viel geben, was ich mit Ihnen tun kann, wenn Sie es nicht wollen. Deshalb red ich mir doch den Mund fusselig. Also, wenn Sie versprechen, keine Dummheiten zu machen, nehme ich Ihnen jetzt den Knebel ab. Sie wissen selbst, Ihr Gartenbaubetrieb liegt zu weit ab von allem, und Ihre Frau kommt erst nächste Woche von ihrer Reise zurück. Das haben Sie mir gestern selbst am Telefon gesagt, wissen Sie noch? Halten Sie den Kopf einfach still, ja?

Das ist besser so, meinen Sie? Gut.

Ich habe nie verstanden, warum Sie nach der Sache mit meiner Mutter in diesem Haus geblieben sind. Aber Ihre Tagebücher kenne ich ja auch nicht, nur die meiner Mutter. Wie in der Klinik schrieb sie bis zu ihrem Tod jeden Tag über das, was ihr passierte, was sie dachte, fühlte und sich wünschte.

Wussten Sie zum Beispiel, dass es das Glockenspiel auf dem Straelener Marktplatz war, das sie zum Bleiben bewegte? Sie war mit Fahrrad, Bus und Bahn am Niederrhein unterwegs, auf der Suche nach einer neuen Heimat. Nach Straelen war sie wegen der Blumenmärkte und all der Gärtnereien inklusive der Gartenbauschule gekommen. Nur, wer wollte schon einen Ex-Junkie mit einem Kleinkind haben? Sie saß mit mir am Brunnen mit den beweglichen Figuren, und plötzlich ging das Glockenspiel los. ‚Die Gedanken sind frei' spielte es, und das erschien meiner Mutter wie ein Wink des Schicksals. Mit Hilfe eines Sozialarbeiters fand sie eine kleine Wohnung am Rand der Stadt und einen Teilzeitjob als Putzfrau im Übersetzerkolleg. All die Bücher, all die Menschen, die den ganzen Tag nichts taten, als zu denken und zu schreiben, das beeindruckte sie schwer. Aber dafür, dachte sie, war sie nicht geschaffen. Ihre Träume waren kleiner, bescheidener und dennoch unmöglich, denn was sie für normal hielt, hatte zur Voraussetzung, dass sie ihre Vergangenheit hinter sich ließ. Ein altes Häuschen und ein Job als Gärtnerin, die Chance, Meisterin zu werden und irgendwann einen eigenen Betrieb zu haben, das war alles, was sie wollte. Nur, sobald die Leute sahen, wo sie herkam, wo sie ihre Gartenbaukenntnisse her hatte, lehnten sie sie ab. Bis auf Sie, und selbst Sie waren misstrauisch, ließen Sie erst mal Hilfsarbeiten an den Markttagen verrichten. Dabei kannten Sie sie doch schon, nicht wahr? Und Sie kannten sie sogar sehr gut.

Nein, keine Angst, ich bin kein Erbschleicher. Ich will weder Ihr Geld noch Ihren Betrieb, und wenn es sich verhindern läßt, will ich auch nicht Ihre Frau mit reinziehen, auf deren Namen der Laden hier läuft. Nein, wenn es nach mir geht, dann regeln wir das unter uns.

Wo war ich stehen geblieben? Ach ja, Sie und meine Mutter samt ihren Träumen. Wahrscheinlich sollte ich Ihnen Ihr Engagement für die Gestrauchelten, wie Sie's auf Ihrer Webseite nennen, hoch anrechnen, ebenso wie die Tatsache, dass Sie sich mit meiner Mutter auch über die Ausbildung in der Klinik in Bedburg-Hau hinaus befassten. Nur, warum waren Sie so verdammt misstrauisch? Sie wollte nichts von Ihnen, nur für Sie arbeiten. Das steht ganz klar in ihren Tagebüchern. Und sie war verletzt über Ihre ‚Tests'. Natürlich hat sie das bemerkt, sie war weder blind noch dumm. Immerzu ließen Sie – vermeintliche oder wirkliche? – Wertgegenstände und Geld rumliegen, wenn sie Ihnen z. B. auf dem Wochenmarkt half oder auch zwischendrin Ihr Haus versorgte. Mensch, meine Mutter war kein Dieb, nicht mal als Junkie war sie das gewesen. Sie hatte gedealt, schon vergessen? Und sie wollte nichts als eine zweite Chance.

Trotz Ihres abweisenden Verhaltens und Ihres Mißtrauens setzte meine Mutter all ihre Hoffnung in Sie. Sie wollte Ihnen unbedingt beweisen, dass sie vertrauenswürdig ist und eine gute Gärtnerin obendrein. Wenn sie was anderes gewollt hätte, warum hätte sie mich wohl regelrecht vor Ihnen versteckt? Sie wollte nicht, dass Sie denken, es ginge um Alimente für mich, und sie wollte schon gar nicht Ihre Ehe in Gefahr bringen. Zum einen wusste sie doch, die Firma gehört Ihrer Frau, zum anderen, naja, was immer das zwischen Euch beiden war, wie immer das im Gärtnerlehrgang in Bedburg-Hau zwischen Euch lief, die große Liebe war es kaum.

Eigentlich hatte meine Mutter gründlich die Nase von der Liebe voll. Die hatte sie mit ihrem Ex doch erst in die Scheiße geritten – Entschuldigung: mit dem Gesetz in Konflikt und dann in die Rheinischen Kliniken gebracht. Sie konnte doch nichts dafür, dass der Typ irgendwann wieder bei ihr vor der Tür stand. Eigenhändig warf sie ihn raus. Sie überlegte sogar noch, die Polizei zu rufen. Aber sie hatte Angst, was dann die Nachbarn denken würden, und noch mehr Angst, dass Sie Ihr Angebot, sie nach dem Winter so richtig als Gärtnerin einzustellen, zurückziehen könnten. Doch leider verschwand der Typ nicht einfach. Wieder und wieder tauchte er auf, er wollte Geld von ihr, Unterschlupf, Hilfe, was auch immer. Es muss ein ziemliches Hin und Her gewesen sein, und meine Mutter wurde immer verzweifelter. Sie wusste nicht, wie sie ihn loswerden sollte.

Als Sie dann über Weihnachten drei Wochen Urlaub machten, schien ihre Chance gekommen. Sie versteckte sich in Ihrem Haus, auf das sie ohnehin aufpassen sollte. Nur, auch hier fand er sie. Zuerst zweifelte sie an ihrem

Verstand, weil plötzlich Gegenstände aus Ihrem Haus verschwanden. Jedes Mal, wenn sie vom Putzen im Übersetzerkolleg oder sonstwo in der Stadt wiederkam, war etwas anderes weg. Mal war es ihr eigenes Haushaltsgeld, dann lag die Schmuckschatulle leer im Flur. Sie versuchte sogar, das Kiffen vor dem Einschlafen sein zu lassen, weil sie sich selbst nicht mehr traute. Bis sie schließlich in der zweiten Woche früher von der Arbeit kam und ihn hier fand. Er war es gewesen, ihre Vergangenheit hatte sie eingeholt. Unausweichlich, wie es schien. In ihrer Verzweiflung rief sie an Ihrem Urlaubsort an. Sie beteuerte ihre Unschuld, versprach, alles Verschwundene wiederzubeschaffen, sie wollte alles wiedergutmachen. Aber Sie wollten nichts davon hören, Sie wollten nur, dass sie verschwindet, sofort. Das war das Ende ihres Lebenstraumes und, ob Sie das wollten oder nicht, es war auch das Todesurteil für meine Mutter.

Ja, natürlich wollten Sie nicht, dass meine Mutter in Ihrer Küche verreckt. Ich nehme an, Sie haben hier alles gründlich renoviert, den ganzen, alten Kram raus und alles neu . . . ? Dachte ich mir doch. Nur, was haben Sie sich dabei gedacht, gegenüber Polizei und Presse den Anruf meiner Mutter zu unterschlagen? Nein, Sie gaben sich überrascht, entsetzt und tief enttäuscht, dass meine Mutter die Hoffnungen und das Vertrauen, das Sie trotz ihrer kriminellen Vergangenheit und ihrer Drogenkarriere in sie gesetzt hatten, so missbraucht hatte. Vielleicht glaubten Sie es sogar. Aber was glaubten Sie eigentlich, was mit dem Kind, also mit mir passiert war? Bei der Polizei spielten Sie den Ahnungslosen, gaben aber irgendwas von einer ominösen Freundin meiner Mutter an, bei der ich gelegentlich sei. Dabei wussten Sie so genau wie ich, der ich die Tagebücher meiner Mutter fast auswendig kenne, dass es diese Freundin nicht gab, nicht mal geben konnte. Schließlich hatte meine Mutter alle alten Kontakte abgebrochen und hier, als zugezogener Ex-Junkie, neue Freunde zu finden, das war ihr nicht vergönnt.

Nein, dafür tauchte am Vorabend des 24. Dezember

mein Vater hier auf, nur einen Tag nach Ihrem vernichtenden Telefongespräch mit meiner Mutter. In ihrer letzten Tagebucheintragung schreibt sie, jetzt sei alles, aber auch alles egal. Zusammen mit ihrem Ex hockte sie in dieser Küche. Ich glaube nicht, dass das, was dann geschah, etwas anderes als ein Unfall war ...

Meinem Vater fällt es bis heute schwer, über diese Nacht zu reden. Eigentlich hatte er das Haus nur auskundschaften wollen, aber plötzlich hörte er etwas wie ein Wimmern. Er betrat das Haus durch die Hintertür, genau wie ich heute Abend. Als erstes fiel ihm der süßliche Geruch auf, dann spürte er etwas unter seinem Schuh. Beinahe wäre er auf die Spritze getreten, mit der sich meine Mutter die tödliche Überdosis verpasst hatte. Neben ihr lag ihr Ex, auch er war tot, in seinem Arm steckte noch die Spritze. Deshalb glaube ich nicht, dass es Absicht war, dass die beiden sterben wollten – es ging einfach schief, sie war es nicht mehr gewohnt, und womöglich war der Stoff reiner als erwartet. Mein Vater hielt sich das Taschentuch vor die Nase und ging weiter. Er folgte meinem Weinen.

Er begriff nicht, was hier passiert war. Die beiden Toten passten nicht in das Haus. Im Flur lagen noch Papiere von Ihnen, darunter Ihr neuer Organspendeausweis mit Foto. Das Bild passte weder zu dem dunkelhäutigen Korsen noch zu der Frau in der Küche. Das Haus passte nicht zu zwei Junkies, doch das Kind, das er in einer zum Bettchen umfunktionierten Reisetasche fand, schien eher zu den Toten als zur Umgebung zu passen. Als er mich hochhob, hörte ich auf zu weinen. Ich schaute ihn nur mit meinen großen, blauen Kinderaugen an.

Was sollte er tun? Er konnte mich nicht meinem Schicksal überlassen, aber ebenso schlecht konnte er die Polizei rufen. Also raffte er zusammen, was er an Kindersachen fand und suchte nach Hinweisen auf meine Identität bzw. die meiner Mutter. Für alle Fälle steckte er neben ihren Papieren und ihrem Tagebuch auch noch den Organspendeausweis ein – dass Sie den damals per Post erwartet hatten, hatten Sie sicher vergessen, stimmt's? Dann nahm er mich und ging. Zuerst schaute er bei der Wohnung nach, die im Ausweis meiner Mutter angegeben war. Fehlanzeige. Eine Klinik, gar eine Kinderklinik oder ein Säuglingsheim gibt es in Straelen nicht, und die kleine Polizeiwache war eine reine Tageswache. Es war zwar mild für Dezember, aber immer noch kalt, zu kalt für ein kleines Kind wie mich. Also nahm er mich mit. Er redete sich ein, er könnte mich ja immer noch irgendwie anonym zurückbringen, wenn jemand ernsthaft nach mir suchte, mich jemand vermisste.

Nur – weder Sie noch sonst jemand tat das. Für die Polizei blieb ich so verschwunden wie die gestohlenen Gegenstände aus Ihrem Haus, von denen bestimmt ein Teil nur für die Versicherung zu Diebesgut erklärt wurde. Dass sich keine Papiere mehr im Haus fanden, deuteten die Behörden als Hinweis darauf, dass meine Mutter und ihr Ex irgendwo ein Versteck vorbereitet hatten, in dem auch ich mich befand. Ein Versteck, das aber nie gefunden wurde. Nun ja, es waren ja nur zwei tote Junkies, nicht wahr? Und Sie, waren Sie froh, meine Mutter wie mich so leicht losgeworden zu sein? Ihre Frau ist eifersüchtig, stimmt's? Es liegt an ihr, nicht an Ihnen, dass Sie beide keine Kinder haben, nicht wahr?

Meinen Vater haben diese Zusammenhänge nie wirklich interessiert und Sie interessierten sich nicht für mich, das verschwundene Kind, also wurde ich sein Sohn. Und, wie gesagt, er besorgte alle Informationen, die er über mich und meine Mutter finden konnte. Er wollte mich retten, nicht mich belügen.

Als er vor einer Woche den Unfall hatte, und ich allein zu Hause saß, fielen mir all die Papiere in die Hände. Ich kannte mich zumindest ein bißchen mit Blutwerten und Vererbung und all dem Kram aus, das war ja genau das Problem mit meiner Niere und dem Organ, was mein Vater so dringend braucht. Und da fiel es mir wie Schuppen von den Augen – wenn man Ihren Organspendeausweis mit den Klinikpapieren meiner Mutter und den Ergebnissen meiner Untersuchung vergleicht, spricht plötzlich jede Menge dafür, dass Sie mein Erzeuger sind. Aber das ist nicht das Wichtigste, Sie brauchen sich gar nicht aufzuregen. Denn es liegt noch etwas auf der Hand: Mit Ihren perfekt-normalen Werten wären Sie vermutlich der ideale Spender für meinen Vater. Und ich finde, das sind Sie mir und ihm schuldig. Und dem Seelenfrieden Ihrer Frau auch.

Die Ärzte in Venlo haben versprochen, dass es keine Einwände gibt, wenn mein bislang unbekannter Erzeuger meinen Adoptivvater rettet und dabei vollkommen anonym bleibt. Also, worauf warten Sie noch?

Straelen

Straelen wirbt mit dem originellen Slogan: *Straelen am Niederrhein - Alles im grünen Bereich.*

Hier werden jedes Jahr mehr Blumen und Gemüse vermarktet als irgendwo anders in ganz Deutschland. Daher ist Straelen weithin als die Blumenstadt bekannt. Allerdings hat sich Straelen in den letzten Jahren an die Spitze der Nahrungsmittelindustrie gearbeitet.

Durch eine umfangreiche Stadtkernsanierung hat die Stadtverwaltung der Innenstadt zu einem attraktiven Stadtbild verholfen, was mit vielen Preisen bei Wettbewerben auf Bundes- und Landesebene belohnt wurde.

Auch durch die Initiativen des Verkehrsvereins und nicht zuletzt der heimischen Gastronomie ist der Marktplatz eine echte Attraktion geworden. Hier finden nicht nur Blumenmärkte, sondern auch vielfältige Open-air-Veranstaltungen statt.

Wer Ruhe und Entspannung sucht, sollte einen Ausflug zum Naherholungsgebiet „Paesmühle" unternehmen. Über 250 km Radwanderwege und viele Spazierwege stehen zur Verfügung.

Der Verkehrsverein bietet eine große Auswahl an Führungen und Besichtigungsmöglichkeiten an.

Weitere Informationen, die für Touristen interessant sind, gibt es unter www.straelen.de

Übrigens: Auch durch das Europäische Übersetzerkollegium ist Straelen überregional bekannt geworden. Besichtigungen werden vom Verkehrsverein organisiert.

Tödlicher Blues

Ich stehe an der alten Anlegestelle der Rheinfähre in Walsum. Der Wind bläst mir um die Ohren und wirbelt mein Haar durcheinander. Ich schäle meine Hände aus den Handschuhen, fische in der rechten Manteltasche nach einem Haargummi und binde mir die Locken zusammen. Die kurzen Strähnen stopfe ich unter die schwarze Wollmütze und vergrabe meine Hände erst in den Handschuhen, dann zusätzlich in den Taschen. Es ist kalt. Bitterkalt.

Das Wasser des Rheins schwappt immer höher. Es ist Januar und wir haben den höchsten Pegelstand, den ich je erlebt habe.

Seit 37 Jahren bin ich hier zu Hause, abgesehen von einigen Unterbrechungen durch Studium und Ausbildung. Ich kann mich noch daran erinnern, dass hier einmal ein großes Haus stand, das aber aufgrund der ständigen Überschwemmungen abgerissen wurde. Bis zur Straße ist oft das ganze Gebiet überflutet. In den Rheinauen ist es möglich, dass man in der einen Woche Schlittschuh fährt, und schon in der nächsten Woche an derselben Stelle Blumen wachsen. Sträucher stehen entweder bis zum Hals im Wasser oder sie entblößen ihre Wurzeln.

Schon als Kind hat mich diese Stelle magisch angezogen. Damals, als die Fähre noch hier ablegte, habe ich oft die vielen Menschen beobachtet. Meistens bin ich den Weg von der alten zur neuen Anlegestelle gelaufen, lange bevor sie überhaupt gebaut wurde. Ich bewegte mich über aufgeschütteten Steine, Sand und Wiesen, vorbei am Vereinsgelände der Wassersportfreunde Walsum 75 e.V., bis zu den großen Pappeln. Es gab immer etwas zu entdecken oder zum Sammeln. Im Frühjahr kam das Treibholz, aus dem man mit etwas Fantasie alles Mögliche bauen oder heimlich ein kleines Feuerchen entfachen konnte. Die Bäume hingen voller Plastiktüten und der Boden war übersät mit Dingen, die der Rhein angespült und liegengelassen hatte, als wolle er sagen, den Müll könnt ihr behalten.

Wer im Sommer von dieser Stelle aus das gegenüberliegende Ufer betrachtet, könnte fast Urlaubsgefühle bekommen. Breite Strände und schattenspendende Bäume laden zum Baden ein. Doch man riecht bereits den leichten Anflug von Chemie, bemerkt die unnatürliche Braunfärbung des Wassers und auf der linken Seite eine beeindruckende Industriekulisse. Es scheint, als wolle sich hier das Ruhrgebiet den Niederrhein erobern.

In einer dieser Fabriken verdiene ich meine Brötchen. Dort begann letztes Jahr im August die Geschichte, die ich am liebsten vergessen würde.
Drei Jahre lang war ich Single. Drei Jahre, die ich mal verfluchte und mal genoss. Ich zog immer genau die Männer magisch an, die mir nicht gut taten. Als ich gerade mein Leben so eingerichtet hatte, dass ich keinen Partner mehr vermisste, lief mir Florian über den Weg. Es geschah auf der Arbeit, in der Mittagspause, an einem Dienstag.

Hannes, der Kollege aus dem Einkauf, steuerte mit seinem Tablett meinen Tisch an und setzte sich.
„Mahlzeit", dröhnte er mir entgegen.
Ich habe noch nie verstanden, was dieses Wort bedeuten soll. Ich wünschte den Leuten einen guten Tag oder guten Appetit, aber jeder Mitarbeiter, der mir ab zwölf Uhr mittags im Büro, auf dem Flur, oder anderswo begegnete, schleuderte mir dieses „Mahlzeit" entgegen.
„Tach Hannes, lass' es dir schmecken", nickte ich ihm zu.
Wir waren dabei, uns durch die Schnüre der Rindsrouladen zu kämpfen, als Florian auf uns zusteuerte.

„Mahlzeit“, sagte er und setzte sich neben Hannes.

„Mahlzeit“, antwortete dieser, mit vollem Mund.

Ich kaute weiter an dem zähen Fleisch und wünschte, sie würden endlich mehr Gemüseaufläufe anbieten.

Florian hatte ich kaum wahrgenommen. Er hätte neben mir an der Ausgabe stehen und Hummer in Schokoladensoße bestellen können, er wäre mir zum Verrecken nicht aufgefallen. Er war nicht der Typ, der Frauen auffiel. Unscheinbar gekleidet, ordentliche Frisur, zurückhaltendes Wesen. Er kam aus dem Süden - genauer gesagt aus Bayern - an den Niederrhein. Hier versprach er sich bessere Aufstiegsmöglichkeiten in seinem Job.

Hätte ich bei unserem ersten Gespräch gleich das Gefühl gehabt zu stottern oder nur Blödsinn von mir zu geben, mich also unsterblich in ihn verliebt, hätte ich gewusst, dass er der Falsche ist. Ich verliebte mich grundsätzlich in den Falschen und von diesen Typen wollte ich mich endgültig verabschieden.

„Und“, wandte sich Hannes an Florian, „den Schröder noch erreicht?“

„Ja. So gerade noch. War schon auf dem Weg in die Pause.“

„Ja, und? Problem geklärt?“, fragte Hannes ungeduldig. Florian schien zu den Leuten zu gehören, denen man jede Information aus der Nase ziehen musste.

„Noch nicht so ganz.“ Er schob sich einen riesigen Bissen Roulade in den Mund und kaute erst genüsslich, dann verzog er das Gesicht und schluckte den Brocken einfach hinunter. „Ist ja zäh wie Schuhleder. Hoffentlich ist bald Freitag.“

Hannes umklammerte mit der rechten Hand sein Messer, mit der linken die Gabel, und stellte sie herausfordernd auf den Tisch wie ein trotziges Kind. Er sah Florian erwartungsvoll an. Der schien langsam zu begreifen, dass er ihm noch eine Antwort schuldig war.

„Des passt scho“, war alles, was ihm dazu einfiel. In diesem Moment fiel er mir das erste Mal auf. Oh, wie ich diese drei Worte liebte! Wie lange hatte ich sie schon nicht mehr gehört! Sie erinnerten mich sofort an die Ferien, die ich als Kind stets in Bayern verbracht hatte.

Egal, mit welchem Problem sich die Leute dort rumschlagen mussten - und wenn es auch noch so unlösbar erschien - sie beendeten das Gespräch mit den einfachen Worten „Des passt scho“, und die Welt schien in Ordnung.

Hannes aß weiter. Er kannte seinen Kollegen lange genug, um zu wissen, dass es keinen Grund mehr zur Besorgnis gab, egal, was dieser Schröder auch verbockt hatte. Mir war in diesem Moment klar geworden, dass sich Florian, ganz gleich was käme, nicht aus der Ruhe bringen lassen würde, und das imponierte mir. Umgeben von Hektikern, und selbst mit der Veranlagung geschlagen, viel zu leicht nervös zu werden, gefiel mir bei ihm genau die Art von Ruhe, die ich mir wünschte. Was drei einfache Worte so ausmachen können!

Indem ich ihn nun mit ganz anderen Augen sah, spürte ich, dass ich ihm ins Netz gegangen war.

„Was ist denn Freitag?“, mischte ich mich ins Gespräch.

„Freitag gibt's Fisch. Bisher haben sie den immer noch einigermaßen hinbekommen“, antwortete Florian. Ich merkte ihm an, dass er sich freute, mit mir ins Gespräch zu kommen. Während er konzentriert kaute, sah er mich aus großen Dackelaugen erwartungsvoll an. Dann grinste er und verdrehte dabei die Augen. „Ich liebe Fisch!“, ließ er euphorisch verlauten.

„Dem Florian wachsen bereits Schwimmhäute“, gackerte Hannes los, „wenn es nach dem ginge, gäbe es jeden Tag Fisch.“

„Wenn ich mich kurz vorstellen darf, ich bin der Florian Untermeier“, sagte Florian und unterbrach sein Essen, um sich andeutungsweise zu erheben und mir förmlich die Hand zu geben.

„Lisa Gardemann“, stellte auch ich mich vor.

‚Gott, wie konservativ‘ dachte ich, während ich ihm artig die Hand schüttelte.

„Betriebswirt“, ließ er verlauten und sah mich an, als erwarte er nun meinen vollständigen Lebenslauf.

„Früher Erzieherin, umgeschult vor fünf Jahren“, antwortete ich brav. ‚Bitte lass ihn nicht so weitermachen, sonst platze ich vor Lachen’, ging es mir durch den Kopf.

„Ja, ja, unsere Lisa“, schaltete Hannes sich wieder ein, „sie ist und wird wohl nie ein richtiges Büromäuschen.“

Darauf war ich auch stolz. Danke, Hannes!

In den nächsten Wochen saß ich häufiger mit Florian zusammen. Beim Betriebsfest, dem Abteilungskegeln und bei Geburtstagsfeiern lernten wir uns immer besser kennen. Wie sich später herausstellte, hatte Florian schon seit längerem ein Auge auf mich geworfen. Ich war ihm bereits aufgefallen, als er das erste Mal unsere Kantine betrat, vor ungefähr einem halben Jahr.

Er lud mich ins Kino ein, ich kochte mal für ihn. Er brachte mir immer öfter Blumen mit, ich fing an, mich an ihn zu gewöhnen.

„Des passt scho“, war zu unserem Leitmotiv geworden. Vor dem ersten Kuss und der ersten Nacht war ich kein bisschen nervös. Normalerweise fühlte ich mich nach langen Durststrecken immer wieder wie vor dem ersten Mal. Bei Florian ergab es sich einfach und still. Beziehungen, die langsam beginnen und sich ebenso langsam entwikkeln, sollen ja von Bestand sein, sagt der Volksmund. Ich ließ mich darauf ein.

Fünf Monate, nachdem wir uns kennengelernt hatten, wurde Florian über Nacht obdachlos. Das alte Mehrfamilienhaus, in dem er wohnte, rutschte eines Nachts aufgrund eines darunter liegenden Stollenbruchs ein paar Zentimeter ab und musste binnen eines Tages geräumt werden. Da Florian sowieso seit kurzem bei mir schlief, ergab es sich, dass er bei mir einzog. Wo sollte er auch sonst hin? Genug Platz hatte ich ja.

Als wir seine Sachen einräumten, fiel mir auf, wie unterschiedlich wir waren. Irgendetwas sträubte sich in mir, in mein kunterbuntes Bücherregal Hefte wie *„Der Angler"*, *„Unsere Fische"* oder *„Wissenschaftliche Abhandlungen über . . ."* einzuräumen. Für mich waren das lauter langweilige Themen. Die Bücher waren noch schlimmer. Die Titel waren so langweilig, dass ich keinen einzigen wiedergeben kann. Seine Anglerutensilien nahmen meinen ganzen Kellerraum in Beschlag.

„Ich wusste ja gar nicht, dass du angelst", stellte ich fest.

„Ist das denn so wichtig?", fragte er.

„Ja, klar. Wie oft und wo gehst du denn angeln? Bisher habe ich nichts davon bemerkt", fragte ich widerwillig.

„Samstag geh' ich wieder", erklärte er. „Kannst ja mitkommen, wird dir gefallen. Die Ruhe ist einfach himmlisch!" Liebevoll betrachtete er sein Angelzeug. „Nur das Wasser . . . eins mit der Natur sein . . . fantastisch."

Was ihn in Verzücken geraten ließ, verursachte bei mir regelrecht Abscheu. Angeln war etwas, für das ich nie Verständnis aufbringen würde. Wenn ich irgendwo ein langweiliges Männlein unbeweglich sitzen sah, empfand ich nur Verachtung. Wie anspruchslos muss man sein, wenn man sich damit begnügte, den ganzen Tag darauf zu warten, dass irgendein dummer Fisch anbiss? Früher glaubte ich, es ginge um die Beute, also um den Fisch. Aber Florian klärte mich auf, dass das nur Nebensache wäre. Es ginge um die Stille, die Einsamkeit, es hätte etwas Meditatives und Entspannendes. Das war ja noch schlimmer, als ich gedacht hatte! Mein Freund, der Angler. Diese beiden Wörter ergaben für mich keine Einheit. Mein Freund, der Musiker, oder mein Freund, der Künstler oder selbst mein Freund, die gescheiterte Existenz – wie meine Mutter die meisten meiner Ehemaligen zu nennen pflegte – die hatten alle etwas Interessantes, Lebendiges. Der Angler stand für mich gleich neben Langeweile, Stumpfsinn und schleichendem Tod.

Ich war tapfer. Drei Mal begleitete ich ihn, dann gab ich auf. Auch Florian hatte dann begriffen, dass wir uns damit nichts Gutes taten. Ich hatte nun die Samstage für mich, genoss Freundinnen und Kultur, Kneipe und Leben. Während er dasaß und aufs Wasser starrte.

Mit den gemütlichen Sonntagen war es allerdings auch vorbei. Bisher hatte ich diesen Tag genutzt, um Energie zu tanken. Ich schlief lange, begab mich von meinem Bett über einen kleinen Umweg in die Küche auf mein Sofa, um bis abends umgeben von Leckereien, Büchern, dem Telefon und der Fernbedienung meine Art der Ruhe zu genießen.

Seit Florian bei mir wohnte, klappte das nicht mehr. Er brachte immer irgendeinen muffigen Fisch an, mit dem er sich noch stundenlang beschäftigte. Er verwandelte jeden Fisch zu einer Art Suppe, egal, was er gefangen hatte. Er hantierte eine halbe Ewigkeit laut scheppernd in der Küche herum und nachdem er andächtig – und ich widerwillig – die Suppe ausgelöffelt hatte, beseitigten wir das Schlachtfeld, das vorher meine Küche gewesen war. Anschließend widmete er sich hingebungsvoll der Reinigung seines Angelzeugs.

Am Abend sackte er aufs Sofa und wollte nur noch seine Ruhe mit einem Glas Wein und der Fernbedienung. Genau zu der Zeit, als ich mich vom Sofa erhob, um loszulegen, auszugehen und etwas zu unternehmen.

Aber Florian legte großen Wert darauf, dass ich mich seinem Rhythmus anpasste. Ich gab mir Mühe, aber ich handelte gegen meine Natur. Ich hasste den Fischgeruch, den ich nicht mehr aus der Wohnung heraus bekam und ich begann seine selbstgefällige Art zu hassen. Ich fühlte mich in meiner eigenen Wohnung nicht mehr zu Hause.

Anfangs hatte ich das Zusammenleben mit ihm genossen, wir erlebten eine ruhige schöne Zeit und ich hatte mich bei ihm geborgen gefühlt. Es war schön, nach Hause zu kommen, und Florian war schon da. Stutzig wurde ich, als mir eines Tages bewusst wurde, dass ich ihn nicht vermisste, wenn er nicht da war, was immer häufiger vorkam.

So hatte ich mir unsere Beziehung nicht vorgestellt.

„So kann es nicht weitergehen, Florian."

Er sah mich verständnislos an. „Was?“

„Unsere Beziehung!“

„Ach“, er zuckte die Achseln, „ist doch alles im Lot.“

„Im Lot? Merkst du denn gar nichts? ...“ Es folgte ein langer Monolog, gespickt mit Ausdrücken, die ich besser nicht wiedergebe.

Als ich ihm vorhielt, unser Zusammenleben sei so langweilig und eingefahren wie bei einem alten Ehepaar, entgegnete er bloß, er liebe mich und das würde doch reichen ... Er würde gerne so weitermachen, außerdem wäre ich das Schärfste, das er je kennengelernt hat. Das glaubte ich ihm sofort. Nach langer Diskussion - ich diskutierte und er saß nur da - beschloss ich, dass wir uns trennen müssten. Ich räumte ihm eine Galgenfrist von zwei Wochen ein, um sich nach einer anderen Bleibe umzusehen. Bis dahin sollte er sich an meine Spielregeln halten:

1. Er dürfe keinen Fisch mehr in meine Wohnung schleppen, weder tot noch lebendig.

2. Er solle seinen gesamten Kram zusammenpacken und in einem Zimmer verstauen.

3. Er solle mir möglichst aus dem Weg gehen und so schnell wie möglich eine neue Wohnung suchen.

Kleinlaut versicherte er mir, sich daran zu halten.

Sieben Wochen später lagen meine Nerven blank. Seine Sachen verteilte er weiterhin kreuz und quer in der ganzen Wohnung. Er hatte keine Anstalten gemacht, eine neue Bleibe zu finden. Am Wochenende brachte er mal wieder einen Fisch mit nach Hause, denn auch an diese Abmachung hielt er sich nicht. Er war überzeugt, dass ich meine Trennungsabsichten nicht ernst gemeint hätte. Er scharwenzelte um mich herum, als wären wir frisch verliebt. Ich gab mir Mühe, ihn nicht zu beachten. Sein Getue verursachte bei mir regelrecht Bauchschmerzen. Während ich meinem gesamten Freundeskreis längst von unserer Trennung erzählt hatte, fantasierte er von einer baldigen Hochzeit.

Ich konnte ihn einfach nicht mehr ertragen. Das Zusammenleben mit Florian wurde für mich zur Qual und ich empfand es von Tag zu Tag schlimmer. Er nahm mich einfach nicht ernst und machte weiter wie bisher. Wieder war ich auf einen Spinner hereingefallen und er war noch schlimmer als all die anderen. Aber ich konnte nicht so weiter leben. Ich musste etwas tun.

Am Montagabend bat er mich mal wieder um ein Gespräch. Aber bereits nach kurzer Zeit, nachdem er mich zuerst schmachtend und erwartungsvoll angestarrt hatte und mir dann mitteilte, dass er freiwillig nie das Feld räumen würde, kam mir schlagartig der Gedanke, ihn umzubringen. Ich war noch nicht mal erstaunt über meine Gedanken, diese Lösung schien mir der einzige Ausweg zu sein. Während er pausenlos auf mich einredete, von Versöhnung und Neuanfang faselte, überlegte ich fieberhaft, auf welche Art ich ihn töten könnte. Langsam reifte mein Plan.

Freitag ließ ich mich überreden, noch einmal zum Angeln mit zu gehen. Als Zeichen meines guten Willens kochte ich uns abends meine berühmte Zwiebelsuppe, von der ich leider nicht mitessen konnte, da ich Magenprobleme vorgab. Ich würzte gründlich mit Beifuss, denn der aromatische bittere Geschmack übertünchte eine weitere Zutat, die aus der Apotheke kam. Später packte ich eine kleine Flasche Jägermeister ein, als wir uns zum Mitternachts-Angeln aufmachten. Ich bestand allerdings auf meine Lieblingsstelle, am alten Anlegeplatz der Fähre. Es sollte richtig romantisch werden.

Während Florian hingebungsvoll auf's Wasser stierte, wartete ich darauf, dass das Mittelchen seine Wirkung zeigte. Ich rutschte mit meinem Klappstuhl so nah wie möglich an Florian heran und kuschelte mich an ihn. Zufrieden schaute er mich an, löste für einen Moment die rechte Hand von der Angel und tätschelte mir die Schulter wie einem kranken Hund. „Des passt scho."

Ich versuchte, ihn zu küssen, aber als er, statt den Kuss zu erwidern, vom Stuhl kippte, wusste ich, dass meine Zeit gekommen war.

„Liebster", säuselte ich, „lass uns zur Krönung des Abends ein Tänzchen wagen. Nur einen Blues zur Besiegelung unseres neuen Glücks!"

Wie gut, dass er nie nein sagen konnte! Er rappelte sich tatsächlich auf, fiel mir erst in die Arme, hielt sich dann aber erstaunlich wacker. Ein paar Schritte jedenfalls. Als er Anstalten machte, sein ganzes Körpergewicht auf mich fallen zu lassen, stieß ich ihn mit einem gewaltigen Ruck von mir, direkt in den Rhein, hinein ins Eiswasser. Die Strömung ergriff ihn sofort und riss ihn mit.

Vielleicht wird irgendwann und irgendwo ein Spaziergänger, oder vielleicht sogar ein Angler, Florians Überreste finden. Aufgedunsen und angenagt. Vielleicht haben ihn aber auch schon die Fische gefressen und seine Knochen schaffen es bis ins Meer. Oder vielleicht spuckt Gevatter Rhein ihn gar nicht mehr aus.

Manche Dinge, oder manche Geheimnisse, behält er einfach für sich.

Walsum

Das Gebiet um Walsum wurde schon im 2. Jahrhundert besiedelt, wie zahlreiche Funde belegen. Hier hat es eine germanische Bauernsiedlung gegeben und ein großes Gräberfeld der fränkischen Zeit des 7. und 8. Jahrhunderts.

Im 12. Jahrhundert taucht der Name auch in schriftlicher Form auf, als Walsheim, Walshem oder Walsem. Die St.-Dionysius-Kirche entstand zwischen 1881 und 1883 auf Fundamenten, die aus dem 13. Jahrhundert stammen. Darunter fand man Reste eines frühen romanischen Steinbaus, der aus der fränkischen Zeit stammen könnte.

Im 19. Jahrhunderts wurde das vormals bäuerliche Walsum von der Industrialisierung beeinflusst. 1897 wurde die Niederrheinische Zellstoff-Aktiengesellschaft gegründet, auf deren Gelände 1962 die Haindl Papier GmbH ihre Papierfabrik entstehen ließ.

1898 wurde der Rheinhafen (Südhafen) in Betrieb genommen. August Thyssen hatte mit der Erschließung Walsums durch den Bergbau begonnen.

1904 entstand das Verbundbergwerk Walsum. Mit dem Bau der Doppelschachtanlage setzte hier der Bergarbeiterwohnungsbau ein.

Am 1. April 1905 bekam Walsum mit seinen knapp 5.000 Bewohnern die Selbstständigkeit und gehörte nicht mehr zu Dinslaken.

1939 hatte Walsum 23.000 Einwohner und es wurde mit der Kohleförderung begonnen, nachdem Walsum mit dem Nordhafen verbunden worden war. Das Bergwerk Walsum gehörte zu den modernsten Bauanlagen des Ruhrreviers.

Weitere interessante Informationen gibt es im Internet unter www.walsum.de

Wo der Hund begraben ist

Es hätte das perfekte Verbrechen sein können. Fast ein halbes Jahr lang schien es, als sei das Ergebnis der spontanen Tat von Harry Terboven ein wahr gewordener Traum. Doch wie so oft im Leben holte ihn das Schicksal schließlich ein.

„Ich musste einen Hund begraben." Ein harmloser Satz, eigentlich völlig bedeutungslos, zumal er ihn seinem zehnjährigen Sohn auf die Frage erwiderte, warum er sein Versprechen nicht einhielt. Kelvin wartete beleidigt auf der Treppe. Natürlich war es jetzt viel zu spät, um noch mit ihm Fußball zu spielen. Ein Unfall war eine gute Erklärung und auch seine Frau würde verstehen, warum er - leicht alkoholisiert - nicht die Polizei gerufen, sondern lieber den Hund verscharrt hatte. Wenn nur sein Sohn diesen Satz nicht Monate später wiederholt hätte. Wenn nur Kai, ein Abiturient von Kelvins Schule, nicht zufällig diese Worte gehört hätte.

Alle, die Theo Broekhuys nicht näher kannten, dachten, „Stinkstiefel" sei der passende Spitzname für den Bauern. Sicherlich duschte er nicht jeden Tag, und keinesfalls zog er täglich ein frisches Hemd an. Er machte sich nichts aus Kleidung und er hatte keine Frau, die ihn eines Besseren belehrte. Wäre er ein netter ruhiger Mensch gewesen, hätte man ihn „Komischer Kauz" genannt, so wie er immer herumlief mit seiner merkwürdigen napfförmigen Kopfbedeckung und seinen dicken Stiefeln, winters wie sommers. Aber alle, die den Stinkstiefel näher kannten, nannten ihn „Giftzwerg". Er war ein Querulant - jemand, der ständig über die Welt und seine Mitmenschen schimpfte. Dabei ging ihm jeder aus dem Weg. Niemand wollte etwas mit ihm zu tun haben.

Die Männer bei Nepicks, der Kneipe vis à vis zur katholischen Kirche von Alpen, ließen sich ungern ein Bier von ihm ausgeben. Der Preis war zu hoch: Für ein einziges Freibier musste man sich den ganzen Abend Beschwerden und Schimpftiraden anhören.

Dabei durfte Broekhuys sich eigentlich nicht beklagen: Er hatte keine Familie, die er ernähren musste. Sein Grund und Boden war immens groß und er hatte fast alles verpachtet. Sein eigener bäuerlicher Betrieb war in den letzten Jahren kontinuierlich geschrumpft, was nicht zuletzt daran lag, dass ihm alle Mitarbeiter wegliefen. Er zahlte zu wenig und schimpfte zu viel. Faul war er nicht, das konnte man ihm nicht nachsagen. Man roch seinen Arbeitsschweiß ja meilenweit. Dabei brachte seine Pacht reichlich Geld ein. Außerdem schlummerte todsicher, wie bei den meisten niederrheinischen Bauern, ein kleines Vermögen unter seinem Kopfkissen.

Harry Terboven hatte alles versucht, um dem Stinkstiefel mit Geld und Schmeicheleien sein Land abzukaufen. Aber nichts half. Broekhuys wollte nicht verkaufen. Das schönste Bauland zwischen Alpen und Alpsray – und Broekhuys ließ Pferde von einem benachbarten Gestüt darauf grasen. Es tat Harry in seiner Architektenseele weh, wenn er das sah.

Wohnen mitten im Grünen, aber mit der besten Autobahnanbindung: in zwanzig Minuten im Herzen des Ruhrgebietes, in dreißig Minuten in Düsseldorf an der Kö. Man hätte ganz Alpen zupflastern können mit schönen Häusern, die nur ein Bruchteil dessen kosteten, was man Düsseldorf dafür zahlte. Nicht so dicht aneinander gebaute Häuser wie im Dahlacker, gegenüber dem Alpener Friedhof, nein, großzügig und luxuriös. Nur die Adresse störte etwas: Leichenweg. Dieses zauberhafte Wald- und Wiesenstück war sogar ausgewiesenes Bauland, direkt gegenüber vom Landschaftsschutzgebiet.

Harry hatte alles geplant. Die Grundrisse und Skizzen der Häuser lagen in seiner Schublade und warteten darauf, dass der Giftzwerg endlich sein Land verkaufen würde. Aber der dachte nicht daran. Harry hatte alles versucht und dachte, Broekhuys wolle nur den Preis hochtreiben. Vielleicht war der mickrige Bauer doch nicht so tumb, wie er auf den ersten Blick wirkte. Nach *„Stinkstiefel“* und *„Giftzwerg“* taufte Harry den Bauern noch mal um. Er war jetzt der *„Krumme Hund“*, der hinterhältig auf seine Chance lauerte.

Vor Wochen hatte Harry wiederholt bei ihm angefragt und war schweren Herzens mit dem Preis hochgegangen. Diesmal war die Antwort überraschend klar und machte Harrys Plänen für alle Zeiten den Garaus: *„Ein Bauer verkauft sein Land nicht, wenn er nicht unbedingt muss.“*

So einfach war das. Keine Sinnfrage, was man mit dem Geld machen könnte, in welche Projekte man es investieren konnte – moderne Gerätschaften im Stall, das Haus verschönern, ein neues Auto, Urlaub. Nein, so dachte Broekhuys nicht. Ein Bauer verkauft sein Land nicht, wenn er nicht unbedingt muss.

Peng, Ende und aus. In diesem Moment wurde Harry klar, dass er sich auf den Kopf stellen, Männchen machen oder nackt in den Rhein springen konnte: Broekhuys würde seinen Grund und Boden nie verkaufen, nicht in fünfzig Jahren.

Sein Lieblingsprojekt war gestorben – exklusive Niedrigenergiehäuser für Familien mit gehobenem Anspruch. Sechsundzwanzig Stück hätten es werden sollen und sie hätten ihn reich gemacht. Reich, viel reicher als den alten Giftzwerg.

Dann kam dieser trübe Sonntag Anfang April. Harry fuhr von einem Richtfest aus Kevelaer nach Hause. Er hatte einige Biere getrunken. Den Apfelkorn hatte er dankend abgelehnt. Er musste fahren und außerdem wollte er noch mit seinem Sohn Fußball spielen. Obwohl er zugeben musste, dass er auch dafür schon zu viel getankt hatte. Er war gerade erst von der Autobahn runter und das Bier drückte ihm mächtig auf die Blase. Es half nichts. Harry musste mal kurz ranfahren. Statt geradeaus auf die

Umgehungsstraße von Alpen zu fahren, bog er rechts in das Waldstück Richtung Leucht ab. Alle paar hundert Meter gab es kleine Wege, die in den Wald führten – freigegeben nur für Fahrzeuge des Forstbetriebes. Harry fand, dass es sich hier um einen Notfall handelte.

Er fuhr etwas zu schnell in den schmalen Weg und bevor er sich versah, sprang ihm etwas rehbraunes vor den Kühler. Es knallte heftig und Harry stieg in die Bremsen. Der Wagen brach aus und kippte mit der Schnauze eine kleine Böschung runter, wo eine Kiefer seine Fahrt abrupt stoppte. Laut fluchend stieg er aus, warf einen flüchtigen Blick auf das Tier, riss ungeduldig am Reißverschluss der Hose und ließ der Natur ihren Lauf. Erleichtert zog er den Hosenschlitz wieder zu. Dann besah er sich den Schaden. Der Volvo Kombi hatte kaum was abbekommen, nur eine winzige Delle, dort wo das Auto den Baum getroffen hatte. Aber das Tier war tot. Es war gar kein Reh, wie er erst angenommen hatte, es war ein Hund, ein schöner großer Golden Retriever. Man konnte nichts sehen, kein Blut oder so. Eigentlich lag er ganz friedlich da auf dem Waldboden. Harry drehte ein paar Runden um den leicht gekippten Wagen. Was sollte er jetzt tun? Den Unfall melden? Wo er doch keinen Schaden hatte, aber leider etwas getrunken und mit dem Auto hier gar nicht fahren durfte? Kam nicht in Frage. Und der Hund? Was tat der Hund hier alleine im Wald? Irgendwann sollte doch wohl sein Besitzer hier auftauchen.

Als Harry nach einer kleinen Verschnaufpause immer noch niemanden hörte, der nach einem Hund rief, fasste er einen Entschluss. Er schleifte das Tier ein Stück vom Wegrand fort und setzte sich in sein Auto. Der Wagen startete tadellos, aber der linke Hinterreifen hing in der Luft und der rechte alleine hatte nicht genug Kraft, um den schweren Volvo aus der Mulde zu ziehen. Er konnte nicht nach vorne ausscheren, weil dort direkt der Baum stand. Nach hinten bewegte sich der Wagen keinen Zentimeter. Harry stieg aus und trat fluchend gegen den in der Luft hängenden Reifen. Schließlich griff er sich den Klappspaten, der eher ein Requisit als Handwerkszeug war. Schon beim ersten Stich stieß Harry auf die mächtige Kiefernwurzel. Hier kam er mit seinem lächerlichen Spaten nicht weiter. Ausgerechnet an diesem Wochenende war seine Frau bei ihrer Schwester in Norddeutschland. Ein Abschleppdienst kam nicht infrage. Womöglich würde er noch eine Anzeige wegen unerlaubten Befahren des Waldes bekommen. Und das mit dem Hund würde auch rauskommen.

Harry fluchte laut und griff zu seinem Handy, als er ein Geräusch hörte. Das unverkennbare Tuckern eines Treckers kam immer näher. Na klar, der Giftzwerg durfte hier fahren. Vermutlich war es sein Wald. Ihm gehörten hier ja alle landschaftlichen Filetstückchen.

Kurz vor dem gekippten Wagen hielt der Bauer an, schob seine Mütze aus der Stirn und stieg runter.

„Aha, der Herr Architekt", sagte er in seiner beleidigenden Art. „Wohl mal wieder ein bisschen zu ungestüm gewesen, was?"

Harrys Laune sank auf den Nullpunkt. Der Alkohol machte nicht gerade einen friedfertigen Menschen aus ihm. Arrogant lächelnd stand der Giftzwerg neben dem Reifen, der in die Luft ragte und trat gegen das Gummi.

Harry kochte innerlich vor Wut. „Ich könnte jemanden brauchen, der mich da rauszieht."

„Sieht so aus."

Sieht so aus. Sieht so aus! Arschloch!

„Können Sie mich mit Ihrem Trecker rausziehen? Ist doch nur eine Sache von Minuten."

„Klar. Mach' ich sogar umsonst, aus reiner Menschenliebe."

Harry bis sich auf die Zunge. „Super."

Brockhues schob seine Mütze in die Stirn und stieg langsam und gemächlich auf seinen Trecker. Harrys Geduld wurde überstrapaziert. Der Bauer rangierte seine Maschine vor die Anhängerkupplung und ließ den Motor laufen. Als würde er Harrys Ungeduld riechen, kramte er betont langsam einige Holzstücke zur Seite, die unter seinem Sitz lagen und langte in einen Kasten darunter. Endlich hatte er das Abschleppseil gefunden und kniete sich umständlich hinter seinen Trecker. Er befestigte das Seil an seiner Maschine und nach einem selbstgerechten Blick auch an dem Volvo. Wütend stieg Harry in sein Auto, legte den Rückwärtsgang ein und ruckzuck stand der Wagen wieder auf dem Waldweg.

Broekhuys machte den Motor aus und lächelte hämisch. „Da hab ich Ihnen schließlich doch noch einen Gefallen tun können, auch wenn Sie nicht mein Land bekommen werden." Er musste dem Herrn Architekten seine Überlegenheit demonstrieren. „Ich wette, Sie hätten damit richtig was verdient, hä?"

Harry hätte ihn erschlagen können. „Wir arbeiten doch alle, um zu verdienen. Oder sind Sie ehrenamtlich tätig?"

Es war ironisch gemeint, aber es klang sehr sauertöpfisch. Das war nicht die Antwort, die Broekhuys sich erhofft hatte. So billig kam der Studierte nicht weg.

„An Grund und Boden hätten Sie nicht viel verdienen können. Da hätte ich Ihnen schon ordentlich was abgeknöpft. Aber die Häuser, die hätten Ihnen bestimmt ein gutes Stängchen gebracht. Zwanzig bis dreißig Häuser, bei jedem 35.000 bis 50.000 Euro verdient. Da sprechen wir von einer Million Euro, was? Nicht schlecht!"

Broekhuys bückte sich, um das Abschleppseil am Trecker zu lösen. „Mann, eine Million. Da kommt man schon ein paar Monate mit über die Runden, was?"

Harry lief rot an. Ja, eine Million. Um genau zu sein, hatte er mit 1,2 Millionen Euro kalkuliert. Seine Zukunft, seine Pläne, seine Träume hingen von diesem knochigen Bauern ab, der da fluchend auf den Knien rumrutschte, weil das Seil sich nicht lösen ließ.

1,2 Millionen. Kein Mensch in Sicht. Keine Zeugen. Keine Beweise und 1,2 Millionen würden Wirklichkeit. Die Tat an sich war leicht. Einmal ausholen, und der Spaten sauste auf die empfindliche Stelle im Nacken. Harry hörte noch ein dumpfes Aufstöhnen, dann war alles still. Der Giftzwerg Theo Broekhuys war tot.

Nachdem Harry einmal den Entschluss gefasst hatte, seinen größten Widersacher zu beseitigen, kannte er keine Skrupel. Die Leiche musste fort von hier. Hier gab es zu viel Spuren: Reifenspuren, Fußabdrücke, der tote Hund. Harry öffnete die Heckklappe seines Kombis. Er hatte immer eine Plane im Auto, die er für den Transport von Bauutensilien, Ziegel- oder Klinkermustern nutzte. Theo wurde in die Plane eingewickelt. Harry breitete sorgfältig noch eine Decke über das längliche Paket, umkurvte den Trecker und fuhr los.

Sein kurzer Weg führte ihn von der Bönninghardt zum Alpener Berg. Er stellte seinen Wagen in der Sandkuhle ab. Kaum jemand kam hierher. Broekhuys war schmächtig, höchstens 1,65 Meter groß und bestand nur aus Sehnen, Muskeln und Knochen. Dieser kleine leblose Körper war kein Problem für Harry, der gut durchtrainiert war. Er passte einen einsamen Moment ab und überquerte mit dem Klappspaten in der Hand und seinem Paket auf dem Buckel die Straße, die nach Alpen ins Dorf führte.

Harry wusste genau, wohin er wollte. Weiter oben an der Bergkuppe gab es den alten Jugendherbergsplatz. Schon in seiner Kindheit standen dort nur noch Ruinen. Heute hatten Brombeeren und Brennesseln den Platz erobert. Als Zwölfjähriger hatte er dort mit seinen Freunden gespielt: Ritter, Indianer, Räuber und Gendarm.

Letzten Sommer war Harry beim Joggen durch das Unterholz gebrochen und neben den alten verwitterten Stufen den kleinen Berg hoch gelaufen. Der Platz war bedeckt mit summenden Bienen, Schmetterlingen und himmlischem Frieden. Hier würde Broekhuys seine letzte Ruhestätte finden; besser, als er es eigentlich verdient hatte.

Harry schlug mit seinem Spaten eine Lücke in das Brombeergestrüpp und grub dort das Loch. Hier am Rande des riesigen Brombeerfeldes war es nicht schwer, tiefer in den Boden zu kommen. Die Wurzeln krallten sich noch nicht ganz so störrisch in den Boden. Eine gute Stunde war Harry beschäftigt, dann hatte er den Giftzwerg begraben.

Der bewölkte Aprilhimmel riss wie auf Kommando auf. Für einen Moment schien die Sonne. 1,2 Millionen Euro. Harry grinste, klopfte sich die Erde von der Hose und schlich zurück zum Auto.

Zu Hause entschuldigte er sich bei seinem Sohn. Fußballspielen würden sie morgen Abend, ganz fest versprochen. Außerdem durfte Kelvin sich als Wiedergutmachung einen neuen Fußball kaufen. Harry zog sich im Keller die schmutzigen Klamotten aus und steckte sie sofort in die Waschmaschine, bevor er unter die Dusche ging.

Nach einem kurzen Abendessen zog Harry seine Jogging-Klamotten an und machte sich noch mal auf den Weg. Wie geplant fuhr er den Trecker tiefer in die Leucht hinein, weg von der Stelle, an dem der Giftzwerg sein Ende gefunden hatte. Harry stellte das Gefährt auf einen Waldweg Richtung Galgenbogen ab und lief nach Hause. 1,2 Millionen. Er fühlte sich so gut wie nie.

Das es der unbeliebte Stinkstiefel war, der vermisst wurde, war zweifellos ein Grund dafür, dass die Suche erst so spät anlief. Wahrscheinlich hätte ihn noch länger niemand vermisst, wenn nicht dem Förster der abgestellte Trecker aufgefallen wäre. Mehr als drei Wochen nach dem ereignisreichen Abend lief die Suche an.

Angst packte Harry. Wie oft hatte er in den letzten Wochen seine voreilige Tat bereut. Nicht den Mord, nein, den bereute er nicht. Aber er hätte überlegter handeln müssen. Am dritten Tag setzte die Polizei eine Hundestaffel ein. Mit den Tieren durchkämmten sie systematisch das Gebiet um den alten Bauernhof und den Fundort des Treckers, in immer größer werdenden Kreisen. Harry konnte nicht mehr essen, nicht schlafen, nicht denken. Früher oder später würden sie ihn kriegen.

Broekhuys war zuletzt bei Nepicks zum Frühschoppen gesehen worden. Danach wollte er in den Wald, Holz holen für den Kamin. Der abgestellte Trecker sprach für die Richtigkeit dieser Aussage. Der Bauer war nie länger weg.

Er hatte noch nie in seinem Leben Urlaub gemacht. Vielleicht war Broekhuys im Wald tot umgefallen, mit einem Herz- oder Schlaganfall. Aber da man in der Nähe des Treckers keine Leiche fand, vermutete die Polizei ein Gewaltverbrechen. Motive hatte das halbe Dorf: alte Fehden, Nachbarschaftsquerelen, Grenzstreitigkeiten.

Am vierten Tag fing es vormittags an zu regnen. Es goss wie aus Eimern und hörte zwei Tage lang nicht mehr auf. Alle möglicherweise vorhandenen Spuren waren jetzt verwischt. Die Polizei stellte die Ermittlungen nach vier Wochen ganz ein. Es gab keinen Hinweis, nicht eine einzige Spur.

Das Erbe bzw. dessen Verwaltung, bis Broekhuys offiziell für tot erklärt werden konnte, ging an seine nächste Verwandte: die Tochter seiner verstorbenen Schwester. Die Nichte wollte Grund und Boden so schnell es ging zu Geld machen. Sie fürchtete, Onkel Theo könnte doch wieder auftauchen.

Harry war nicht der Einzige, der an Broekhuys Nachlass interessiert war, aber er war der Einzige, der das Stück Land am Nordrand von Alpen wollte. Jetzt bekam er es viel günstiger, als er es dem Krummen Hund angeboten hatte. Noch vor dem Spätsommer war der Vertrag unterschrieben. Harrys Träume wurden Wirklichkeit; seine Alpträume verschwanden.

Dann kam der Tag, an dem Kelvin auf dem Weg zum Gymnasium in Xanten den unschuldigen Satz sagte. Der Satz selbst war nicht besonders vielsagend, aber dummerweise stand Kai in der Bahn hinter ihm. Kai, der angehende Abiturient, nahm den Sechstklässler unsanft zur Seite. „Wiederhol' das noch mal!"

Kai hatte im letzten Herbst einen schwunghaften Handel mit Gras und Haschisch auf die Beine gestellt. Durch einen Zufall hatte er entdeckt, dass Terry, sein Golden Retriever, allein den Weg nach Hause fand. Der Junge hatte den Hund bei einer Pinkelpause am Straßenrand vergessen, als er bekifft von Nijmegen aus seinem Lieblings-Coffeeshop zurückkehrte. Terry schien dieser Ausflug nichts auszumachen. Er war gut in Form und freute sich über das Wiedersehen, und noch mehr über die Leckereien, die er bekam.

Das hatte Kai auf eine Idee brachte. Mit seinem wilden Aussehen und seiner alten Klapperkiste war er schon etliche Male auf dem Rückweg von Holland kontrolliert worden.

Kai ließ sich von einer Freundin aus einem hellgoldenen Fellimitat einen kleinen Brustbeutel schneidern, den er Terry überzog. Dort steckte er die verbotenen Mitbringsel rein, versorgte den Hund mit Wasser und Fleisch, nahm ihm das Halsband mit der verräterischen Hundeplakette ab und setzte Terry kurz vor der deutschen Grenze aus. Nervös fuhr er nach Alpen zurück.

Der Hund kam knapp zwei Stunden nach ihm zu Hause an. Perfekt! Terry wedelte immer hocherfreut mit dem Schwanz, wenn er zu Hause ankam, als hätten sie ein tolles Spiel gespielt.

Auf diese Weise konnte Kai viel mehr Stoff einkaufen und brauchte keine Angst vor Kontrollen zu haben. Es war genug, um seine Freunde und Bekannten zu verpflegen, und Kai war reichlich versorgt mit Geld und Naturalien. Solange sich das Wetter einigermaßen hielt, fuhr Kai alle zwei Wochen nach Nijmegen. Er hatte eine tolle Zeit, viel Geld und jede Menge Freunde.

Es ging eine ganze Weile gut, bis Terry Anfang April nicht mehr zurückkam. Kai suchte tagelang nach ihm, fuhr die Strecke ab, lief stundenlang durch den Wald und rief nach Terry. Vergeblich klapperte er die Tierheime in der Umgebung ab. Terry blieb verschwunden, und mit ihm der Brustbeutel, in dem Stoff für 450 Euro steckte.

Seine Eltern fanden es rührend, wie sehr das Verschwinden des geliebten Tieres ihrem Sohn zu schaffen machte. Im August schenkten sie ihm einen Golden-Retriever-Welpen. Kai wusste, dass es noch lange dauern würde, bis das Tier für seine Pläne einsatzbereit war. Schweren Herzens hatte er sich damit abgefunden, dass der gute Terry auf immer von ihm gegangen war.

Und dann, wenige Wochen nach den Sommerferien, stand er in der Bahn hinter diesem Knirps, der sich mit seinem Freund über Indianerspiele und Goldgräber unterhielt. Mitten in diesen kindlichen Fantasien sagte dieser Knirps: „Da hat mein Vater einen Hund begraben." Und brabbelte etwas von einem Unfall, Brombeeren und Geistern in alten Ruinen.

Gleich am Bahnhof schickte Kai den Freund weg und knöpfte sich Kelvin vor. „Wiederhol' das noch mal! Wo hat dein Vater den Hund begraben?"

„Hund?"

„Du hast vorhin gesagt, dein Vater hat einen Hund begraben. Wo hat er ihn begraben?" Gut möglich, dass der Brustbeutel gar nicht weiter aufgefallen war. Den Stoff selbst hatte Kai luft- und wasserdicht verpackt.

„Ich weiß nicht genau. Ich glaube, oben auf dem alten Jugendherbergsplatz, weil er doch so zerkratzt war von den Brombeeren."

Kai ging noch am gleichen Nachmittag los, bewaffnet mit einer Heckenschere, Säge und einer Schaufel. Nach über zwei Stunden war er übersät mit juckenden Quaddeln von den Brennnesseln und zerkratzt von den Brombeeren, aber schließlich fand er die Stelle, wo Boden und Bewuchs anders aussahen.

Hoffentlich war der Stoff noch da. Hoffentlich war das Paket noch verschlossen! 450 Euro. Hätte er die im Sommer gehabt, hätte er doch mit seinen Kumpels in Urlaub fahren können. Ungeduldig stieß Kai die Schaufel in die Erde.

Die ersten Stofffetzen waren noch nicht verräterisch. Vielleicht hatte der Vater von dem Knirps den Hund nach dem Unfall in etwas eingewickelt. Was er dort wirklich ausgrub, ging Kai erst auf, als er eine Herren-Armbanduhr samt Knochen in den Fingern hielt. Die Erkenntnis führte zu spontanem Erbrechen.

Nachdem die Kriminalpolizei Kai die leicht veränderte Version mit dem verschwundenen Hund abgekauft hatte, war der nächste Schritt, den Vater des Jungen aufzusuchen. Es dauerte nicht lange bis die Polizei Harrys Mordmotiv herausfand. Danach war es nur eine Frage der Zeit, bis man an der Leiche Spuren fand, mit denen man Harry überführen konnte. Letztlich war es Harrys Spaten, dessen Kanten eindeutige Abdrücke in den Nackenwirbeln hinterlassen hatte. Der Kaufvertrag des Grundstückes wurde für unwirksam erklärt.

Im Zuge der Ermittlungen kam die ganze Geschichte heraus und die Polizei teilte dem trauernden Kai mit, wo sein geliebter Hund geblieben war.

Natürlich zog Kai sofort los und suchte zum zweiten Mal nach dem Paket. Als Kai Terry fand, war das Paket noch da und schien sogar unversehrt zu sein. Vom Hund selbst war kaum mehr als das verschmutzte Fell und der abgenagte Schädel zu erkennen. Der Jugendliche brachte es nicht fertig, das Paket vom zersetzten Körper zu lösen. Mit Tränen in den Augen schaufelte Kai Erde auf das, was mal Terry war, bis der Hund unter einer dicken Schicht Erde begraben war.

Alpen

An der A 57 zwischen Xanten und Kamp-Lintfort liegt Alpen und direkt am Ortseingang findet man die sogenannte Motte. Das sind die Mauerreste der Burg, die im 13. Jahrhundert den Herren von Alpen gehörte. Um 1200 wurde die stark umwehrte Burg, die mehrfach umgebaut wurde und zwischenzeitlich vier Türme besaß, zum erstenmal urkundlich erwähnt. Bis ins 18. Jahrhundert war die Burg bewohnt, verfiel aber während der Franzosenzeit und wurde nach und nach abgetragen.

Die Turmwindmühlen Bönninghardt und die Mühle Menzelen-Ost sind ebenfalls sehenswerte Baudenkmäler.

Interessant ist auch die evangelische Kirche von 1602, ein einschiffiger, tonnengewölbter Barockbau. Sie wurde an der Stelle errichtet, an der im 15. Jahrhundert die Nikolaikapelle gestanden hat und im östlichen Teil ist noch der Chor der alten Kapelle erhalten geblieben. Das marmorne Grabmal der Kurfürstin Amalie von der Pfalz, die 1602 auf der Burg Alpen verstarb, ist im Inneren der Kirche zu besichtigen. Nach einem Brand 1716 wurde die Kirche auf den stehengebliebenen Mauern wieder errichtet.

Die katholische Kirche, die 1874 im neugotischen Stil erbaut wurde, ist ebenfalls sehenswert.

Weitere Informationen unter www.alpen.de

Übrigens: In der Gemeinschaftsgrundschule Veen wurde vom Verein „Unsere Veener Geschichte" ein Museumsraum eingerichtet, in dem eine volkskundliche Sammlung mit Bildern, Dokumenten und Gegenständen aus den letzten drei Jahrhunderten zu sehen ist.

Der grüne Engel

Die Stadt liegt da, als hätte Jolinde sie nie verlassen. Häuser in einer Ebene, nicht direkt am Rhein und auch nicht auf einem Berg. Rheinberg. Wie unpassend dieser Name eigentlich ist, überlegt Jolinde. Es ist ungewöhnlich hell für einen Spätherbsttag am Niederrhein. In den Wasserlachen auf den Feldern schwimmt Himmelsblau und die Kopfweiden sehen beinahe heiter aus. Einen Moment lang fühlt Jolinde deshalb so etwas wie Enttäuschung. Aber Enttäuschung ist das Gefühl derer, die Veränderungen scheuen. Die festhalten und besitzen wollen, weil sie sich vor den Realitäten des Lebens fürchten. Aber ich, ich will nicht besitzen und ich fürchte mich auch nicht, denkt Jolinde, und wie zum Beweis gibt sie Gas auf der leeren Straße, die zurück in ein Leben führt, das sie vor vielen Jahren zurück gelassen hat.

Menschen, die kommen und ebenso zuverlässig wieder gehen, wechselnde Landschaften und Sprachen, immer neue Hotelzimmer, die einander trotzdem gleichen, das ist es, was Jolindes Leben ausmacht. Sie ist eine Vagabundin im Dienste der Spaßkultur. Ihre wichtigsten Besitztümer lassen sich in zwei große Adidas-Sporttaschen und einen Rucksack verpacken, den Rest lagert sie in einem winzigen Altbau-WG-Zimmer in der Kölner Südstadt. Es hat sie nie gestört, dass es dort laut ist und zieht und dass die Mitbewohner häufig wechseln und immer jünger werden im Vergleich zu ihr.

Nur das Jetzt zählt, hat sie nach dem Sportstudium gedacht, als sie begann, als Animateurin in einem Ferienclub auf Lesbos – oder war es Kreta? – zu jobben. Nur das Jetzt zählt – doch neuerdings ist das nicht mehr so einfach. Sie hat immer noch kein Angebot für die Wintersaison. Was vermutlich daran liegt, dass sie mit ihren fünfunddreißig Jahren nicht mehr unbedingt jene Jugendlichkeit garantiert, die die meisten ihrer Arbeitgeber erwarten.

Beinahe unmerklich sind nach ihrem Sportstudium aus einer Übergangslösung im Süden zehn Jahre geworden. Und warum auch nicht? Die Sonne scheint so schön zuverlässig, wie sie es in Deutschland und erst recht am Niederrhein niemals tut. Das Meer ist blau. Es gibt keine Intimität und all die unappetitlichen Erwartungen und Verletzungen, die damit verbunden sind. Nur Touristen und den Zusammenhalt in einem Team, mit dem man lacht und stöhnt und sich ewige Treue schwört - immer werden wir zusammen arbeiten, ganz bestimmt auch im nächsten Club, in der nächsten Saison - bis man doch wieder auseinander geht, sich noch eine Weile eMails schreibt und sich schließlich vergisst. Die Vergangenheit ist wie ein Pilzgericht, hat Jolindes Mutter immer gesagt. Besser, man wärmt es nicht wieder auf, es könnte giftig sein. Jolinde hat ihre Mutter nie besonders gemocht. Trotzdem hat sie sich seit ihrem siebzehnten Lebensjahr strikt an dieses Motto gehalten.

Sie erreicht den Ortseingang von Rheinberg und drosselt das Tempo. Propper sieht das Städtchen mit seinen getrimmten Vorgärten aus. Die Orsoyer Straße führt wie eh und je ins Zentrum und dort, immer noch altrosa, ist das Haus, in dem Jolinde die ersten siebzehn Jahre ihres Lebens verbracht hat. Ich müsste etwas fühlen, denkt sie, während sie den Wagen im Schritttempo daran vorbei lenkt. Freude, Wehmut, Trauer, von mir aus auch Wut. Irgendetwas. Sie fährt weiter, am Marktplatz vorbei. Die St.-Peter-Kirche ist noch da. Das Underberg-Haus. Das Rathaus aus dunkelrotem Backstein, freistehend und hoch, wie eine Burg. Ein konserviertes Verkehrshindernis, denkt Jolinde. Die Stadtverwaltung ist längst in ein modernes Gebäude gezogen und trotzdem macht die ordentlich gepflasterte Straße einen Bogen drumrum. Vor dem Eiscafé San Marco knöpfen die Menschen ihre Jacken auf und lecken Eis. In die herausgeputzten Stuckfassaden hat sich die Neuzeit gefressen: Döner-Buden und Sonnenstudios, Drogeriemarktketten und eine Videothek. Jolinde wendet, fährt zurück und parkt den Mietwagen vor einem türkischen Imbiss, schräg gegenüber von dem Haus, das neuerdings ihr gehört.

Die Nachbarin hat weißes Haar bekommen. Sie zieht Jolinde mit festem Griff in ihre Küche und mustert sie mit einem seltsam durchdringenden, wasserblauen Blick. Wie ein Fremdkörper kommt Jolinde sich plötzlich vor. Ein unnatürlich braungebrannter Fremdkörper mit viel zu sonnengebleichtem Haar, der gerade im Begriff ist, einen wichtigen Test zu vermasseln.

„Bist viel rumgekommen, Joli", sagt die Nachbarin und schenkt Kaffee ein

Jolinde nickt und schluckt. Was soll sie auch sagen.

„Hat lange gedauert, bis der Notar dich gefunden hat. Drei Wochen. Lanzarote." Die Nachbarin dehnt das O viel zu lang und schüttelt den Kopf. „Da konnten wir mit der Beerdigung nicht warten."

„Es tut mir Leid", sagt Jolinde, weil das angebracht scheint. „Ist das Haus - ich meine, ist meine Großmutter ..."

„Das Haus ist gut in Schuss", sagt die Nachbarin. „Dafür hat deine Großmutter schon gesorgt. War fit bis zuletzt. Und dann - einfach im Supermarkt umgekippt ist sie. Hier gegenüber. Herzinfarkt. Bumm. Jede Hilfe kam zu spät." Sie räuspert sich. „Strom gibt's noch und Wasser. Ich hab ein bisschen was in den Kühlschrank gepackt, wo du doch von so weit her endlich heimkommst."

Heim kommen. Jolinde fühlt sich zu schlapp, um zu protestieren. Sie greift nach dem Schlüsselbund, den die Nachbarin auf den Tisch gelegt hat.

„Soll ich mit rübergehen?" Die Nachbarin steht auf.

„Danke, nicht nötig. Ich finde mich schon zurecht."

„Ich hoffe, du kümmerst dich auch um deinen Bruder."

Jolinde beschleunigt ihre Schritte.

„Deine Großmutter hat nie geglaubt, dass das damals ein Unfall war, Joli", ruft die Nachbarin hinter Jolinde her. „Sie konnte es nur nicht beweisen."

Das Haus ihrer Kindheit. Vom Bürgersteig, auf dem am Wochenende die Ausflügler flanieren, tritt man über zwei abgetretene Steinstufen direkt in einen schmalen Flur. Die Luft riecht nach wollenen Wintermänteln und Staub und Einsamkeit. Nacheinander öffnet Jolinde alle Türen. Die Küche und die gute Stube zur Orsoyer Straße hin, abgeschottet mit schweren Gardinen. Das Studierzimmer mit dem Blick in den Garten. Die Schlafzimmer im ersten Stock: das ihrer Großeltern mit dem silbernen Kruzifix über dem Bett und das, was damals ihrer Mutter gehörte. Leergeräumt ist das jetzt. Und dann, im Dach, die Kinderzimmer. Ihr eigenes, in dem außer Bett und Einbauschrank nichts mehr geblieben ist und das von Johann, ihrem Bruder. Die Tür zu seinem Zimmer öffnet Jolinde zuletzt. Der Aufkleber klebt noch daran: *Wir sind die Leute, vor denen uns unsere Eltern immer gewarnt haben*. Jolinde erinnert sich plötzlich, wie lustig Johann den gefunden hat. Dabei hat ihre Mutter sie nie vor etwas anderem gewarnt, als vor der Vergangenheit, zu der auch der Vater gehörte, dessen Identität die Mutter hartnäckig verschwiegen hat. Vielleicht fand mein Bruder den Aufkleber gerade deshalb so witzig, denkt Jolinde jetzt.

Sie betritt das Zimmer ihres Bruders und seine Welt springt sie an. Nichts hat die Großmutter in diesem Zimmer verändert. Alles ist noch so, wie es war, als er und Jolinde siebzehn waren. Die Schallplattensammlung. Ein klobiger Kassettenrekorder von Blaupunkt am Kopfende des Betts. Die Poster von Queen und den Doors, Räucherstäbchen und die Korktapete mit den Fotos. Staubige Schlümpfe in einem Setzkasten; Jolinde muss nicht zählen, um zu wissen, dass es einundvierzig sind. Der Aschenbecher aus dem Hardrock-Café. Tropfkerzen auf staubigen Weinflaschen. Jolinde lässt sich auf den braunen Nadelfilzteppich mit den Wachsflecken sinken. Ihre Mutter hat Recht gehabt. Die Vergangenheit ist wirklich ein Pilzgericht und man muss sich davor hüten. „Jo und Joli", flüstert sie. „Johann und Jolinde. Die Zwillingskinder. Die untrennbaren Zwei. Das ist nicht mehr, schon lange nicht mehr. Es zählt nur das Jetzt." Aber die Worte helfen ihr nicht. Sie kauert auf dem Teppich, bis die Dunkelheit kommt. Tränen laufen ihr über die Wangen, und immer wenn sie sie mit dem Handrücken wegwischt, kommen wieder neue.

Reisen ist Rückkehr. Immer hat Jolinde Kalenderweisheiten wie diese belächelt. Aber jetzt ist ihr die Distanz dazu abhanden gekommen. Tagelang bewegt sie sich durch Haus und Stadt, als schreite sie durch Watte. In sich gesperrt. Sprachlos. Eine Frau, die nicht sehen will, was sie sieht und trotzdem nicht die Augen schließen kann. *Deine Großmutter hat nie geglaubt, dass es ein Unfall war*, hartnäckig, immer wieder, wiederholt die Nachbarin diesen Satz in Jolindes Kopf. Doch was war es dann? Auf Jos Grab hat jemand Chrysanthemen gepflanzt. Protzig blühende Kunstdüngergeschöpfe, die Jolinde nicht mag. Aber welches Recht hat sie, die Wegläuferin, sich darüber zu beschweren? Und bei wem?

18. Januar 1983. Jos Todestag. Der Tag als Jolinde ihr Urvertrauen verloren hat. Ihren Kokon aus Zweisamkeit, der einfach immer da war. Als Kinder haben Jo und sie manchmal darüber gesprochen, was sie wohl vor ihrer Geburt gemacht haben, im warmen Dunkel der Gebärmutter. Sie haben gekichert und sich vorgestellt, dass sie Wasserballett tanzten, miteinander, umeinander herum, nackt und schwerelos und niemals allein. Man verkraftet so einen Verlust nicht, denkt Jolinde, während sie mit schnellen Schritten den Friedhof verlässt. Ich verkrafte das nicht, und für Sekunden tauchen Bilder auf. Die Beerdigung, bei der sie nicht weinen konnte. Der rote Möbelwagen, der die Mutter und sie fortbrachte aus Rheinberg. Tage und Nächte, als sie sich in ihrem neuen Zimmer verkroch und sich nach der dünnen Sperrholzwand

verzehrte, hinter der Jo Musik gehört hatte, lachte, im Schlaf redete oder leise schnarchte und atmete, atmete. Die Psychologin, die mit der Mutter im Nebenzimmer flüsterte. *Katatonisch. Schwerer Schock. Zeit lassen.* Aber was kann die Zeit schon ändern, wenn man einen überlebenswichtigen Teil von sich verloren hat?

Jolinde rennt. Sie hält erst an, als sie den Marktplatz erreicht hat. Ein paar Jungs holpern mit ihren Skateboards über die Stufen des steinernen Atriums neben dem Rathaus, ein paar Händler bieten ihre Waren an. Früher war der Kirchplatz Rheinbergs Friedhof, fällt ihr ein.

Irgendwann später hat hier mal ein Feuer gewütet, so dass an Stelle der ursprünglichen Bebauung schmucke Gründerzeithäuschen stehen. Jolinde hastet an St. Peter vorbei zur Stadt heraus. Graue Wolkenfetzen jagen über den Himmel. Die Pappeln verlieren ihr Laub. Erst auf den Rheinwiesen hält Jolinde inne. Steht und sieht einen anderen Tag, jenen Tag als Jo seine Schlittschuhstiefel schulterte und hier entlang geradelt sein muss. Ein frostiger Winternachmittag war das, pastelliges Licht hinter kahlen Weiden, die Rheinwiesen - über Neujahr überschwemmt vom Winterhochwasser - eine Fläche spiegelndes Eis, aus der hie und da die knorrigen Äste umgestürzter Pappeln ragten. Eislaufen hinter dem Deich: Das Wintervergnügen der Niederrheinkinder, so selbstverständlich, so harmlos, dass Johann sich nicht einmal von seiner Zwillingsschwester verabschiedet hat. Nach der Schule hatten sie lauwarme Ravioli gegessen und sich angeschwiegen. Wie hätten sie wissen sollen, dass das Jos Henkersmahlzeit war?

Jolinde sieht den Bruder plötzlich vor sich, zum Greifen nah, wie schon lange nicht mehr. Die Wangen gerötet vom Radfahren, die halblangen blonden Haare, die grauen Augen, die so sehr den ihren glichen. Die langen Beine, deren Muskeln sich unter der engen Jeans abzeichnen. *Ich will allein sein, Joli,* hat er statt eines Abschieds gesagt. Vielleicht war das eine Lüge. Vielleicht wollte er nur ohne seine Schwester sein. Seine Clique fällt ihr ein: Stefan, Mike, Tom. Der dicke Mathias. Ihre ewigen Raufereien. Männerwelt. Eine Welt, die Jolinde mehr und mehr verschlossen blieb, seit Jo und sie sechzehn wurden. Die an dem Kokon kratzte, in dem sie sich so sicher gefühlt hatte. Sauftouren, Machtkämpfe und Mutproben. Das Gerangel um die Gunst der Mädchen. *Ich will allein sein, Joli.* Es tut immer noch weh.

Katja, denkt Jolinde. Die schöne Katja mit der Alabasterhaut. Sie war es, die am frühen Abend jenes 18. Januar bei der Großmutter anrief. Wo Jo bliebe, er habe sie doch abholen wollen, am Nachmittag schon.

Katja und Jo. Ein schönes Paar waren die beiden gewesen. Alle haben das gesagt. Jo, der Wilde und die sanfte Katja mit ihren ewigen Ballettstunden. Babydoll hat Jolinde Katja heimlich genannt. Babydoll, weil sie ihr die Anmut neidete, mit der sie auf dem Eis Pirouetten drehte. Die Art, wie sie den Kopf neigte und Jo anhimmelte. Die Selbstverständlichkeit, mit der sie sich auf der Schultoilette die Lippen bemalte. Zartrosa wie ihre Angorapullis und Blusen, unter die, da war Jolinde sicher, alle Jungs gern ihre Hände schieben wollten. Katja aber hatte nur Augen für Jo. Jolinde hatte sie aus tiefstem Herzen gehasst.

Ich muss hier raus, beschließt Jolinde am nächsten Tag. Ein für alle Mal. Der Immobilienmakler ist ein glattrasiertes Dickerchen mit Hamstergesicht. Jolinde will ihn nicht ins Zimmer ihres Bruders lassen, aber er drängt sich mit gelbzahnigem Lächeln an ihr vorbei.

„Ich muss schon alles sehen, junge Frau." Er spricht, als hätte er Halsschmerzen, bewegt die Lippen kaum. „Der ganze Krempel muss natürlich weg, wenn das Haus was bringen soll", sagt er zum Abschied. Jolinde nickt. Zu erschöpft, ihm zu wiedersprechen.

Auf dem Bürgersteig steht die Nachbarin mit bösem Blick. Jolinde weicht in den Flur zurück und verriegelt die Tür. „Mein Haus", sagt sie trotzig zu dem Garderobenständer. Bruder, Mutter, Großeltern – alle, die noch einen Anspruch darauf haben könnten, sind tot. „Ich bin die einzige Erbin. Ich kann machen, was ich will."

In der Nacht baut sie sich ein Nest im Bett ihres Bruders und hört seine alten Platten. Doors. Queen. Led Zeppelin. Ehrliche, leidenschaftliche Rockmusik mit Unschuldsfaktor, weil es noch Tabus gab, gegen die man ansingen konnte.

Tagsüber starrt sie ihr Handy an, das schweigt. Sie bemüht sich, nicht darüber nachzudenken, dass jeder Tag ohne Antwort auf ihre Bewerbungen das Ende ihres Lebensstils bedeuten kann. Luxusklasse oder aufhören war immer ihre Devise. Auf keinen Fall will sie sich in runtergewirtschafteten Drei-Sterne-Etablissements verdingen. Aber was will ich dann, fragt sie sich, erstaunt darüber, dass sie nie über ein Leben ohne Hotelanlagen und Dauersonne nachgedacht hat. Draußen trommelt Regen an die Fenster. Jolinde ruft noch einmal alle Hotelchefs an, die sie kennt. Sie beschwört. Sie preist sich an. Es ist widerlich, aber sie lässt nicht locker. Als sie endlich ein Angebot für Djerba bekommt, sagt sie ja, obwohl sie Tunesien nicht mag.

Danach ist es leichter. Wenigstens hat sie wieder ein Ziel, das in der Zukunft liegt. Sie besorgt Bananenkisten im Supermarkt und kauft mehrere Rollen Müllsäcke. Sie arbeitet sich systematisch durch Schränke und Kommoden.

„Das ist keine Lösung", sagt die Nachbarin, als Jolinde am nächsten Tag grässlich kitschige Reisesouvenirs aus Rüdesheim und Bayern in die Mülltonne stopft.

„Ein volles Haus verkauft sich schlecht."

„Die Vergangenheit bleibt trotzdem da."

„Und wenn schon. Was geht Sie das an?"

„Na hör mal, Joli, vierundfünfzig Jahre lang haben deine Großmutter und ich Tür an Tür gelebt und so manche Sorge und Freude geteilt." Die wasserblauen Augen fixieren Jolinde, die sich plötzlich vorkommt wie ein Schmetterling, auf den die Nadel eines Botanikers niederfährt.

„Glaubst du, deine Großmutter hat dir das Haus vererbt, damit du es verkaufst?“

Jolinde seufzt. „Sie hat mir jedenfalls keine gegenteilige Anweisung hinterlassen.“ Überhaupt keinen Brief hat die Großmutter ihr hinterlassen. Nur dieses Haus, das die persönlichen Besitztümer konserviert hat, als wäre es ein Museum.

„Du musst dir schon ein bisschen Mühe geben“, sagt die Nachbarin.

Jolinde rennt. Das ist das nötige Training für Djerba, sagt sie sich. Mit ihren Joggingschuhen an den Füßen fühlt sie sich stark und nützlich. Sie läuft morgens und abends. Sie läuft, als würde sie für einen Marathon trainieren und versucht, sich nicht einzugestehen, wie sehr ihr die Kopfweiden im Novembergrau gefallen.

Sie erträgt es sogar, an der Stelle vorbeizulaufen, an der sie Jo damals gefunden haben. Starr und festgefroren, dicht neben dem Wipfel einer umgestürzten Pappel. Nur ein Stück seiner Windjacke und ein Büschel blonde Haare waren neben den Ästen zu sehen gewesen. Es hatte bis zum Mittag des Folgetags gedauert, dass sie ihn fanden. Was, wenn die Großmutter Recht hatte? Wenn jemand Jo gestoßen hatte, aufs dünne Eis gelockt? „Das ist absurd“, flüstert Jolinde. Aber ihr Körper ist anderer Meinung. Ist plötzlich zu matt, noch weiter zu rennen, und wie ein geprügelter Hund schleicht sie zurück in das Haus ihrer Kindheit, das sie nie wieder sehen wollte.

An diesem Abend klingelt es und ein Mann steht vor der Tür. Er hat Schokoladenaugen und ein rundes, rosiges Gesicht mit rötlichen Bartstoppeln.

„Mathias“, sagt Jolinde und wundert sich, dass sie ihn sofort erkennt. Als Kinder haben sie zusammen gespielt, als Teenager fand sie ihn uncool. Zu dick, zu klein. Zu nett. Stoisch hat er ihre Zurückweisungen hingenommen, als hätte er nie etwas anderes erwartet. Trottete hinter Jo und seiner Clique her, die ihn duldete. Er hat abgenommen. Sieht beinahe drahtig aus. Nur sein Mund ist immer noch weich.

„Joli. Hab ich mich also nicht getäuscht. Du bist es wirklich. Ich hab dich vorhin am Rathaus gesehen.“ Er holt etwas aus der Jackentasche, hält es ihr hin. Hilflos wirkt das, rührend. Automatisch streckt Jolinde die Hand aus. Sechs Underberg-Portionsfläschen.

„Grüne Engel“, sagen sie im Chor.

„Ich dachte, wegen der alten Zeiten.“

„Komm' rein!“ Auf einmal freut sich Jolinde über den Besuch. Sie führt ihn ins Wohnzimmer, aber das passt nicht, merkt sie sofort. Die schweren Vorhänge kann sie selbst nicht ertragen. Die halbvollen Kisten machen den Raum noch bedrückender. Sie setzen sich in die Küche. Jolinde stellt Bierflaschen und Erdnüsse auf den Tisch. Sie trinken, verlegen. Greifen beinahe gleichzeitig nach den Underberg-Fläschchen, schrauben sie auf, prosten sich zu, ein gedämpftes Klacken, weil sie die Papierverpackung nicht abgerissen haben. Der Alkohol brennt in Jolindes Magen. Sie hat seit dem Morgen nichts gegessen. Egal, denkt sie und isst eine Handvoll Erdnüsse. Früher haben sie Underberg schließlich auch nicht zur Verdauung getrunken, sondern weil die Fläschchen klein genug waren, dass man sie auf Schulpartys oder in Diskotheken schmuggeln konnte. Und weil sie – zumal als Ergänzung zum Bier – die Stimmung hoben. Grüne Engel haben sie die Fläschchen genannt, weil das Bild einer weißgewandeten Fee, die Kräuter in ein Schnapsglas streut, für das Erzeugnis wirbt.

Sie trinken Bier und sprechen von den letzten Jahren.

„Das übliche“, sagt Mathias. „Früh geheiratet, zwei Kinder, Eigenheim – und dann plötzlich ist die Luft raus. Vielen hier geht es so.“ Seine Frau ist mit den Kindern und einem neuen Mann nach Düsseldorf gezogen.

Mathias lebt allein in einer Wohnung nahe der Sparkassen-Filiale, die er leitet. „Ich hab es doch gut hier“, sagt er. „Arbeit hab ich, Freunde. Familie. Den Ruderverein. Jedes zweite Wochenende die Kinder.“

Es klingt so einfach, wie er das sagt und sie leeren noch weitere grüne Engel, die jetzt nicht mehr brennen, sondern Jolinde mit Wärme erfüllen.

„Viel hat sich hier nicht geändert. Das Unternehmen Underberg gibt es auch noch, wie du merkst“, sagt Mathias und grinst Jolinde an. „Ist auch immer noch ein Familienbetrieb.“

„Ich hab gestern ein altes Foto vom Erfinder dieses Fläschchens gefunden“, sagt Jolinde und holt das abgegriffene, lederne Fotoalbum der Großmutter und weitere grüne Engel, die die Großmutter für besondere Anlässe in der alten Holzanrichte aufbewahrt hat. Sie sitzen nebeneinander am Küchentisch und betrachten die gezackten Miniaturen im Fotoalbum. Die Großmutter als Mädchen, mit frechem Grinsen und blonden Zöpfen. Rheinberg ohne Eisdielen und Dönerbuden. Schwarzweiße Reminiszenzen an eine Zeit, in der dunkel gekleidete Menschen mit einer Mischung aus Würde, Furcht und grimmiger Entschlossenheit in die Kamera blickten, wenn sie fotografiert wurden.

„Das ist er als ganz junger Mann - Emil Underberg“, Jolinde zeigt auf ein Foto. „Er war kleinwüchsig. Meine Großmutter hat uns das Foto oft gezeigt, damit wir lernten, dass niemand vor Problemen sicher ist. *‚Es kommt immer drauf an, was man draus macht’*, hat sie gesagt. Und als Emil Underberg in den 40er Jahren beschloss, den familieneigenen Kräuterschnaps nur noch im Miniaturfläschchen zu verkaufen, hat er damit ein Markenzeichen geschaffen - und vielen Rheinbergern den Arbeitsplatz erhalten.“ Sie lacht, plötzlich verlegen, dass sie wie eine Reiseführerin spricht. Sie nimmt noch eins der Fläschchen.

„Trinken wir auf Emil!“

„Trinken wir auf unser Wiedersehen.“ Mathias wird plötzlich ernst. „Ich war damals ganz schön in dich verliebt, Joli.“ Er hüstelt. Lacht. „Jetzt ist es raus. All die Jahre hab ich mir vorgenommen, wenn ich dich je wiedersehe, werde ich dir das sagen.“

„Lass uns hoch gehen". Jolinde weiß selbst nicht, warum sie das sagt. Aber es erscheint absolut richtig, ja, wichtig, Mathias mit in Jos Zimmer zu nehmen. Sie zündet die Tropfkerzen an, die zischend Staub verbrennen und flackern. *This ist the End* singt Jim Morrison. Jolinde sieht Mathias fest in die Augen und beginnt, sich auszuziehen.

Sex ist für Jolinde eine Spielart von Unverbindlichkeit. Sie hat früh gelernt, dass sie, wenn sie die Initiative ergreift, ihre Partner genug überrumpelt, dass sie nicht allzu viel von sich preisgeben muss. Und so ist es auch jetzt. Mathias schluckt hart, dann folgt er ihr willig auf Jos Bett und erweist sich als einfühlsamer Liebhaber. Doch als sie fertig sind, schläft er nicht ein und macht auch keine Anstalten zu gehen. Statt dessen stützt er sich auf den Ellbogen und schaut auf Jolinde herunter.

Versteh' mich nicht falsch, es war sehr schön, Joli", sagt er. „Wirklich, sehr, sehr schön. Aber warum gerade hier, in Jos Zimmer? Bist du sicher, dass du gerade mit mir geschlafen hast?"

Wie versteinert liegt Jolinde neben ihm. „Geh weg, lass mich allein", sagt sie, als Mathias den Arm um sie legen will. Und statt zu widersprechen, gehorcht er ihr einmal mehr.

In dieser Nacht träumt sie, sie stehe auf viel zu dünnem Eis. Weit vorne, am Horizont ist ihr Bruder. Jolinde will ihn erreichen, ihn warnen, aber sie hat keine Schlittschuhe und kommt nicht voran. Sie sieht Mathias – allein wie sie – bemüht, das Gleichgewicht zu halten. Stefan, Mike und Tom gleiten an ihnen vorbei. Ihr Lachen ist hell. Sie schießen über die spiegelnde Fläche, viel zu nah an den eingefrorenen Kronen umspülter Pappeln vorbei, wo das Eis besonders dünn ist. Sie erreichen Jo, umkreisen ihn in irrwitzigem Tempo, dass das Eis ächzt und singt. *Passt auf*, will Jolinde schreien. Aber sie hat keine Stimme, nur diesen stechenden Schmerz in der Brust. Mathias nähert sich ihr mit ungeschickt rudernden Bewegungen. „Geh weg“, flüstert Jolinde, doch im Traum gehorcht er ihr nicht. „Jo oder ich“, ruft er. „Jo oder ich, aber ich fürchte, den Jo, den gibt’s nicht mehr“. *Geh weg*, will Jolinde wieder rufen aber dann ist sie plötzlich allein und alles wird dunkel, viel zu dunkel, und sie wacht auf, nass geschwitzt und weinend, aber fest entschlossen, die alten Gespenster endlich zu vertreiben, egal wie giftig sie sind.

Es ist sechs Uhr morgens, als sie an Mathias’ Wohnung Sturm klingelt. „Du warst auf dem Eis, damals“, sagt sie statt einer Begrüßung. „Ich weiß jetzt, dass du da warst. Du und Jo und die anderen. Mike. Stefan. Tom.“

Wortlos führt er sie in seine Küche. Setzt Kaffee auf. Er hat dunkle Ringe unter den Augen, die sein rundes [illegible] sicht erwachsener aussehen lassen. Er stellt Mil[illegible] Becher auf den Holztisch.

„Die alte Clique. Ich wollte so gerne s[illegible] er leise. „Wir haben Hockey gespielt, [illegible] Ich habe mich bemüht, mitzuhalten [illegible] lang mir das nicht.“ Er lacht trocken [illegible] gebrochen, an einer flachen Stelle [illegible] an haben ihn nach Hause gebracht. Jo [illegible] geblieben. Er hat mir einen Trick ge[illegible] rückwärts fährt. Er war ja immer nett zu [illegible] s nicht nötig, einen Schwächling wie mich z[illegible] Aber er war auch ungeduldig, das weißt du ja [illegible] m besten. Immer tausend Ideen und immer alles s[illegible]. Nach einer Weile hat er die Lust verloren und ist d[illegible] geschossen. Und ich, na, ich hatte eh genug und bin nach Hause.“

Er sieht Jolinde an. „Und das war das letzte, was ich von Jo gesehen habe, ehrlich. Vielleicht hätte ich ihn retten können, wenn ich sportlicher gewesen wäre und bei ihm geblieben wäre. Aber das war ich damals nicht. Ende der Geschichte.“

Er geht zur Kaffeemaschine, bringt die Kanne, schenkt ihnen ein. Verschüttet die Milch. Holt einen Lappen. Zucker. Löffel. Jolinde sieht ihn an, wie sie schon lange niemanden mehr angesehen hat. Sie erkennt sich selbst in seinen fahrigen Bewegungen. Ein Mensch mit schlechtem Gewissen. Ein Mensch auf der Flucht.

„Du lügst“, sagt sie leise.

Mathias schüttelt den Kopf.

„Da ist noch etwas.“ Jolinde weiß selbst nicht, warum sie so sicher ist. Sie weiß nur, *dass* sie sicher ist.

„Ich habe deinen Bruder nicht umgebracht, falls du das denkst.“

„Wer dann?“

„Niemand. Glaub mir bitte. Niemand.“

„Wenn du nach all den Jahren noch etwas für mich empfindest, glaubst du nicht, ich hätte eine bessere Antwort verdient?“ Jolinde entschließt sich zu einem miesen rhetorischen Trick. „Und überhaupt, was war mit letzter Nacht?“

Mathias lässt den Kopf in seine Hände sinken, verharrt so. Stöhnt.

„Wer?“ Jolinde ist unerbittlich.

„Katja.“

„Katja? Aber sie war zu Hause und hat auf Jo gewartet. Sie hat bei meiner Großmutter angerufen, an dem Abend, weil er sie versetzt hat.“ Und wenn nicht, denkt Jolinde plötzlich. Vielleicht war die Großmutter deshalb so sicher, dass es kein Unfall war. Hat etwas in Katjas Stimme gehört. Hat immer viel auf Stimmen gegeben, die Großmutter.

„Ich hab Katja gesehen, als ich schon auf dem Heimweg war“, sagt Mathias.

„Was hat sie gemacht? Was hast du gesehen?“ Atemlos klingt Jolindes Stimme. Eine Art Japsen.

„Nichts. Nicht viel. Sie ist runter zum Eis, hat die Schlittschuhe angezogen und ist losgelaufen.“

„Und warum hast du das damals niemandem erzählt?“

„Glaub mir, Katja hat Jo nicht umgebracht. Sie hatte nur Angst, dass man ihr das unterstellt. Alle wussten doch, dass sie ewig eifersüchtig war und dass Jo und sie deshalb oft gestritten haben. Deshalb hat sie nichts gesagt.

Und ich hab geschwiegen, weil ich andere Pläne hatte." Er setzt sich abrupt auf und sieht Jolinde in die Augen. „Ich weiß, dass mich das wie ein totales Arschloch erscheinen lässt, aber ich war wirklich verzweifelt damals, der ewige Außenseiter, das Dickerchen. Und nun war Jo auch noch tot. Ausgerechnet Jo, der Einzige, der mich ein bisschen beschützt hatte. Du weißt doch selbst, wie die Außenseiter an unserer Schule gequält wurden. Und hier stand ich, der Looser par excellence, fortan auf mich allein gestellt und hatte durch mein Wissen plötzlich das schönste Mädchen von Rheinberg in der Hand."

Er lacht ein bitteres Lachen. „Glaub mir, ich wollte Katja nicht verraten, ich brauchte sie viel zu sehr. Und mein Plan ging auf. Gleich nach dem Abi haben wir geheiratet und alle haben sich gefragt, mit welchen geheimen Qualitäten ich sie rumgekriegt habe."

Wieder bellt er sein bitteres Lachen. „Nur glücklich geworden sind wir nicht."

Es ist Jolinde egal, dass sie vermutlich noch immer viel zu viel grüne Engel im Blut hat. Der Kaffee pumpt durch ihre Adern, sie jagt den Leihwagen auf der Überholspur nach Düsseldorf.

Katja mit der Alabasterhaut. Katja, die sie beneidet, aber nicht gemocht hat. Die alle so sehr bemitleidet haben, nach Jos Tod: den ersten Freund, so tragisch verloren. Jahrelang hat Jolinde sich mit Selbstvorwürfen zerquält, weil sie es nicht über sich brachte, Katja zu schreiben. Anzuerkennen, dass auch ihre Trauer eine Berechtigung hatte. *Bist du sicher, dass du mit mir geschlafen hast,* hat Mathias gefragt. Vielleicht hat er Recht und sie ist krankhaft fixiert auf ihren toten Bruder. Vielleicht gibt es sogar einen Namen für ihre Krankheit. Irgendetwas so niederschmetterndes wie inzestuöse Nekrophilie.

Jolinde knirscht mit den Zähnen, während sie vor einem weißgetünchten Zwanziger-Jahre-Reihenhaus in Düsseldorf-Unterbilk parkt. Die Frau, die die Tür öffnet, ist unverkennbar Katja. Älter zweifellos und hochschwanger.

Sie sieht glücklich aus, doch als sie Jolinde erkennt, werden ihre grünen Augen ernst.

„Joli", sagt sie und streckt eine tadellos manikürte, blasse Hand aus. „Nach all den Jahren. Komm rein."

„Ich weiß jetzt, dass du auf dem Eis warst, mit Jo", sagt Jolinde.

Katjas grüne Augen verschleiern sich mit Tränen. „Er war schon tot, Joli. Ich wusste nicht, was ich machen sollte. Ich bin einfach weggerannt. Es war der Schock. Später hab ich dann bei deiner Oma angerufen. Weil ich wollte, dass es nicht wahr ist." Katja beginnt zu weinen.

„Schwöre, dass du ihm wirklich nicht mehr helfen konntest", fordert Jolinde.

Aber es ist, als ob Katja sie gar nicht mehr hört. „All die Jahre, all die Jahre", schluchzt sie. „Wenn mich doch bloß damals jemand gefragt hätte. Wenn du doch mit mir gesprochen hättest. Wenn ich doch bloß nicht so viel Angst gehabt hätte."

„Es tut mir so Leid", flüstert Jolinde und streichelt vorsichtig Katjas weiße Hand.

Als sie den Wagen zurück nach Rheinberg lenkt, schwimmt graues Zwielicht zwischen den Kopfweiden. Jolinde parkt am Stadtrand und läuft hinunter zum Rhein. Krähen klagen und flussabwärts tuckert ein Bootsmotor.

Jolinde setzt sich ans Ufer und wirft Kieselsteine in den Strom. Sie fühlt sich leicht, wie seit zwanzig Jahren nicht mehr. Wenn sie nicht Katjas Hand gehalten hätte, wenn sie Mathias nicht einen winzigen Blick in ihre Seele gestattet hätte, hätte sie die Trauer um Jo noch immer für sich allein. Aber sie ist auf einmal nicht mehr sicher, dass das erstrebenswert ist.

Ein Rest Unsicherheit wird bleiben, denkt sie, als sie im letzten Licht zurück nach Rheinberg läuft. Hat Katja Jo womöglich doch gestoßen? Hätte sie ihn retten können, wenn sie Hilfe geholt hätte? Und Mathias, hat er die Wahrheit gesagt oder hat er den Grund für Katjas Dankbarkeit womöglich selbst geschaffen? Und sie selbst? Was hätte sie tun können, Jos Tod zu verhindern? Sie wird es nie erfahren und sie will es auch nicht mehr erfahren, denn sie fühlt sich leicht.

Und ihr Bruder ist da. Hier in Rheinberg, das sie so lange gemieden hat. Sie entdeckt sein Gesicht an der Fassade des Underberg-Hauses, über einem Fenster, links neben dem Eckportal mit den Stuckelementen. Ein alterslos schönes Antlitz aus hellem Stein, das sie schon als Kind geliebt hat. Wie hat sie nur übersehen können, dass es aussieht wie Jo?

„Hallo, grüner Engel", grüßt sie ihn leise und hofft einen Moment, er nicke ihr zu. Wendet sich ab und läuft mit festen Schritten zur Sparkasse. Eine Frau, die Zeit hat, weil die Vergangenheit sie nicht länger schrecken kann.

Vielleicht wird sie ihr Haus verkaufen. Vielleicht wird sie Djerba auch Djerba sein lassen, den gelbzahnigen Makler zum Teufel jagen und sich eine Stelle als Turnlehrerin besorgen.

Und vielleicht wird sie sich sogar gestatten, noch einmal jemanden zu lieben.

Rheinberg

Rheinberg ist aus dem keltischen Berke oder Berca entstanden und blickt auf eine 3000-jährige Geschichte zurück. Zum heutigen Stadtgebiet gehören die Ortsteile Borth, Budberg und Orsoy mit insgesamt 31.000 Einwohnern.

Unbedingt sehenswert ist das Backsteinrathaus von Rheinberg, das 1449 erbaut wurde und die erhalten gebliebene Kellerei aus dem Jahre 1573, die zum ehemaligen kurfürstlichen Schloss gehörte. Heute sind dort Stadtarchiv und Musikschule untergebracht.

Im architektonisch interessanten Stadthaus von Rheinberg, das 1981 erbaut wurde, befindet sich die Stadthalle, in der vielfältige Veranstaltungen organisiert werden.

In Borth steht das bedeutendste Steinsalzbergwerk Europas, aber auch einige Baudenkmäler, wie die St.-Evermarus-Kirche und in Borth-Wallach befindet sich die evangelische Kirche aus dem 16. Jahrhundert.

Die Attraktion von Budberg ist die Marienkirche, die aus einer Turmwindmühle erbaut wurde und die evangelische Kirche St. Lambertus aus dem 9. und 10. Jahrhundert.

Orsoy ist eine ehemalige Festungsstadt und lockt mit mittelalterlichem Flair, Wallanlage und Rheinpromenade.

Weitere Informationen gibt es unter
www.rheinberg.de

Übrigens: In Rheinberg gibt es zahlreiche traditionelle Pumpennachbarschaften, jährliche Veranstaltungen der Schützenvereine und alle zwei Jahre einen Rosenmontagszug.

Falscher Fuffziger

Der Mann am Steuer des Kombis trug einen korrekten Anzug, sein Schnauzbart war gepflegt und sein Lächeln, das er jetzt im Rückspiegel überprüfte, sehr verbindlich. Von der Bundesstraße 9 bog er in die Einfahrt zur Tankstelle ab. Nachdem er seinen VW Passat geparkt hatte, schaute er, ob kein Streifenwagen in der Nähe war. Dann betrat er den Glaskasten der Tankstelle.

Am Regal mit den Zeitungen griff er nach einer Fernsehzeitschrift, bei der Gondel mit Geschenkartikeln hielt er sich etwas länger auf. Zuerst begutachtete er ein Puzzle, das als Motiv eine Kirche zeigte, danach ein Kartenspiel, um sich schließlich für einen lila Plüschhasen zu entscheiden.

Der Kassiererin, die sich mit einem müden Nicken von einem anderen Kunden verabschiedete, streckte der Mann die beiden Teile entgegen und zeigte sein verbindliches Lächeln.

„So ganz ohne Geschenk sollte man nicht bei einem Kindergeburtstag auftauchen. Aber mit einem Stofftier liegt man bei einem zweijährigen Mädchen immer richtig, oder?"

Gelangweilt zuckte die Kassiererin mit den Achseln.

Ich sollte nicht so viel reden, ermahnte sich der Mann, schließlich ist das, was ich hier mache, völlig normal. Die Frau zog die Zeitschrift und den Stoffhasen über das Erkennungsfenster der Kasse. Als im Sichtfenster der Betrag von 4,95 Euro aufleuchtete, reichte der Mann der Frau einen Fünfziger.

„Hamses nicht kleiner?"

„Nein, leider! Tut mir ja selbst Leid, denn hat man so einen Schein erst einmal angebrochen, ist er auch ganz schnell aufgebraucht." Wieder so ein Gemeinplatz, sagte sich der Mann. Mensch, Overkamp, du stehst hier doch nicht in einer Fußgängerzone, um Gemüsehobel an die Hausfrau zu bringen, du bist auch nicht mehr der Vertreter, der störrischen Bauern im niederrheinischen Tiefland Kraftfutter verkauft . . . Alles Berufe, die der Mann vor noch nicht allzu langer Zeit ausgeübt hatte.

„Und fünfundvierzig Euro und fünf Cent retour“, sagte die Frau, die sich dann doch noch zu einem „Gute Fahrt!“ aufraffte, aber da war Paul Overkamp bereits jenseits der Tür, die sich vor ihm automatisch geöffnet hatte.

Die Uhr am Armaturenbrett zeigte 16 Uhr 15, knapp zehn Minuten hatte die Aktion gedauert. Verdient hatte Overkamp in der Zeit gut fünfundvierzig Euro. Denn der Fünfziger, mit dem er bezahlt hatte, war eine Fälschung. Die Fernsehzeitschrift hätte er sowieso kaufen müssen, und den Stoffhasen würde er bei nächster Gelegenheit in den Müll werfen. Denn kein Kind wartete auf ihn und auch keine Frau, das Einzige, was auf ihn wartete, war die kalte Dachgeschosswohnung in Duisburg-Meiderich, direkt gegenüber dem ehemaligen Stahlwerk, das seit einigen Jahren ein Freizeitpark war.

Overkamp zwang sich zu einem Lächeln. Immerhin waren 45 Euro kein schlechter Stundenlohn. Zwar musste er bei seiner Kalkulation auch die Betriebskosten für den Wagen und die Fahrtzeit berücksichtigen. Doch selbst dann, wenn er alle Kosten abzog, kam er noch auf einen guten Schnitt.

Die Fünfziger waren hervorragend gearbeitet; es gab den so genannten Sicherheitsstreifen sowie verschiedene Kontrollnummern, und den richtigen Griff hatte das Papier auch. Als Fälschung waren die Scheine allenfalls bei einer genauen Prüfung zu erkennen, aber dazu hatte das Personal an den Tankstellen kaum die nötige Zeit.

Eigentlich gab es an der ganzen Sache nur einen Punkt, über den sich Overkamp ärgerte: Von jedem verdienten Euro blieben ihm nur fünfzig Cent. Die andere Hälfte landete bei den Zwischenhändlern und den Bossen, die irgendwo im Ausland saßen. Womöglich bei Wein und guten Zigarren, während er, Paul Overkamp, wie in alten Vertretertagen bei Wind und Wetter auf Tour sein musste.

„Na ja", sprach er vor sich hin, „noch zwei, drei Besuche, dann ist für heute Schluss!"

Zurück auf der B 9. Einzelne Bauernhäuser, Kopfweiden, Krähen auf abgeernteten Kornfeldern, dahinter erstreckte sich, so weit das Auge reichte, flaches Land.

Trotz des aufkommenden Nebels konnte er die Leuchtreklame der Tankstelle schon von weitem erkennen. Fast ohne nachzudenken griff Overkamp in eine Sporttasche unter dem Beifahrersitz und entnahm ihr eine Banknote, die er in seine rechte Sakkotasche gleiten ließ. Zu seinen Vorsichtsmaßnahmen gehörte, dass er immer nur einen falschen Fünfziger einsteckte; für den Fall, dass er mit einer Blüte auffiel, konnte er immer noch mit einem richtigen Schein aus seiner Brieftasche bezahlen und behaupten, dass man ihm diesen einen falschen Schein selbst untergejubelt habe.

Vor der Einfahrt setzte er den Blinker. Langsam glitt der Wagen auf die Tanksäulen zu. Diesmal wollte er keine Andenken, Süßigkeiten oder Zeitschriften kaufen, sondern ein paar Liter Benzin einfüllen. Auffallen würde er damit nicht. Seit die Spritpreise wieder einmal angezogen hatten, tankten viele Kunden in dieser Gegend, wo es nicht allzu weit bis zur Grenze war, nur noch das Nötigste, um dann in Holland den Tank bis zum Rand zu füllen.

Overkamp stieg aus und vertrat sich die Beine, wie es Autofahrer nach langer Strecke machen. Das gab ihm noch einmal die Gelegenheit, die Situation zu überprüfen und sein Spiegelbild in der Scheibe der Tankstelle zu betrachten. Ein Mann mittleren Alters, von durchschnittlicher Größe und mit einem Gesicht, das man auf der Stelle wieder vergaß - also perfekt für diese Art von Arbeit war.

Es war ein recht neuer Job. Um genau zu sein, Overkamp hatte heute erst richtig damit angefangen.

„Hier sind die Scheine, fünfundzwanzigtausend Mäuse“, hatten die Mittelsmänner bei dem Treffen in Krefeld gesagt. „In einer Woche rechnen wir ab, fifty-fifty. Am besten legen Sie gleich los.“

„Was denn sonst!“, hatte er geantwortet. Auf dergleichen Ratschläge konnte er verzichten. Als ehemaliger Handelsvertreter wusste er doch selbst, dass die Konkurrenz nicht schlief.

Also hatte er auf der Stelle angefangen. Zwei Tankstellen und ein Supermarkt zwischen Kempen und Wachtendonk. Dann die Transuse eben in Aldekerk, und nun stand er in Kerken vor seinem vierten Kunden.

Hinter der Glasscheibe sah er einen alten Mann an der Kasse, der im Moment einen Kunden bediente, während am Zeitschriftenregal ein zweiter Kunde stand; beide trugen Motorradkleidung. Alles andere als Hochbetrieb. Overkamp erinnerte sich an Zeiten, als man um diese Tageszeit noch recht lange an der Kasse warten musste.

Er schob die Zapfpistole in den Tankstutzen, blinzelte immer wieder zur Anzeige und unterbrach den Benzinfluss bei genau fünf Euro; ein glatter Betrag, so ging es am schnellsten mit dem Wechselgeld.

Ein letzter Blick von der Anzeige zur Kasse, dann betrat Overkamp den Verkaufsraum.

Erst jetzt, aus der Nähe betrachtet, merkte er, dass mit dem Kassierer irgendetwas nicht stimmte. Der Mann wirkte blass und nervös, wie versteinert schaute er auf den Kunden, der sich zu seiner verspiegelten Sonnenbrille einen dicken Schal bis unter die Nase gewickelt hatte.

Als Overkamp sich in Richtung Kasse bewegte, näherte sich ihm vom Zeitschriftenregal der zweite Kunde.

„Keine Dummheiten“, schnarrte es hinter dem heruntergelassenen Visier des Motorradhelms hervor.

„Ich wollte nur zahlen“, sagte Overkamp.

„Das können Sie hier bei mir.“

„Aber . . .“

„Kein Aber.“ Der Mann hielt ihm die Hand hin.

Overkamp holte einen Zwanzig-Euroschein aus seiner Brieftasche. „Säule zwei, für genau fünf Euro.“

Der Mann steckte den Zwanziger ein. „Und nun den Rest aus der Brieftasche! Alles, die Münzen auch."

„Aber . . ."

„Schon wieder aber, langsam werde ich ungemütlich."

„Was ist denn los dahinten?", fragte der Vermummte an der Kasse über die Schulter.

„Alles klar, Großer", antwortete sein Partner. „Hab alles im Griff." Er meinte wohl die Pistole, die er mit einer schnellen Bewegung aus seiner Lederjacke zog.

Obwohl die Situation eigentlich gänzlich andere Überlegungen erforderte, fragte sich Overkamp, warum die Ganoven eine Anklage wegen bewaffneten Raubüberfalls in Kauf nahmen, wo man doch mit gefälschten Banknoten nahezu ohne Risiko genauso viel verdienen konnte. Bei dem Gedanken an den falschen Fünfziger glitt seine Hand automatisch in Richtung Sakkotasche.

Der Gangster vor ihm musste die Bewegung falsch verstanden haben, mit dem Pistolenlauf schlug er auf Overkamps Handgelenk. „Schön langsam herausnehmen."

Overkamp gehorchte. Mit zittrigen Fingern zog er den Schein hervor. „Ich wollte nur . . . ich dachte . . . denn in den Tankstellenkassen ist ja heutzutage auch nicht mehr so viel . . ."

„Quatsch keine Operetten. Her damit! So, Ihr Handy auch, Sie haben doch eins, oder?"

Overkamp gab es ihm.

„Und jetzt raus hier!"

„Bin schon weg, hab nichts gesehen." Verdammt, ich quatschte wirklich zu viel, dachte er auf dem Weg zur Tür. Bis zu seinem Wagen waren es nur wenige Schritte, doch sie kamen ihm vor wie eine Ewigkeit. Jeden Augenblick konnte in dem Glaskasten hinter ihm die Hölle losbrechen. Weil der Alte an der Kasse womöglich einen Alarmknopf drückte, weil ein neuer Kunde auftauchte. Oder die Polizei.

Es blieb ruhig. Als Overkamp den Schlag seines Wagens öffnete, sah er aus den Augenwinkeln, dass der Kerl mit dem Motorradhelm das Visier geöffnet hatte, sich auf

Armlänge einen Geldschein vor die Augen hielt und diesen gegen das Deckenlicht kippte.

O je! dachte Overkamp, das Hologramm, der einzige Schwachpunkt der ansonsten perfekten Fälschung! Mit der Kippmethode konnte man erkennen, dass es eine Blüte war.

Die Tür aufreißen und den Wagen starten, das war fast eins.

Er hörte einen scharfen Knall, die Frontscheibe zerbarst. Noch ein Knall. Aber da hatte er schon die Ausfahrt mit quietschenden Reifen hinter sich gebracht.

„Das war knapp!“, keuchte er, während der Wagen auf Touren kam. Kurzer Blick in den Rückspiegel. Verfolgt wurde er nicht.

Seine Erleichterung währte nicht lange. Schon nach wenigen Kilometern fühlte er etwas Klebriges am Rücken, von dem er zunächst glaubte, dass es sich um Angstschweiß handelte. Doch als sich wenig später der Schmerz in der linken Schulter meldete, da wusste er, dass er sich eine Kugel eingefangen hatte.

Über kurz oder lang würde er einen Arzt brauchen. Doch das Wichtigste war zunächst eine neue Windschutzscheibe. Bevor ihn die Polizei anhielt und womöglich auf die Sporttasche unter dem Beifahrersitz aufmerksam wurde.

Zum Glück ist dies mein Revier, dachte er, hier kenne ich eine Menge Leute - Leute, die mir helfen werden.

Rudi Komainda saß in Turnschuhen und ölverschmiertem Overall vor seiner Garage am Ortseingang von Geldern und rauchte. „Is’ Feierabend, Päule.“

„Es geht nur um die Windschutzscheibe, Rudi. Verdammter Steinschlag.“

„Sieht aber aus wie ’n Schussloch. Am besten nimmste ’ne neue Karre. Der GTI da, breite Schlappen, Spoiler und ’n Radio, das auf Polizeifunk eingestellt ist. Damit fährst du sogar den Bullen weg.“ Mit seiner Kippe wies er zu einem Golf, schwarz lackiert, getönte Seitenscheiben, sah aus wie ein Sarg.

„Nur die Scheibe wechseln, Rudi, komm mach schon, bin in Eile.“

Komainda wischte sich die Schuhkappen an den Hosenbeinen ab. „Is’ Feierabend, Päule. Zwölf Riesen.“

„Pass auf, Rudi, ein Tausender, ich lass dir dafür meinen Passat da.“

„Zwölf Riesen, mit deiner Kiste, ohne das Doppelte.“

Overkamp ging zu seinem Wagen, zog die Sporttasche unter dem Sitz hervor und zählte das Geld ab. „Hast Glück, war gerade bei meiner Bank.“

Komainda drückte die Kippe in den sandigen Boden und ließ die Bündel mit Fünfziger in seinen Overall gleiten. „Schlüssel steckt. Wenn du den Golf morgen zurückbringst, kriegste elf Riesen zurück.“

Hinter dem Steuer fing Overkamp an zu rechnen: Von den ursprünglich fünfhundert Scheinen waren zweihundertvierzig weg, blieben ihm noch dreizehntausend Euro. Von denen seine neuen Arbeitgeber allerdings zwölftausendfünfhundert erwarteten.

Schmaler Rest. Und echtes Geld hatte er überhaupt nicht mehr, der Kerl in der Tankstelle hatte ihn bis auf die letzte Münze ausgeplündert.

Der GTI hatte tatsächlich was unter der Haube, nur konnte Overkamp wenig damit anfangen. Seine Schulter schmerzte höllisch, jede scharf gefahrene Kurve, jedes Schlagloch ließ ihn aufjaulen. Kurz vor Issum wurde ihm zum ersten Mal schwarz vor Augen. Er brauchte einen Arzt, dringend.

Und zum Glück kannte er einen. Der Doktor wohnte in Sonsbeck nahe der Freizeitanlage *Pauenhof*. Overkamp hatte in dem Wirtshaus, das dem dortigen Treckermuseum angeschlossen war, mal die Spezialität *Traktorplatte* gegessen, er liebte Hausmannskost, aber im Augenblick war ihm jeglicher Appetit vergangen.

Dr. W. Venckhaus stand auf dem Türschild. Overkamp klingelte, ein Hund schlug an.

Der Tierarzt erkannte seinen Besucher trotz der Haschwolke, die ihn umgab – und ahnte wohl Probleme. Von der Haustür führte er Overkamp umgehend in ein Hinterzimmer. „Was liegt an?"

„Sie müssen mir helfen, Doktor."

„Ich bin raus aus dem Geschäft. Zuerst haben die Kontrolleure die Hormone bei den Kälbern bemängelt, dann das Dioxin bei den Schweinen. Übrigens, das verseuchte Tierfutter haben Sie mir angedreht. Aus. Vorbei. Ich praktiziere nicht mehr."

„Alles ist im Umbruch, Doktor, ich selbst bin längst in einer anderen Branche. Es geht auch nicht um Kraftfutter, es geht um mich."

Dr. Venckhaus kniff die Augen zusammen: „In der Tat, Sie sehen schlecht aus. Kleinen Zug? Eigener Anbau."

Der Tierarzt war bekifft bis in die Haarspitzen, aber seine Fähigkeit zur Schnelldiagnose ungebrochen. Und einen Notverband bekam er immer noch hin. Er zog an seinem Joint, hustete, schloss kurz die Augen und entschied: „Fünftausend."

„Fünf was?"

„Fünftausend. Oder soll ich den Verband wieder abmachen?"

„Ich muss mal an meinen Wagen."

„Da komme ich wohl am besten gleich mit."

Overkamp zählte hundert Scheine ab, reichte sie durch das Seitenfenster und legte den Gang ein.

Kurz vor Alpen gab der GTI seinen Geist auf. Es war, als hätte ihn das Ortsschild erschreckt. Unnütz dem Wagen zu erklären, dass im ganzen Gebiet Alpen-Bönninghardt die höchste Erhebung allenfalls fünfzig Meter über dem Meeresspiegel lag. Overkamp schnappte sich die Sporttasche und marschierte los. Was er brauchte, war ein Taxi. Overkamp wusste, wo die Wagen standen. Bei der Volksbank.

Normalerweise. Heute wurde in Alpen gefeiert. Schützenfest. Heimatfest, irgendetwas mit Blasmusik und Girlanden über der Dorfstraße. Es gab sowieso nur wenige Taxifahrer, und keiner von ihnen wollte das Fest verlassen. Nun ja, bis auf einen und der hatte Konfetti im Haar. „Wohin soll's denn gehn, großer Meister?"

„Nach Duisburg."

„Oho, das ist die andere Rheinseite."

„Richtig."

„Hm, das ist weit."

„Relativ. Paris wäre weit."

„Also, nach Paris?" In den Augen des Fahrers erschienen die Euro-Zeichen.

„Nein, Duisburg!"

„Schön, machen wir einen Pauschalpreis: ein Tausender."

„Nicht nach Paris, nach Duisburg."

„Trotzdem!" Der Mann grinste, anscheinend hatte er die Lage erkannt. „Ich habe prima Musik in meiner Kutsche, höre aber meist die Flöhe husten."

Wäre Overkamp jetzt noch bei Kräften gewesen, er hätte zugeschlagen. So aber drehte er sich diskret zur Seite und zählte zwanzig falsche Fünfziger ab.

Der Fahrer wickelte die Scheine zu einer Rolle. Als er vor lauter Diensteifer nach der Sporttasche greifen wollte, knurrte Overkamp: „Finger weg! Da ist ein Hase drin." Das stimmte, es war der lila Plüschhase aus der Tankstelle, und außerdem hatte er jetzt noch genau siebentausend Euro in der Tasche.

Auf der Homberger Rheinbrücke gerieten sie in einen Stau, Blaulicht signalisierte eine Straßensperre.

„Verdammt!", murmelte Overkamp.

„Verdammt!", zischte der Fahrer.

„Wieso fluchen Sie denn?", wollte Overkamp wissen.

„Weil ich einen kleinen Schluck getrunken habe. Das Schützenfest."

„Und jetzt?"

„Umdrehen." Der Fahrer bremste den Wagen ab. „Den Rhein aufwärts und dann, zack, über die A 40. Oder noch ein Stück weiter hoch und dann, zack, in Rheinhausen oder bei Uerdingen über den Rhein. Wir könnten auch den Rhein runter und die Autofähre zwischen Orsoy und Walsum nehmen. Ist etwas weiter, kostet ein bisschen mehr. Sie gucken so, großer Meister, ich muss an meine Erlaubnis denken."

Overkamp dachte an seine Schulter, der Verband nässte bereits wieder durch. „Nein! Nix da! Weder zack noch zack, dauert alles viel zu lange. Welche Möglichkeit gibt es sonst noch?"

Der Fahrer drehte sich zu ihm, hob die Hand und machte mit Daumen und Zeigefinger eine reibende Bewegung.

„Wie viel?"

„Aber reichlich!"

Overkamp griff in seine Tasche, der Fahrer gab Gas. An der Polizeikontrolle hielt er an. Der Beamte mit der roten Kelle tippte einen Finger an die Mütze: „Guten Abend, die Papiere bitte."

Der Fahrer gab sie ihm. Der Beamte steckte den Kopf ins Wageninnere. „Haben Sie getrunken? Es riecht seltsam."

„Ach so, ja, nee, das ist mein Fahrgast, der hat einen Notverband, hier ist das ärztliche Attest." Der Fahrer reichte dem Beamten noch einmal die Wagenpapiere, diesmal plus Briefkuvert und Banknoten.

„Tja, wenn das so ist, dann mal schnell weiter." Der Polizist steckte den Umschlag ein und winkte sie an den Kollegen vorbei.

„Zweitausend Euro", stöhnte Overkamp.

„Früher hat es die Hälfte gekostet. Der Euro!"

„Aber ein Euro ist doch doppelt so viel wert wie eine Mark, nicht die Hälfte."

„Stimmt, aber die Leute rechnen anders." Der Fahrer zuckte die Achseln. „Soll ich Musik machen?"

„So, großer Meister, da wären wir."

Overkamp schreckte hoch. Da wären wir, aber wo waren sie denn? Beim Anblick der Hochkamine mit ihren blauen Neonringen dachte er zunächst an fremde göttergleiche Riesen, die Heiligenscheine trugen, sehr schön, und der grünlich angestrahlte Gasometer erinnerte ihn an ein Raumfahrzeug. War er im Himmel?

„Das alte Stahlwerk, da wollten Sie doch hin? Sieht wirklich klasse aus mit dieser Beleuchtung.“ Der Fahrer zog die Luft durch die gespitzten Lippen. „Hier wohnen Sie?“

„Gleich um die Ecke.“ Overkamp wies mit der Hand die grobe Richtung, nannte Straßennamen und Hausnummer und sackte wieder weg.

Als er das nächste Mal die Augen aufschlug, zweifelte er nicht eine Sekunde, nun endgültig im Himmelreich zu sein. Das Gesicht, in das er schaute, so lieblich und zart, musste einem Engel gehören.

Es war aber eine Krankenschwester; sie hatte langes blondes Haar und das strahlendste Lächeln, das Overkamp je gesehen hatte. Als sie sich über ihn beugte, nahm er ihren Duft wahr, eine Mischung aus teurer Seife, Vanille und noch etwas Unbestimmbarem. Am Kopfende des Bettes saß, neben dem Kopfkissen aus blütenweißem Leinen, der lila Plüschhase; und am Fußende stand grinsend der Taxifahrer.

„Wo bin ich?“, fragte ihn Overkamp.

„In der besten Privatklinik weit und breit.

„Aber . . . ich . . . kein Geld für diesen Luxus.“

„Doch, doch, in Ihrer Sporttasche habe ich außer dem Plüschhasen, nach dem Sie mehrmals verlangten, noch knapp fünftausend Euro gefunden. Damit habe ich die Leute hier auf Trab gebracht.“ Er bewegte seine Nase wie ein mümmelndes Kaninchen. „War doch in Ihrem Sinne, oder?“

„Hm.“

Kaum zu glauben, dachte Paul Overkamp, ich habe fünfundzwanzigtausend Euro in falschen Fuffzigern unter die Leute gebracht. An einem einzigen Tag! Das sollte ihm erst einmal jemand nachmachen.

Mit diesem stolzen Gedanken sackte er wieder weg.

Duisburg

Schon im 5. Jahrhundert muss es am Zusammenfluss von Rhein und Ruhr eine Siedlung gegeben haben, wie Grabungsfunde belegen. Eine erste urkundliche Erwähnung fand Duisburg 883, als die Normannen den Ort überfielen.

Duisburg hat heute den größten Binnenhafen Europas. Ihrer günstigen Lage und den optimalen Verbindungen zu Wasser und zu Land verdankt die Stadt seit dem Mittelalter einen regen Handel. Aber auch die Kultur kommt hier nicht zu kurz.

Das Museum der deutschen Binnenschifffahrt vermittelt einen Eindruck des Lebens an Bord.

Das Kultur- und Stadthistorische Museum zeigt Erd- und Himmelsgloben des Kartografen und Geografen Gerhard Mercator, der von 1552 bis 1594 in Duisburg lebte.

Das Wilhelm-Lehmbruck-Museum zeigt eine bedeutende Sammulng internationaler Plastiken und Objekte des 20. Jahrhunderts.

Zeitgenössische Malerei zeigt die Sammlung Grothe in einem umgebauten Speichergebäude der Küppersmühle.

Eine beeindruckende Kulisse für Konzerte, Theateraufführungen und andere Veranstaltungen ist der Landschaftspark Duisburg-Nord, der direkt an der A 3 liegt. Im Gasometer befindet sich das größte Tauchausbildungszentrum Europas.

Der Duisburger Zoo ist wegen seiner Delphine und Wale nicht nur ein Erlebnis für Kinder.

Viele interessante Informationen unter
www.duisburg-information.de

Übrigens: Die Kriminalromane von Niklaus Schmid, die im Grafit Verlag erscheinen, spielen zum Teil in seiner Geburtsstadt Duisburg.

Kriminelle Seidenstadt

Die zierliche Frau, die vor mir durch das dunkle Treppenhaus des Jugendstilgebäudes huschte, war wieselflink und ich musste mich bemühen, mit ihr Schritt zu halten.

Ich fand, es roch irgendwie muffig, aber Frau Dr. Thönnissen hatte mich belehrt, das sei der würzige Geruch von teuren Stoffen und traditionsgeladenen Räumen. Ich stieg hinter ihr die steile Treppe empor und fragte mich, was ich zu erwarten hätte.

Als ich durch das Bahnhofsviertel mit all seinen Einbahnstraßen gefahren war und vergeblich nach einem Parkplatz gesucht hatte, war mir schleierhaft gewesen, wo sich hier ein Museum befinden sollte. Schließlich hatte ich meinen Ford Galaxy vor der Hansawache geparkt und war die Luisenstraße rauf und runter gelaufen auf der Suche nach einem großen Prachtbau, denn so hatte ich mir ein Paramentenweberei-Museum vorgestellt. Die Hausnummer hatte ich mir nicht gemerkt, weil ich glaubte, dass man ein Museum unschwer übersehen könnte. Doch die unscheinbare Gasse war alles andere als eine Prachtstraße mit historischem Anspruch. Schließlich fragte ich einen älteren Herrn nach dem Weg.

„Hubert Gotzes Paramentenweberei! Nummero fuffzehn", war die präzise Antwort, und er deutete auf eines der Gründerzeithäuser, die sich an dieser schmalen und dicht beparkten Straße aneinanderreihten. Die Paramentenweberei unterschied sich von den Nachbarhäusern nur durch eine etwas gepflegtere Fassade und ein ovales Messingtürschild. Nach mehrmaligem Klingeln öffnete mir eine zierliche Frau Ende Vierzig mit dunklem Pagenhaarschnitt und auffälligen Strassohrringen. Es stellte sich heraus, dass sie die Geschäftsführerin

Dr. Thönnissen war, die mich heute morgen angerufen hatte. Nebenbei bemerkt, die erste Klientin meiner in Krefeld neu gegründeten Detektei. Aufgeregt hatte sie mir von verschiedenen Diebstählen und einem Einbruch in ihr Museum berichtet und mich zu einem Ortstermin gebeten. Das kam mir gelegen, denn mein möbliert gemietetes Büro war zur Zeit noch nicht für Publikumsverkehr hergerichtet.

Erst vor zwei Wochen war ich mit dem Galaxy, meinem fahrenden Arbeitszimmer, von Berlin hierher gekommen. Immer auf der Flucht vor der Russenmafia, der ich bei meinen Ermittlungen in die Quere gekommen war - aber das ist eine andere Geschichte.

„Sehen Sie, in diesem Raum stehen acht über hundert Jahre alte Webstühle", sagte die Geschäftsführerin stolz und schaltete die Beleuchtung ein. „Und dieses Regal hier ist bis zur Decke gefüllt mit wertvollen italienischen und chinesischen Seidengarnen. Als letzten Sonntag die Führungen vorbei waren, habe ich festgestellt, das drei Spulen mit kostbaren Goldfäden fehlen."

„Aber das Regal ist einfach so offen, da kann doch auch jeder dran", warf ich ein.

„Ja sicher. Es soll hier alles authentisch aussehen", erklärte Frau Dr. Thönnissen. „Wir bitten die Besucher immer, nichts anzufassen."

Sie ging zu einem der Webstühle, der aus unzähligen verschieden starken Längs- und Querbalken aus dunklem Holz zusammengesetzt war. Er reichte fast bis an die etwa drei Meter hohe Decke und war mit hellen Kettfäden bespannt. Das fast fünfzig Zentimeter lange fertige Gewebe zeigte magentafarbene Vögel und Ähren. „Schauen Sie! Auf diesem Webstuhl zum Beispiel sind über dreitausend hauchfeine Seidenfäden. Das verlockt die Leute natürlich es anzufassen."

Ich machte ein wissendes Gesicht. Als ich die Muster auf den Geweben erkannte, war mir klar geworden, dass Paramente Webereien für die im Gottesdienst verwendeten Stoffe sind – in katholischen Kirchen auch die Messgewänder. Ich war in meiner Jugend evangelisch gewesen und vor vielen Jahren aus Gewissensgründen aus der Kirche ausgetreten. Aber das ist eine andere Geschichte.

„Wer könnte ein Motiv haben, Ihr Museum zu bestehlen?" fragte ich, weil ich dachte, es wäre nun an der Zeit, ein paar professionelle Fragen zu stellen.

„Ich habe keine Ahnung. Genau das müssen Sie herausfinden. Es ist wirklich furchtbar, das geht jetzt seit Monaten so. Immer verschwindet etwas und jedes Mal wird darüber in der Zeitung berichtet. Unser Museum wird nur noch mit Diebstählen und kriminellen Delikten in Zusammenhang gebracht."

„Hauptsache, der Name steht in der Zeitung. Auch negative Reklame ist Werbung." Das hatte ich mal irgendwo aufgeschnappt und dachte, es könnte sie vielleicht beschwichtigen.

Meine neue Klientin lächelte. „Da haben Sie Recht. In diesem Monat haben wir gut doppelt so viele Besucher wie zur selben Zeit im Vorjahr. Es werden momentan viele individuelle Führungen mit Webdemonstrationen gebucht."

„Wer hat Interesse an solchen Vorführungen?", wollte ich wissen. „Sind das Einzelpersonen oder Gruppen?"

„Das ist ganz unterschiedlich, oft sind es Schulklassen, Kegelklubs oder andere kulturell interessierte Gruppen. Aber auch ältere Menschen, die ihren Enkeln zeigen möchten, wie der Großvater oder Urgroßvater gearbeitet hat. Krefeld ist die Samt- und Seidenstadt." Frau Dr. Thönnissen sah mich von unten herauf an und fuhr fort: „Im 18. Jahrhundert gab es in Krefeld rund 6000 Einwohner. Davon waren allein 2800 bei den Seidenfabrikanten von der Leyen beschäftigt. Heinrich und Friedrich von der Leyen waren die Hoflieferanten vom Alten Fritz."

„Zurück zu Ihren Besuchern und möglichen Verdächtigen", ermahnte ich.

„Wir haben auch wechselnde Ausstellungen und es kommt vor, dass bestimmte Leute häufiger kommen", stellte Frau Dr. Thönnissen fest.

„Ein Anmelderegister oder ein Gästebuch haben Sie nicht?"

Sie schüttelte den Kopf. Bevor ich ging, versuchte die Geschäftsführerin, mich als Mitglied des Fördervereins zu werben und versorgte mich mit Handzetteln und Broschüren. Ich hatte mich gut zwei Stunden in der ehemaligen Weberei aufgehalten und war angenehm überrascht, keinen Strafzettel an meinem Wagen vorzufinden. In jeder anderen mittleren Großstadt hätte man mir einen kostenpflichtigen Hinweis auf die Parkhäuser der Stadt hinter die Scheibenwischer geklemmt.

Ich stieg ein, riss eine Packung Kekse auf und holte mein Diktiergerät aus dem Seitenfach. Alles was mir wichtig erschien, sprach ich auf Band und schob mir zwischendurch Kekse in den Mund. Gerade als ich Kaffee in meinen Thermosbecher goss, klopfte eine dunkelblau uniformierte Dame an die Seitenscheibe: „Hier können Sie aber nicht stehen bleiben." Wusste ich es doch.

„Danke für den Hinweis", lächelte ich zuckersüß, stellte den Becher in die Halterung und startet den Motor. Für heute hatte ich genug erfahren. Es wurde Zeit, zum Büro auf der Leyentalstraße zurückzukehren, ein paar Kartons auszuräumen und mich häuslich einzurichten.

Da ich mein Auto praktisch zu einem Büro auf Rädern gemacht hatte, war es nur logisch, dass mein Büro den Stellenwert einer Wohnung für mich hatte. Mein Vormieter hatte sich eine moderne Büroausstattung mit metallicblaugrauen Wandschränken, Sideboards und einem ergonomisch geformten Schreibtisch designern lassen. Im hinteren Teil des länglichen Raums befand sich die Kofferküche mit Kühlschrank, Spüle und Kaffeemaschine, die er freundlicherweise zurückgelassen hatte, da er mit der Miete in Rückstand geraten war. In dem winzigen Toilettenraum befand sich sogar eine Dusche, so dass außer einem Bett eigentlich nichts fehlte. Aber wegen meines Rückens und seit der Geschichte in Berlin schlief ich sowieso nur noch in meiner Hängematte, aber das ist wieder eine andere Geschichte.

Ich hatte inzwischen die Lokalseiten der hiesigen Tages- und Wochenzeitungen der letzten Zeit studiert und alle Artikel, die in Zusammenhang mit den Vorkommnissen in der Seidenweberei standen, ausgeschnitten. Bei der Gelegenheit hatte ich interessante Einzelheiten aus Politik und Wirtschaft in meiner neuen Heimatstadt erfahren.

So war zum Beispiel gerade eine neue Geschäftsführerin der städtischen Wirtschaftsförderungsgesellschaft in ihr Amt eingeführt worden. Schon ergingen sich die Krefelder in seitenlangen Leserbriefen. Man empörte sich, wie Frau Dr. Angelika Engelmann - die weder in Krefeld geboren noch hier aufgewachsen sei - es wagen könne, am Image der Samt- und Seidenstadt zu kratzen. Ein Dr. Icks ereiferte sich, es könne nur an ihrer Unerfahrenheit liegen, dass die junge Frau in Erwägung ziehe, das Image der Stadt Krefeld als Seidenstadt gegen ein aufgesetztes Bild als Stadt für Chemie und Medizin zu tauschen. Ein anderer Schreiber namens Hülsdonk lehnte ebenso vehement ein Image als Stadt der Kreativität ab.
Ich nahm mir vor, Frau Dr. Thönnissen darauf anzusprechen. Den Gedanken hatte ich kaum zu Ende gebracht, als mein Handy die Titelmelodie der Miss Marple-Filme dudelte. Meine derzeit einzige Klientin setzte mich atemlos darüber in Kenntnis, dass ein gewisser Wendelinus Breuer entführt worden sei. Auf Nachfragen erfuhr ich, dass er einer der beiden alten Herren ist, die als gelernte Seidenweber noch die historischen Webstühle im Museum bedienen können.

„Wann haben der oder die Entführer mit Ihnen Kontakt aufgenommen?"

„Gerade eben. Herr Breuer hat mich angerufen."

„Der Entführte hat selbst mit Ihnen gesprochen?", fragte ich erstaunt.

„Ja, er sagte, es ginge ihm gut, ich solle mir keine Sorgen machen. Man behandle ihn sehr zuvorkommend, und damit das so bliebe, solle ich auf keinen Fall die Polizei einschalten, höchstens die Presse."

„So hat er sich ausgedrückt?", fragte ich. Der Fall wurde immer dubioser.

„Wir haben doch kaum Geld", jammerte die Geschäftsführerin. Das Museum finanzieren wir mit Mitgliedsbeiträgen des Fördervereins, mit Spenden und den geringen Mitteln, die uns die Nordrhein-Westfalen-Stiftung zur Verfügung stellt."

„Also, machen Sie sich mal keine Gedanken", sagte ich nur, um sie zu beruhigen. „Wie die Sache aussieht, geht es den Entführern nicht um Geld."

„Wirklich nicht?"

Ich konnte deutlich hören, wie erleichtert meine Klientin war, was mich zu neuen Schlussfolgerungen ermutigte. „Wenn der oder die Entführer nicht total verblödet sind, wissen sie auch, dass bei kulturellen Einrichtungen kein Geld zu holen ist. Das hat inzwischen jeder Erstklässler mitbekommen, dass immer zuerst der Kultur die Mittel gestrichen werden. Also geht es um etwas anderes."

„Um was?"

„Genau das werde ich herausfinden", antwortete ich so bestimmt, dass ich selbst davon überzeugt war.

Die nächsten drei Tage verbrachte ich fast ausschließlich in meinem fahrbaren Büro. Ich hatte den Galaxy auf der Luisenstraße schräg gegenüber der ehemaligen Paramentenweberei geparkt, um das Museum zu observieren. Da ich noch ziemlich im Dunklen tappte, hoffte ich, irgendeine Auffälligkeit würde mir weiterhelfen. Ein Ford Galaxy ist übrigens das ideale Auto für eine Beschattung. Üblicherweise fahren Mütter einen Wagen dieser Größe, um ihre Kinder, deren Freunde und jede Menge Sporttaschen, Golfsäcke, Windelbeutel oder anderen Zubehör zu diversen Freizeitaktivitäten zu kutschieren.

Ich lagerte in meinem Wagen eine komplette Büroausstattung mit Laptop, eine Fotoausrüstung eine Videoanlage, nicht zu vergessen Campingkocher, Minikühlschrank und Chemieklo. Frei nach dem Motto „my Car is my Castle" würde ich tagelangen Belagerungen standhalten können. Und das alles diskret, seriös und ohne aufzufallen. Zur besseren Tarnung hatte ich auf dem Heck diverse Aufkleber platziert, wie „Ich bremse auch für Männer" oder mit regionalem Bezug, „Es gibt Schlimmeres als Krefeld". Potentielle Autoknacker wurden durch den herzigen Aufkleber „Beretta an Bord" abgeschreckt.

Um mir die Zeit zu vertreiben, hatte ich mich mit aktuellen Tageszeitungen und ausreichend Fachliteratur eingedeckt. So stöberte ich in zahlreichen Bildbänden rund um die Seidenstadt Krefeld und den Niederrhein. Am Ende das dritten Tages kannte ich mich bestens mit der wirtschaftlichen und historischen Entwicklung dieses Landstriches aus und war mit den Krefelder Seidenbaronen und ihren Familien so vertraut, als hätte ich sie persönlich gekannt.

Nur der Lösung meines Falles war ich keinen Deut näher gekommen. In den Tageszeitungen wurde ausführlich über die Ereignisse in der Paramentenweberei berichtet und im Stadt-Spiegel stand ein mehrseitiges Interview mit der Geschäftsführerin. Niemandem schienen die Vorfälle mehr zu nützen als ihr. Kurzfristig beschlich mich der leise Verdacht, sie hätte die ganze Sache selbst eingefädelt. Aber dann wäre es völlig unsinnig gewesen, mich zu engagieren, um die Sache aufzudecken. Ich konnte mir nicht vorstellen, dass sie ihre knappen Geldmittel in die Lösung eines Falles steckte, den sie selbst inszeniert hatte.

Um mich endlich an den Fall heran zu tasten, rief ich Herrn Hülsdonk an, der mir durch zahlreiche enthusiastische Leserbriefe aufgefallen war. So genau wusste ich nicht, was ich von ihm wollte. Ich sprach ihn einfach auf seinen letzten veröffentlichten Brief an und behauptete, er habe mir aus der Seele gesprochen. Das schien genau die richtige Taktik zu sein, denn er sprudelte los, fast ohne Luft zu holen.

„Das ist gerade in dieser wirtschaftlich schwierigen Zeit wichtig, dass wir Krefelder uns darauf besinnen, was uns groß gemacht hat. Was wir einmal geschafft haben, können wir auch wieder schaffen. Im 19. Jahrhundert hat Krefeld alle alten Seidenzentren Europas überholt. Der Seidenunternehmer Wilhelm Schroeder hatte damals nicht nur Filialen in Lyon, Zürich, London, Bergamo, New York und Moers, sondern sogar in China. Der Name Krefeld muss wieder Bedeutung bekommen in der Welt."

„Herr Hülsdonk, ich bin genau Ihrer Meinung", unterbrach ich seinen Redefluss, „ich bin auch schon Mitglied im Förderverein der Handweberei Hubert Gotzes. Aber ich möchte mehr tun."

„Rufen Sie meinen alten Kollegen Dr. Icks an. Wir haben früher beide für das Werbeamt der Stadt gearbeitet, und wir sind immer noch aktiv." Mein Gesprächspartner hatte seine Stimme gedämpft, als ginge es um eine Verschwörung.

„Dr. Icks hat im letzten Jahr das Buch „Die Seidenstadt am Niederrhein" herausgegeben und ich kann Ihnen nur so viel sagen, zur Zeit arbeitet er an einem Projekt, das den Blick der Welt auf Krefeld lenken wird." Dieser letzte Satz ließ mich hellhörig werden, sollte ich einem Spinner auf den Leim gegangen sein?

Ich rief Frau Dr. Thönnissen an, um mich zu erkundigen, ob der oder die Entführer sich inzwischen gemeldet hätten. Hatten sie nicht. Dafür gab ich der Versuchung nach, meiner Klientin anzudeuten, ich stünde kurz vor der Aufklärung des Falles. In meiner Verzweiflung klammerte ich mich an die einzige Spur, die ich hatte und rief Dr. Icks an. Er war sofort bereit, mir Audienz zu gewähren, nachdem ich erklärt hatte, auf Empfehlung von Herrn Hülsdonk vorstellig zu werden.

Dr. Icks wohnte in einem gut gepflegten Jugendstilhaus auf dem Westwall. Er war ein großgewachsener älterer Herr, etwas hager und mit dichtem weißen Haar. Er trug einen eleganten dunkelgrauen Anzug mit farblich abgestimmter Krawatte und Seideneinstecktuch. Ich schätzte ihn auf etwa Ende siebzig.

„Wie haben Sie Herrn Hülsdonk kennengelernt?", fragte mein Gastgeber, nachdem wir im Wohnzimmer Platz genommen hatten und eine etwa achtzigjährige Haushälterin uns Kaffee in dünne Porzellantassen eingeschenkt hatte.

„Mich haben einige seiner Leserbriefe angesprochen und so habe ich ihn spontan angerufen - ähm - weil auch ich denke, Krefeld ist die Seidenstadt am Niederrhein - ähm . . .", ich war erleichtert, als die Haushälterin das Zimmer betrat, um Gebäck zu reichen.

„Ach, Frau van de Loh, bitten Sie doch Herrn Breuer, Feierabend zu machen. Vielleicht möchte er sich zu uns gesellen und unseren Besuch kennenlernen."

Damit wandte Herr Dr. Icks sich wieder an mich. „Sie haben vollkommen Recht, Krefeld ist die Samt- und Seidenstadt und wird es immer bleiben. Das muss wieder ins Bewusstsein der Krefelder übergehen."

Ein älterer Herr trat ein und wurde mir als Wendelinus Breuer, ein begnadeter Handweber - einer der letzten seiner Zunft - vorgestellt. Ich starrte Herrn Breuer an wie einen Geist.

„Wenn Sie möchten, zeige ich Ihnen gerne das Haus", bot mein Gastgeber an. „Es hat diesen typischen Flügelanbau, in dem früher der Webstuhl stand. Ich habe den Anbau vor kurzem wieder in Betrieb genommen, denn ich bin neuerdings stolzer Besitzer eines Webstuhls, der sich ehemals im Besitz von Wilhelm Schroeder befand. Diesen Webstuhl hat er 1893 mit zur Weltausstellung nach Chicago genommen, wo er und andere Seidenfabrikanten Krefelder Produkte präsentierten."

Ich konnte meinen Blick kaum von Herrn Breuer losreissen. Er machte nicht den Eindruck, als sei er gegen seinen Willen hier, vielleicht war er nur ein Namensvetter des Entführten. Um Zeit zu gewinnen, fragte ich, ob wir uns schon mal begegnet wären.

„Das kann gut sein, wenn Sie schon mal in unserem Museum waren", antwortete er erfreut, „dort arbeite ich am Webstuhl und mache sonntags Vorführungen."

„Das gibt's doch nicht", platzte ich heraus, „Sie wissen doch, dass Ihre Chefin glaubt, Sie seien entführt worden? Sie macht sich Sorgen um Sie und hat mich engagiert, Sie zu finden."

Die beiden alten Herren wechselten vielsagende Blikke. Breuer sah mich schuldbewusst an. „Das mit der Entführung stand ja in allen Zeitungen. Ich hab sie doch extra angerufen und gesagt, sie bräuchte sich keine Sorgen um mich zu machen. Aber wir konnten sie unmöglich in unseren Plan einweihen."

„Was für ein Plan?", wollte ich wissen.

„Nun", begann Dr. Icks, „Sie sind doch auch der Ansicht, dass Krefeld als die Seidenstadt wieder ins Bewusstsein der Bürger gerückt werden muss. Wir haben dafür gesorgt, dass das Seidenweberei-Museum ständig in den Schlagzeilen stand, indem Herr Breuer regelmäßig etwas verschwinden ließ. Schließlich wollten wir noch für einen richtigen Knaller sorgen, und er hatte die Idee mit der vorgetäuschten Entführung. Allerdings ist Herr Breuer dabei, an meinem historischen Webstuhl einen wertvollen Stoff für ein Priestergewand herzustellen."

„Genau", fiel ihm der alte Weber ins Wort, „das soll in einer einmaligen Aktion dem Papst überreicht werden. Dann ist Krefeld wieder in aller Munde."

„Sie beide haben ja eine Menge krimineller Energie", bemerkte ich streng, „wiederholter Diebstahl, Vortäuschung einer Straftat . . ."

„Aber der Zweck heiligt die Mittel", rief Breuer mit hochrotem Kopf.

„Eines richtigen Verbrechens sind wir nicht fähig", klärte Dr. Icks mich auf. „Wir werden natürlich umgehend Frau Dr. Thönnissen in Kenntnis setzen, dass es da ein Missverständnis gegeben hat."

„Kein richtiges Verbrechen, kein richtiger Fall, dann gibt's auch kein richtiges Honorar", murmelte ich enttäuscht.

Inzwischen hatte ich gelernt, dass die Krefelder ein eigenes Völkchen sind. Und einmal mehr bewahrheitete sich der Spruch, auf den ich bei meinen Recherchen gestoßen war: Es gibt Gute, Böse und Krefelder. Die sind zu gut, um zu den Bösen zu gehören - aber zu schlecht, um zu den Guten zu zählen.

Krefeld

Die 630 Jahre alte Stadt hat 240.000 Einwohner und wurde als Samt- und Seidenstadt bekannt. Das Wachstum der Stadt im 18. Jahrhundert geht auf den wirtschaftlichen Erfolg der Seidenbarone von der Leyen zurück, die sich Königliche Hoflieferanten nennen durften.

Im Museum *Paramentenweberei Hubert Gotzes* demonstrieren Handweber an acht historischen Webstühlen die Herstellung von Samtbrokat. Seit 1867 wurden hier Priestergewänder und andere Textilien für den Kirchengebrauch produziert.

Jedes Jahr im September findet in Krefeld die größte Straßenmodenschau der Welt statt. Heute spielen neben der Textilindustrie auch Chemie- und Stahlindustrie eine bedeutende Rolle.

Auch sportlich sind die Krefelder auf der Höhe: 1952 und 2003 wurde der KEV (Krefeld Pinguine) Deutscher Eishockeymeister.

Im *Kaiser-Wilhelm-Museum* und in den von Ludwig Mies van de Rohe erbauten Häusern *Lange* und *Esters* wird aktuelle Kunst präsentiert.

Das Bild der Innenstadt wird durch das Karree der vier Wälle geprägt.

Der 1895 in Krefeld geborene Maler und Zeichner Fritz Huhnen charakterisierte seine Mitbürger treffend in seinem Buch mit dem Titel „Gute, Böse und Krefelder".

Mehr interessante Informationen gibt es unter www.krefeld.de

Übrigens: Seit 2001 organisieren Ina Coelen und Ingrid Schmitz am ersten Novemberwochenende die Krefelder Krimi-Tage, zu denen KrimiautorInnen aus ganz Deutschland eingeladen werden, um ihre Bücher vorzustellen.

Mischa Bach

aka Dr. Michaela Bach, geboren 1966 in Neuwied/Rhein, lebt in Essen. Wäre es England, wäre „writer" die Berufsbezeichnung der Filmwissenschaftlerin, Drehbuchautorin, Dramaturgin, Journalistin, Übersetzerin etc. Geschrieben wurde schon immer - der erste comicartige Brief im zarten Alter von vier Jahren - veröffentlicht seit 1982. Auf die Rheinzeitung folgen WAZ und PRINZ und schließlich der oneline-Dienst Cityweb. Weil Journalismus gut und schön, aber durch die Grenze der Wirklichkeit eingeschränkt ist, kommt 1992 die Fiktion hinzu - was zunächst filmisch beginnt, wird zunehmend immer ‚prosaischer' - „kriminell vielfältig" sind und bleiben dagegen die Themen.

Oliver Buslau

1962 geboren, arbeitet seit 1994 als freier Autor und Journalist. Er studierte Musikwissenschaft und Germanistik in Köln und Wien. Nach seinem Studium arbeitete er im Produktmanagement der Plattenfirma EMI Classics und als Verlagsredakteur. Im Jahr 2000 gründete er die Zeitschrift Textart, die er als Redakteur und Mitherausgeber leitet. Oliver Buslau schrieb bisher vier Kriminalromane. Drei handeln von dem Wuppertaler Privatdetektiv Remigius Rott, der vierte, „Schängels Schatten", spielt am Mittelrhein. Der Autor lebt in Bergisch Gladbach und ist Mitglied im Syndikat.

Anke Cibach

Geboren 1949 in Hamburg. Studium der Psychologie und Anthropologie in Hamburg. Freiberuflich in Stade tätig als Dipl.-Psychologin und Autorin, umgeben von liebenswerten, bissigen Haustieren, Mitmenschen und einem Smart. Sie schätzt beim Schreiben schwarzen Humor, ist Mitglied im Syndikat (Autorengruppe deutschsprachiger Kriminalliteratur) und bei den Sisters in Crime. Motto: „Krimis sind Schokolade für die Seele." Im Scherz-Verlag erschien 2003 ihre Anthologie „Liebestöter".

Ina Coelen

Wurde 1958 in Vorst am Niederrhein geboren. Mit 18 Jahren war sie Mitglied der IGDA (Interessensgemeinschaft Deutschsprachiger Autoren). Sie studierte Visuelle Kommunikation und arbeitete für verschiedene Werbeagenturen und in einem Verlag, bevor sie 1984 mit ihrem Mann ein eigenes Werbeatelier gründete. Seither zeichnet sie Cartoons für eine regionale Zeitung, macht Illustrationen, schreibt Kindertexte und Geschichten für ihr Marionettentheater. Sie schreibt Kurzkrimis und ist Herausgeberin zahlreicher Krimi-Anthologien.

Zusammen mit Ingrid Schmitz organisiert sie die Krefelder Krimi-Tage. Sie ist Mitglied der Sisters in Crime und im Syndikat und lebt mit ihrem Mann und zwei Kindern in Krefeld.

www.coelen-krimi.com

Regina Gärtner

1964 in Dinslaken geboren, in Alpen aufgewachsen und am Niederrhein sozialisiert, begann mit dem Schreiben mit siebzehn Jahren als freie Mitarbeiterin einer großen Zeitung. Zwei Jahre später zog es sie nach Aachen, um dort Germanistik und Politikwissenschaften zu studieren. Neben ihrem Studium hat sie als Diskjockey und Mode-Designerin gearbeitet. Nach verschiedenen Tätigkeiten im Presse-, PR- und Werbebereich – meistens im Verlagswesen – arbeitet sie heute in einem Kölner Verlag in der Werbung. Im Herbst 2000 debütierte sie mit ihrem ersten Krimi „Tödliche Schöpfung“. Sie ist Mitglied im Syndikat und bei den Sisters in Crime.

Jess Geiger

Geboren 1965. Nach fünf Jahren in Duisburg Umzug nach Dinslaken. Aufgewachsen in einem Haus, in dem kurz zuvor ein Amokläufer mehrere Menschen erschoss. Studium der Diplom-Sozialarbeit in Mönchengladbach. Keine Kinder, keine Haustiere, aber einen großen Garten und viele Interessen. Autorin, Musikerin (afrikanisches Trommeln), Künstlerin und Managerin einer Rockband. Arbeitet im sozialen Brennpunkt in Familien mit Multiproblematik. Mitglied der Sisters in Crime.

Alexandra Guggenheim

Gebürtige Niederrheinländerin, hat eine Vorliebe für die schönen Künste. Da es ihr aber zu strapaziös erschien, Bilder zu bewachen, wurde sie Kunsthistorikerin. Sie arbeitete in Museen und forschte an der Universität. Heute ist sie journalistisch tätig und schreibt u. a. Artikel für Fachzeitschriften, Buchrezensionen und seit 2001 Kurzkrimis. Die Autorin lebt mit ihrer Familie in der Nähe von Hamburg und ist Mitglied bei den Sisters in Crime und im Syndikat.

Angelika Hensgen

Wurde 1953 in Krefeld geboren, Ausbildung zur Speditionskauffrau, vier Kinder (1977, 1980, 1986, 1988); Abitur Abendgymnasium 1983, Studium Sprachen und Literatur in Köln, M.A. 1996; während des Studiums Besuch des Forums für schriftstellerische Versuche und Mitglied der Autorenwerkstatt der Uni Köln, Veröffentlichungen von Lyrik, seit 1993 Mitglied des Literaturateliers der SK Stiftung Kultur; 1998 Zusammenarbeit mit der Kölner Malerin Gisela Schmitz-Roth; seit 1999 erschienen mehrere Kinderbücher und regelmäßige andere Veröffentlichungen, im Herbst 2001 erschien der Niederrheinkrimi „Racheengel" im Emons Verlag, Köln.

H. P. Karr

Geboren 1955 in Saalfeld, war nach- und nebeneinander Reporter, Redakteur, Übersetzer und Ghostwriter. Er schrieb und schreibt für Zeitungen, Zeitschriften und den Rundfunk und veröffentlichte bisher die Kriminalromane „Geierfrühling", „Rattensommer", „Hühnerherbst" und „Bullenwinter" (alle gemeinsam mit Walter Wehner), „Doppelt gewinnt" (mit Barbara Hölscher) und „Mord ist nichts für Männer", sowie zuletzt drei Bände mit Ratekrimis.

Gabriele Keiser

Geboren 1953 in Kaiserslautern. Nach der Hauptschule ergriff sie den Beruf der Apothekenhelferin, wo sie – und das sollte sich später als nützlich erweisen – mit allerlei Giften in Berührung kam. Später besuchte sie das Abendgymnasium in Marburg und studierte deutsche, englische und amerikanische Literatur. Nach der Geburt ihrer beiden Kinder begann sie mit dem Schreiben von Krimis. Diese Tätigkeit übt sie immer noch mit Hingabe aus – mal mit und mal ohne Partner. Ihr jüngstes Verbrechen ist unter dem Namen Lea Wolf (zusammen mit Wolfgang Polifka) erschienen. Titel: „Kalt ist der Schlaf". Die Autorin lebt mit ihrer Familie in Andernach am Rhein.

Gisa Klönne

Jahrgang 1964, wuchs in Hessen auf. Sie studierte dort, in England und Köln unter anderem Politik und Anglistik. Sie arbeitete in der Emma-Redaktion und als Chefredakteurin eines Umweltmagazins, bevor sie sich selbstständig machte, um endlich das zu schreiben, was sie wollte. Seitdem arbeitet sie als freie Journalistin und Dozentin, veröffentlicht Kurzgeschichten und schreibt an ihrem ersten Kriminalroman. 2001 gewann sie beim Short-Story-Wettbewerb von „Journal der Frau". 2003 gibt sie für den Ullstein-Verlag die Krimi-Anthologie „Leise rieselt der Schnee" heraus. Gisa Klönne lebt mit ihrem Mann in Köln und ist Sprecherin der Gruppe West der Sisters in Crime.

Hartwig Liedtke

Geboren 1952, studierte Psychologie und Medizin in Berlin, Mainz und Köln. Nach seiner Promotion, Facharztausbildung und langjährigen Tätigkeit als Oberarzt in einem Unfallkrankenhaus arbeitet er jetzt in einer chirurgischen Gemeinschaftspraxis, in der er Spezialist für arthroskopische Gelenkoperationen und handchirurgische Eingriffe ist.

Er lebt in Köln und ist seit vielen Jahren Mitglied eines Kabaretts und im Syndikat. Seine Kriminalromane erschienen alle im Grafit Verlag: „Klinisch tot", 1991, „Tod auf Rezept", 1993, „Scharfe Schnitte", 1997.

Gabi Neumayer

Lebt in Köln und arbeitet seit 1990 als freie Autorin, Lektorin und Redakteurin. Bisher hat sie zahlreiche Kurzkrimis, Kinderbücher und auch Ratgeber veröffentlicht und unzählige Artikel vor allem zu sprachlichen Themen. Als Chefredakteurin betreut sie den „Tempest", den Autorennewsletter von autorenforum.de. Sie ist Mitglied im Syndikat und bei den Sisters in Crime. Weitere Infos gibt es auf ihren Homepages www.gabineumayer.de und www.bato-schreibt.de.

Niklaus Schmid

Wurde 1942 in Duisburg geboren. Mit achtzehn hat er mal beim Zirkus reingerochen, mit dreißig ist er aus seinem Job als technisch-kaufmännischer Leiter einer Wohnwagenfirma ausgestiegen und vier Jahre durch Indien, Afrika und Südamerika gereist. Seit 1978 lebt Niklaus Schmid den größten Teil des Jahres auf der Baleareninsel Formentera; nachdem er zunächst einige Jahre als freier Journalist für lokale Zeitungen gearbeitet hat, schreibt er nun hauptsächlich Reiseführer, Hörspiele und Kriminalgeschichten.

Seine Romane sind alle beim Dortmunder Grafit Verlag erschienen und spielen auf Formentera, Ibiza, aber auch an Rhein und Ruhr.

Ingrid Schmitz

Geboren 1955 in Düsseldorf, arbeitete dort als Speditionskauffrau bei einer kanadischen Reederei und später im sowjetischen Außenhandel, bevor sie sich zu einer Karriere als Mutter und Hausfrau entschied und an den Niederrhein zog. Von der tödlichen Stille auf dem Land inspiriert, schloss sie ein dreijähriges Studium über das Schreiben ab. Sie hat zahlreiche Kurzgeschichten veröffentlicht und betätigt sich auch als Herausgeberin von Kriminal-Anthologien. 2000 gewann sie beim Niederrheinischen Krimiwettbewerb.

Zusammen mit Ina Coelen organisiert sie die Krefelder Krimi-Tage. Ingrid Schmitz ist Mitglied bei den Sisters in Crime und im Syndikat.
www.krimischmitz.de

Gesine Schulz

Wurde in Niedersachsen geboren, aber ihre ersten Schritte tat sie während eines Verwandtenbesuches am Niederrhein. Nach einigen Auslandsjahren lebt sie zur Zeit im Ruhrgebiet. In ihren Kurzkrimis schreibt sie über die (nicht immer sauberen Fälle) der Privatdetektivin und Putzfrau Karo Rutkowsky. Im Mittelpunkt ihrer neuen Kinderkrimi-Serie steht die jun-

ge Privatdetektivin Billie Pinkernell. Die ersten Bände erschienen 2003: „Fernando ist futsch" und „Der geklaute Garten". Gesine Schulz ist Mitglied bei den Sisters in Crime und im Syndikat.
www.gesineschulz.com
www.billie-pinkernell.de

Inge Schumann

Wurde 1947 bei Hannover geboren, wo sie aufwuchs und ihre Ausbildung zur Verwaltungsfachangestellten abschloss. Schon als Kind träumte sie davon, Schriftstellerin zu werden und glaubte sich bereits am Ziel, als mit zehn Jahren eins ihrer Gedichte in einer regionalen Zeitung veröffentlicht wurde. 1972 zog sie an den Niederrhein und arbeitete in Erkelenz beim städtischen Steueramt. Ob durch diese Tätigkeit ihre kriminalistischen Neigungen erwachten, lässt die Autorin offen. Allerdings spielen ihre drei Kriminalromane in Erkelenz. Seit 1990 veröffentlicht sie Kurzgeschichten in Zeitungen und Zeitschriften und Krimianthologien. Seit 1996 wohnt sie in Niederkrüchten wo sie sich als Haus- und Grundstücksverwalterin selbstständig machte.

Gabriele Valerius

ist das literarische Pseudonym für Gabriele Flessenkemper. Sie lebt in Köln und arbeitet als freie Autorin und Journalistin für Film, Funk und Fernsehen. Sie hat Sach- und Kinderbücher veröffentlicht, sowie zahlreiche Kurzgeschichten. Zur Zeit arbeitet sie, neben Drehbuchaufträgen, an ihrem ersten Kriminalroman. Sie ist Mitglied bei den Sisters in Crime und im Verband deutscher Schriftsteller.

Letzte veröffentlichte Kurzkrimis: „Liebeswahn" in Tödliche Beziehungen, Emons 2001; „Der goldene Schnitt" in „Die vielen Tode des Herrn S.", Emons 2002.

Gudrun Weitbrecht

Geboren 1947 in Heppenheim, aufgewachsen im Rheinland. Lehre als Arzthelferin, nach dem Abitur als Medizinisch-Technische Assistentin tätig gewesen. 1973 Umzug nach Stuttgart, längere Sprachstudien-Aufenthalte in Spanien und Mexiko.

Nach der Geburt des Sohnes 1985 nur noch als Managerin von Familie, Haus und Garten angestellt. Schreibt und veröffentlicht Kurzkrimis in Anthologien, Mitglied bei den Sisters in Crime.

Barbara Wendelken

Wurde 1955 in Schwanewede bei Bremen geboren. Bevor sie mit dem Schreiben begann, hatte sie viele Jahre als Kinderkrankenschwester gearbeitet. Seit 1993 hat sie zahlreiche Bücher für Kinder und Erwachsene veröffentlicht. Sie lebt und arbeitet in Ostfriesland. Barbara Wendelken ist Mitglied bei den Sisters in Crime und im Syndikat.
www.wendelken.de/barbara.htm

Renate Wirth

Geboren in Bottrop, Wahlniederrheinerin, lebt auf der linken, arbeitet auf der rechten Rheinseite. Sie führt ein Doppelleben als Künstlerin und Therapeutin. Ihre Devise: die vielseitigen Facetten der Krimiwelt durch dunkelbunte Akzente ergänzen. Schreibt Texte mit und ohne Tote, liest u. a. mörderische Hörspiele. Sie ist Mitglied bei den Sisters in Crime.

Als kriminelle Kurzgeschichten erschienen: 2000 „Eiszeit“, in „Mord vor Ort“, Emons Verlag; 2001 „Auf gute Nachbarschaft“ in „Teuflische Nachbarn“, Scherz Verlag; 2001 „Böses Wort“ in „Tödliche Beziehungen“, Emons Verlag.

»Die Mörder sind unter uns,
auch - und besonders - am Niederrhein«

BISHER ERSCHIENEN:

Tatort Niederrhein

Die besten Kurzgeschichten aus dem Krimi-Wettbewerb der Westdeutschen Zeitung

Jede Story trägt eine andere Handschrift - nur eines haben alle gemeinsam: den Tatort Niederrhein

ISBN 3-936783-04-7

Mords-Appetit

Krimi-Leckerbissen vom Niederrhein (mit mörderisch guten Repten)

In neunzehn neuen Kriminalgeschichten wird nach besten Rezepten geschlemmt und gemordet - spannende kriminell-kulinarische Leckerbissen vom Niederrhein

ISBN 3-936783-05-5

LEPORELLO MINI-KRIMIS:

. . . und du bist weg

Kurz-Krimi von Ina Coelen

ISBN 3-936783-01-2

19 Uhr 11 ab Nordbahnhof

Krefelder Kneipen-Krimi

ISBN 3-936783-00-4

Spurensuche

Drei Ratekrimis

ISBN 3-936783-02-0

LEPORELLO
KRIMI